中國語言文字研究輯刊

九 編

許 鋡 輝 主編

第 3 冊

殷商至秦代出土文獻中的
紀日時稱研究（下）

彭 慧 賢 著

花木蘭文化出版社

國家圖書館出版品預行編目資料

殷商至秦代出土文獻中的紀日時稱研究（下）／彭慧賢 著 ——
初版 —— 新北市：花木蘭文化出版社，2015〔民 104〕
目 4+206 面；21×29.7 公分
（中國語言文字研究輯刊 九編；第 3 冊）
ISBN 978-986-404-384-2（精裝）

1. 甲骨文 2. 金文

802.08   104014803

ISBN- 978-986-404-384-2

中國語言文字研究輯刊

九　編　　第三冊　　　　　　ISBN：978-986-404-384-2

殷商至秦代出土文獻中的紀日時稱研究（下）

作　　　者　彭慧賢
主　　　編　許錟輝
總　編　輯　杜潔祥
副總編輯　楊嘉樂
編　　　輯　許郁翎
出　　　版　花木蘭文化出版社
社　　　長　高小娟
聯絡地址　235 新北市中和區中安街七二號十三樓
　　　　　　電話：02-2923-1455／傳眞：02-2923-1452
網　　　址　http://www.huamulan.tw 信箱 hml 810518@gmail.com
印　　　刷　普羅文化出版廣告事業
初　　　版　2015 年 9 月
全書字數　410895 字
定　　　價　九編 16 冊（精裝）　台幣 40,000 元

殷商至秦代出土文獻中的紀日時稱研究（下）

彭慧賢　著

目

次

附 錄

附錄一：甲骨文所見紀時內容

一、甲骨文「朧」出現概況（共 3 版）

	卜　辭　內　容	分組分期
《合集》15738	癸卯卜，敵〔貞〕：于翌☑朧酚奠？	賓一
《合集》13751	（正）五旬屮一日庚申朧 🐛 ？	典賓
《合集》13752	（正）二旬屮一日庚申朧 🐛 ？	典賓

二、甲骨文「旦」出現概況（共 43 版）

	卜　辭　內　容	分組分期
《合集》1074 正	（1）貞：敓人于桑旦？	典賓
《合集》21025	九日辛亥旦大雨自東，小☑〔虹〕西。	自小字
《合集》21403	（2）旦☑白☑？	自小字
《合集》26897	（2）癸于旦廼伐𡃀，不雉人？	無名
《合集》27308	于毓祖丁旦？	無名
《合集》27309	〔于〕祖丁旦？	無名
《合集》27446	（1）己酉卜，員貞：翌日父甲旦其☑牛？（「旦」倒刻）何一	

《合集》27453	（3）祝叀今旦酻，正？	無名
《合集》28566	（2）于旦王廼田，亡戋？	無名
《合集》28568	于旦☑戋？	無名
《合集》28514	（5）于旦，亡戋？	何一
《合集》28522	（2）于旦☑？	無名
《合集》29272	旦至于昏不雨？	無名
《合集》29372	于旦，亡戋？	無名
《合集》29373	（2）于旦，亡戋？	無名
《合集》29585	（2）☑旦☑？	何二
《合集》29780	于旦王廼☑每？不雨。	無名
《合集》29781	（2）旦至于昏不雨？	無名
《合集》29782	乙旦雨、	無名
《合集》29773	□旦又正，〔王〕受又（祐）？	何二
《合集》29774	于旦。	何二
《合集》29775	于旦，王受㞢（祐）？	無名
《合集》29776	（1）旦不〔雨〕？	無名
《合集》29777	（1）于旦？	無名
《合集》29778	（1）于旦☑受〔又〕（祐）？	無名
《合集》29779	（1）旦不雨？	無名
《合集》30195	今旦啓？	無名
《合集》31116	旦其㱃，鼎廼各日，又（有）正？	無名
《合集》32718	（1）于旦？	無名
《合集》34071	（1）于南門，旦？	歷一
《合集》34601	（2）弜夒旦，其祉？	歷一
《合集》40513	貞：夐于旦十〔牛〕？	賓一
《合集》41308	（1）于翌日旦大雨？	歷一
《屯南》42	（2）自旦至食日不雨？	康丁
《屯南》60	（4）于祖丁旦尋？ （5）于宕旦尋？	康丁
《屯南》384	于旦亡戋？	康丁
《屯南》624	（1）辛亥卜，翌日壬旦至食日不〔雨〕？ （2）壬旦至食日其雨？	康丁
《屯南》662	（1）丁酉卜，今旦万其凮？	康丁
《屯南》2838	（4）☑各☑旦☑正？	康丁

《屯南》4078	□〔巳〕卜，刈歲，叀旦改，王受又又（有祐）？	康丁
《英國》1182	貞：叀于旦十〔牛〕？	賓一
《英國》2336	（1）于翌日旦，大雨？	歷一
《東京》1300	☑卜以羊旦？	×

三、甲骨文「籫」出現概況（34版）

卜　辭　內　容		分組分類
《合集》9477	□□卜，賓〔貞〕：令多籫□戔□戔？	1.賓三
《合集》9492	☑其弗籫？	2.賓三
《合集》9493	□□卜，王☑籫☑卅☑？	3.賓三
《合集》9494	貞：☑印☑籫☑	4.賓三
《合集》9495	□□卜，爭〔貞〕：令尋籫☑？十二月。	5.賓三
《合集》9496	貞：叀尋令籫？	6.賓三
《合集》10474	丁未，☑籫乎☑？	7.𠂤賓間A
《合集》10976正	（5）壬戌卜，㱿貞：乎多犬网鹿于籫？八月。 （6）壬戌卜，㱿貞：取犬乎网鹿于籫？	8.賓一
《合集》14451	☑籫☑乞叀于岳？十月。	9.賓三
《合集》20624	乙丑，王方籫鬱？　一	10.𠂤肥筆
《合集》21486	貞：叀得令二人籫？	11.劣體類
《合集》22610	丙午卜，即貞：翌丁未丁籫歲，其又伐？	12.出二
《合集》22636	〔丙辰卜〕，即〔貞：翌〕丁巳☑籫☑？	13.出二
《合集》22718	〔癸〕卯卜，大〔貞：☑示癸歲叀☑籫彤☑？	14.出二
《合集》22988	丙〔寅卜〕，□貞：翌丁卯祖辛歲叀籫？	15.出二
《合集》22859	貞：中丁歲叀籫？	16.出一
《合集》23161	□□〔卜〕，□〔貞〕：☑翌乙未告于毓祖乙、父丁，〔叀〕籫彤？	17.出二
《合集》23174	丙寅〔卜〕，□貞：翌〔丁卯〕父丁籫其涗☑？才四〔月〕。	18.出二
《合集》23150	□申〔卜〕，旅〔貞〕：毓祖乙歲，〔叀〕今籫彤？	19.出二
《合集》23153	庚申〔卜〕，□貞：毓〔祖乙〕歲，叀籫彤？	20.出二
《合集》23226	□巳卜，旅貞：父丁歲，叀〔籫〕彤？	21.出二
《合集》23293	貞：☑父丁籫☑？	22.出二
《合集》23419	己酉卜，即貞：告于母辛，叀籫？十一月。	23.出二
《合集》23420	己酉卜，□貞：告于母辛，叀籫？	24.出二

《合集》23475	☑兄己，叀戔？	25.出二
《合集》23520	壬申卜，即貞：兄壬歲，叀戔？	26.出二
《合集》23556	戊申〔卜〕，□貞：其☑中子☑，叀戔？	27.出二
《合集》25157	癸亥〔卜〕，貞：匕歲，叀今戔酚？	28.出二
《合集》25177	□□卜，□貞：歲□□戔☑？	29.出二
《合集》25178	□□卜，□貞：☑歲，〔叀〕戔☑？	30.出二
《合集》26855	☑戔☑？	31.出二
《合集》40967	貞：昜甲歲，叀戔？	32.出二
《合集》41135	□□〔卜〕，〔行〕〔貞〕：☑丁卯☑戔舟龠☑？才七月。	33.出二
《英國》2110	□□〔卜〕，〔行〕〔貞〕：☑丁卯☑戔舟龠☑？才七月。	34.出二

四、甲骨文「妹」作爲時稱之用法（23版）

	卜　辭　內　容	分組、分類
《合集》36489	〔癸〕亥王卜，貞旬亡囚？王〔凡曰〕：〔吉〕。〔才〕☑月。甲子酚，妹工典其〔凷〕☑酓曹，王正人〔方〕。	黃類
《合集》36909	（1）丁亥卜，才纍師，貞韋：宲，妹☑又宭，王其令宭，不每？克屮王〔令〕。	無名黃間
《合集》37840	（1）癸酉，王卜貞：旬亡囚？王凡曰：吉。才十月又一。甲戌妹工典其凷。隹王三祀。	黃類
《合集》38137	（1）妹雨？	黃類
《合集》38194	（3）妹霎？	黃類
《合集》38197	（2）妹霎？	黃類
《合集》38202	妹其霎？	黃類
《合集》38203	妹其霎？	黃類
《合集》38204	妹霎？	黃類
《合集》38205	（2）妹其霎？	黃類
《合集》38206	妹霎？	黃類
《合集》38213	妹其〔霎〕？	黃類
《合集》38214	妹其〔霎〕？	黃類
《合集》38215	癸酉〔卜〕，〔貞：王〕旬亡〔囚〕？〔才〕□〔月〕。甲戌〔工〕典其〔妹〕。	黃類
《合集》38304 正	癸巳〔王，卜，貞：旬〔亡囚〕？王凡〔曰〕：〔吉〕。才正月。〔甲午〕酚，妹〔祭工〕。	黃類

《合集》38305	癸亥卜，𠂤貞：王旬亡〔畎〕？才十月。甲子 工典其妹。	黃類
《合集》38191	（4）妹霎？	黃類
《合集》38192	（2）妹霎？	黃類
《合集》38220	（1）妹其〔霎〕？	黃類
《合集》41865	（2）妹霎？	黃類
《英國》2592	（2）妹霎？	×
《北京》470	癸亥卜，𠂤貞：王旬亡〔畎〕？才十月。甲子 工典其妹。	第五期
《北京》1624	妹其霎？	第五期

五、甲骨文「大采」出現概況（15 版）

卜　辭　內　容		分組分類
《合集》3223	☑〔大〕采雨，王☑	1.典賓
《合集》11726	☑大〔采〕☑	2.典賓
《合集》12424	貞：翌庚辰不雨？庚辰〔酓〕，大采☑。	3.典賓
《合集》12425	貞：翌庚辰不〔雨〕？庚辰〔酓〕，大〔采〕☑。	4.典賓
《合集》12810	☑〔大〕采雨，王☑。	5.典賓
《合集》12812	☑〔大采〕☑。	6.典賓
《合集》12813 正 反	乙卯卜，𣪠貞：今日王往☑？之日大采雨，王 不☑。	7.典賓
《合集》12814 正	乙卯卜，𣪠貞：今日王往于臺☑？之日大采雨， 王不〔步〕☑。	8.典賓
《合集》13377	☑七〔日〕☑〔大〕采☑風☑五〔月〕。	9.賓一
《合集》20960	丙午卜，今日其雨？大采雨自北，征𠬪，少雨。	10.𠂤小字
《合集》20993	戌？大采日允。	11.𠂤小字
《合集》21021	（4）癸亥卜，貞：旬？一月。昃雨自東。九日 辛未大采各云自北，雷征，大風自西刜云，率 〔雨〕，母（毋）䰜日☑。 （7）☑大采日各云自北。雷、風，〔午〕雨不征， 隹（唯）好☑。	12.𠂤小字
《合集》21493	〔癸〕亥于大采克？	13.𠂤小字
《合集》21962	庚午卜，辛〔戌〕？大采癸。	14.圓體類
《天理》114	庚辰〔酓〕大采〔雨〕。	15.×

六、甲骨文「朝」出現概況（8 版）

	卜　辭　內　容	分組分類
《合集》18718	☑弗其朝☑	1.賓一
《合集》23148	（1）癸丑卜，行貞：翌甲寅毓祖乙歲朝酌？茲用。 （2）貞：朝酌？	2.出二
《合集》27397	（2）其又（侑）父己，叀朝酌，王受〔又〕（祐）？	3.無名
《合集》29092	（1）丙寅卜，狄貞：盂田，其遘楸，朝又（有）雨？	4.無名
《合集》32727	（2）丙辰貞：王步？丁巳于朝。	5.歷一
《合集》33130	（1）貞：旬亡囚？才朝。	6.歷二
《合集》40140	（2）朝。	7.賓一
《合集》41662	（5）歲其朝？	8.無名

七、甲骨文「明」出現概況（20 版）

	卜　辭　內　容	分組分類
《合集》00102	（3）□□〔卜〕，貞：翌〔丁〕酌，隻。丁明歲？	賓三
《合集》00721 正	（1）貞：翌乙卯酌我離伐于宷？乙卯允酌，明龠。	賓一
《合集》02223	（2）貞：明？	典賓
《合集》06037	（1）貞：翌庚申我伐，易日？庚申明龠，王來金首，雨小。	典賓
《合集》06037 反	（1）翌庚其明雨？ （2）不其明雨？ （3）〔王〕固曰：易日，其明雨，不其夕〔雨〕小。	典賓
《合集》11506 反	（1）王固曰：之日勿雨。乙卯允明龠，三占，食日大星。	典賓
《合集》11497 正	（3）丙申卜，㱿貞：來乙巳酌下乙？王固曰：酌，隹（唯）出（有）希，其出（有）設。乙巳酌，明雨，伐既，雨，咸伐，亦雨，㱅卯鳥，星。	典賓
《合集》11498 正	（3）丙申卜，㱿貞：〔來〕乙巳酌下乙？王固曰：酌，隹（唯）出（有）希，其出（有）設。乙巳明雨，伐既，雨，咸伐，亦雨，㱅鳥，星。	典賓
《合集》11499 正	（2）☑〔酌〕，明雨，伐〔既〕，雨，咸伐，亦〔雨〕，㱅卯鳥，大反，易。	典賓，賓一

《合集》13450	乙未卜，王翌丁酉酚伐，易日？丁明畬，大食☒。	賓一
《合集》15475	（1）貞：勿隻？丁明歲。	典賓
《合集》16131 反	（1）王固曰：其夕雨，夙明。	賓一
《合集》20190	甲申卜，白，王令置人日明奔于京？	白小字
《合集》20717	☒印？明畬，不其☒。	白小字
《合集》20995	（1）明畬，步？	白小字
《合集》21016	（2）癸亥卜，貞旬？二月。乙丑夕雨。丁卯明雨。戊小采日雨止，〔風〕。己明啓。	白小字
《合集》40341	（1）丙申卜，翌丁酉酚伐，叒？丁明畬，大食日叒。	賓一
《屯南》3259	☒隹明〔禟〕☒史？	康丁－武乙
《英國》1101	（1）丙申卜，翌丁酉酚伐，叒？丁明畬，大食日叒。	賓一
《北京》1475 反	王固☒明雨☒。	一期

八、甲骨文「大食」出現概況（8版）

卜　辭　內　容		分組分類
《合集》13450	乙未卜，王翌丁酉酚伐，易日？丁明畬，大食☒。	賓一
《合集》21021	（2）癸丑卜，貞旬？〔甲寅大〕食雨〔自北〕。乙卯小食大叒。丙辰中日大雨自南。	白小字
《合集》20961	（2）丙戌卜，三日雨？丁亥隹大食雨	白小字
《合集》28618	（1）大食不□？	無名
《合集》29783	（2）大食其亦用九牛。	無名
《合集》29786	貞：重大食？	何二
《合集》40341	（1）丙申卜，翌丁酉酚伐，叒？丁明畬，大食日叒。	賓一
《英國》1101	（1）丙申卜，翌丁酉酚伐，叒？丁明畬，大食日叒。	賓一

九、甲骨文「中日」出現概況（20版）

卜　辭　內　容		分組分類
《合集》11775	□戌卜，□貞中日不雨？	白小字
《合集》13216 反	（1）□未☒雨，中日叒☒酚□既陟☒盅雷？	典賓

《合集》13343	（1）☑中日風。	賓一
《合集》13613	（1）旬虫希？王疾首，中日羽。	典賓
《合集》20908	（1）戊寅卜，雀，其雨今日屮？〔中〕日允〔雨〕。 （2）乙卯卜，丙辰□余〔食〕匕（妣）丙，屮？中日雨。	自小字
《合集》21021	（2）癸丑卜，貞旬？〔甲寅大〕食雨〔自北〕。乙卯小食大狈。丙辰中日大雨自南。	自小字
《合集》21026	中日羽？一月。	自小字
《合集》21302	（5）庚寅雨，中日既？	自小字
《合集》28569	（2）中日往□，不雨？吉　大吉	何二
《合集》28548	（3）中日雨？	無名
《合集》29787	（3）中日雨？	無名
《合集》29791	中日至☑　大吉	無名
《合集》29793	（1）中〔日至〕昃其〔雨〕？	無名
《合集》29910	（1）中日其雨？	無名
《合集》30197	（2）中日大啓？	無名
《合集》30198	（1）中日至臺兮啓？　吉　茲用	無名
《合集》40518	（1）叀今壬□中日酚□？	典賓
《屯南》42	（3）食日至中日不雨？ （4）中日至昃不雨？	康丁
《屯南》624	（3）食日至中日不雨？吉 （4）食日至中日其雨？ （5）中日至臺兮不雨？吉 （6）中日至〔臺兮其雨〕？	康丁
《屯南》2729	（1）中日至臺兮不雨？　大吉	康丁

十、甲骨文「督」出現概況（6版）

	卜　辭　內　容	分組分類
《合集》30365	（1）叀督酚□□，才宗父甲？	無名
《合集》30599	貞：桒，叀督酚？	何二
《合集》30767	（2）□督？	何一
《合集》30893	叀督酚？	無名
《合集》30894	（2）叀督酚？	無名
《合集》31215	（2）□督□，王受又（祐）？	無名

十一、甲骨文「戌」出現概況（28版）

卜　辭　內　容		分組、分類
《合集》4415 正	（1）辛巳卜，貞：令戌𢆷、旛、甫、韋、□族？五月。	典賓
《合集》10405 反	（4）王固曰：屮（有）希。八日庚戌屮（有）各云自東面母，戌〔亦〕屮（有）出虹自北歙于河。	典賓
《合集》10406 反	（2）王固曰：屮（有）希。八日庚戌屮（有）各云自東面母，戌亦屮（有）出虹自北歙于〔河〕。	典賓
《合集》11728 反	□其□戌日□	典賓
《合集》11729	丁卯卜，貞：戌□？	賓三
《合集》12809	（1）□戌雨。	典賓
《合集》13312	（1）□□〔卜〕，爭貞：翌乙卯其宜，易日？乙卯宜，允易日。戌龕，于西。六〔月〕。	賓一
《合集》13442 正	戊□屮？王固〔曰〕□隹丁吉，其□未允□允屮設，酮〔屮〕〔各〕云□戌亦屮設，屮（有）出虹自北，〔歙〕于河。才十二月。	典賓
《合集》14932	貞：戌入？王屮匸于之，亦、壴。	賓三
《合集》19326	□申戌□屮（有）出□〔歙〕于□。	典賓
《合集》20260	（3）□蘭戌。	典賓
《合集》20421	（2）戊申卜，今日方正不？戌雨自北。	自小字
《合集》20470	（7）□屮□其□戌□雨□雨。	自小字
《合集》20967	（1）甲子卜，乙丑雨？戌雨自北少。 （2）甲子卜，翌丙雨？乙丑戌雨自北少。	自小字
《合集》20968	丙戌卜□日酘奉□牛□？戌用□北往□雨，之夕□亦雨。二月。	自小字
《合集》21021	（4）癸亥卜，貞旬？一月。戌雨自東。九日辛未大采，各云自北，雷，征大風自西，制云率〔雨〕，母畾日□。	自小字
《合集》20957	（2）己亥卜，庚屮雨，其多？允雨，不□。□戌戼，□亦雨自北□大戼，戌□，盖日□。	自小字
《合集》20962	癸亥，貞旬？甲子方屮祝，才邑南。乙丑蘭戌雨自北，丙寅大□	自小字
《合集》20965	丁酉卜，今二日雨？余曰：「戊雨」。戌允雨自西。	自小字

《合集》20966	（2）癸巳卜，王〔貞〕：旬？四日丙申昃雨自東，小采既，丁酉少，至東雨，允。二月。	𠂤小字
《合集》21013	（3）丁未卜，翌日昃雨，小采雨，東。　　一	𠂤小字
《合集》29792	昃不☐？大吉	無名
《合集》29793	（1）中〔日至〕昃其〔雨〕？ （2）昃至䜌不雨？	無名
《合集》29801	（1）昃〔至䜌〕兮其〔雨〕？	無名
《合集》29910	（2）王其省田，昃不雨？ （3）昃其雨？吉	無名
《合集》30835	叀昃酚？吉	無名
《合集》33918	（2）□□卜，貞：昃出各雨？	歷一
《屯南》42	（4）中日至昃不雨？	康丁

十二、甲骨文「小食」出現概況（1版）

卜　辭　內　容		分組分類
《合集》21021	（2）癸丑卜，貞旬？〔甲寅大〕食雨〔自北〕。乙卯小食大𣲖。丙辰中日大雨自南。	𠂤小字

十三、甲骨文「䜌兮」出現概況（12版）

卜　辭　內　容		分組分類
《合集》29794	䜌兮至昏不雨？	無名
《合集》29795	䜌兮至昏不雨？ 〔䜌〕兮至昏其雨？	無名
《合集》29796	䜌兮不雨？	無名
《合集》29797	䜌〔兮〕雨？	無名
《合集》29798正	䜌〔兮〕？	無名
《合集》29799	䜌兮雨？	無名
《合集》29801	昃〔至䜌〕兮其〔雨〕？ 䜌兮至昏不雨？吉。 䜌兮至昏其雨？	無名
《合集》30198	中日至䜌兮啓？吉　茲用	無名
《屯南》624	中日至䜌兮不雨？吉 中日至〔䜌兮其雨〕？	康丁
《屯南》2729	中日至䜌兮不雨？大吉	康丁
《東京》1177	䜌兮其雨？	×
《東京》1258	䜌兮其雨？	×

十四、甲骨文「小采」出現概況（5版）

卜　辭　內　容		分組分類
《合集》20397	壬戌屮雨？今日小采允大雨。征伇，善日隹（唯）啓。	1.屮類
《合集》20800	□□卜，屮日□小采〔日〕□母〔老〕□？二月。	2.𠂤小字
《合集》20966	（2）癸巳卜，王〔貞〕：旬？四日丙申晟雨自東，小采既，丁酉少，至東雨，允。二月。 （3）癸丑卜，王貞：旬？八〔日〕庚申寐，允雨自西，小〔采〕既，〔夕〕□。五月。	3.𠂤小字
《合集》21013	（3）丁未卜，翌日晟雨？小采雨，東。	4.𠂤小字
《合集》21016	癸亥卜，貞：旬？二月。乙丑夕雨。丁卯明雨。戊小采日雨止，〔風〕。己明啓。	5.𠂤小字

十五、甲骨文「莫」出現概況（61版）

卜　辭　內　容		分組分類
《合集》23206	（2）丙辰卜，尹貞：翌丁巳父丁莫歲宰□？	出二
《合集》23207	（3）丙午卜，行貞：翌丁未父丁莫歲牛？	出二
《合集》23208	丙戌卜，□貞：翌丁〔亥〕父丁莫歲宰？	出二
《合集》23209	〔丙寅卜〕，旅貞：〔翌丁〕卯，其□莫歲于父丁□〔才〕二月？	出二
《合集》23210	〔丙〕□〔卜〕，旅〔貞：翌丁〕□父丁莫歲宰？	出二
《合集》23211	〔丙〕□〔卜〕，尹〔貞：翌丁〕□父丁莫〔歲〕？	出二
《合集》23212	〔丙辰〕卜，□，貞翌〔丁〕巳父丁莫歲牛？	出二
《合集》23326	（6）貞：匕庚歲重莫酌先日？（上部與23360重）	出二
《合集》23360	（3）貞：匕庚歲重莫酌先日？	出二
《合集》24311	（2）□申卜，□貞：翌□□父丁莫□賓□？	出二
《合集》24348	丙寅卜，行貞：翌丁卯父丁莫歲宰？才三月。才雇卜。	出二
《合集》25225	□□〔卜〕，□貞：□莫歲□其宜□？	出二
《合集》25226	（2）丙午卜，□貞：翌丁未莫□？	出二
《合集》26934	莫舌屮兹，王受〔屮〕？	何一
《合集》26949	（2）其莫□羊？	無名
《合集》26996	□莫伐五人□王受又又（有祐）？	無名

《合集》27020	（1）甲寅卜，莫舌十人出五，王受又（祐）？ 大吉	無名
《合集》27032	☑莫☑五人，〔王〕受又又（有祐）？	何二
《合集》27273	（1）祖丁莫歲，于既瓚？吉	無名
《合集》27274	□□卜，祖丁莫歲二牢，王受〔又（祐）〕？	無名
《合集》27275	□卯卜，祖丁莫歲二牢☑？	無名
《合集》27276	貞：于祖丁莫既□唐☑？	何一
《合集》27302	（4）叡之重莫？	何一
《合集》27396	（2）其出父己重莫酚，王受又〔又〕（有祐）？	無名
《合集》27401	（3）父己歲重莫酚？	無名
《合集》27456正	（6）丁未卜，何貞：莫其宰？	何一
《合集》27459	（10）壬戌卜，狄貞：王父甲莫其豐，王受又又（有祐）？	何二
《合集》27530	莫歲匕（妣）庚，王受〔又（祐）〕？	歷無名間
《合集》27769	（1）其莫入，于之若？亥不雨？	何二
《合集》28630	☑莫省田，枬入，亡戈？	無名
《合集》28822	（4）貞：其莫，亡戈？	何二
《合集》29250	（2）莫田，亡戈？	無名
《合集》29673	（2）貞叡之，重莫？	何二
《合集》29788	（1）莫，于日中迺往，不雨？	無名
《合集》29804	其莫于之，迺不菁雨？	無名
《合集》29807	（3）其莫不菁雨？	無名
《合集》30488	（3）其又（侑），莫歲？（「其」字有缺刻）	無名
《合集》30729	（2）莫歲三牢，王受又（祐）？	無名
《合集》30730	貞：莫歲☑王受〔又（祐）〕？	何一
《合集》30731	丁未☑莫歲☑？	何二
《合集》30751	（5）貞佳莫？	何二
《合集》30845	（1）奉，重莫酚？吉	無名
《合集》30972	（2）莫𢦏？	無名
《合集》30786	（2）于翌日莫？吉	無名
《合集》30836	貞：重莫酚？	何二
《合集》30837	重莫酚？	無名
《合集》31940	重莫？	何二
《合集》32485	（4）丙午卜，爭重娿，□子酚莫？	歷草

《合集》33743	（2）其莫？	歷一
《合集》40975	□□卜，旅〔貞：翌〕丁未父丁莫歲其牡？才十一月。 □丑卜，旅貞：翌丁未父丁莫歲其勿牛？	出二
《合集》41409	（3）莫歲？	無名
《屯南》20	丙申卜，祖丁莫歲二□？	康丁
《屯南》628	（2）莫舌山囟，王受又又（有祐）？	康丁
《屯南》1443	（1）父己歲，叀莫酚，王受又（祐）？	康丁
《屯南》2196	（1）叀丙興用，莫？	康丁－武乙
《屯南》2666	（7）奉年，叀莫酚，〔王〕〔受〕又（祐）？	康丁
《屯南》3835	（2）乍見莫〔隹〕秭？	康丁
《英國》1953	〔丙午〕卜，旅〔：貞翌〕丁未父丁莫歲其牡？才十月。	×
《英國》1953	〔丙午卜〕，旅貞：翌丁未父丁莫歲其勿牛？	×
《英國》2364	（3）莫歲？	×
《懷特》1016	（2）丁未卜，王曰貞：父丁莫歲其引，三牢？茲用。	×

十六、甲骨文「昏」出現概況（10版）

卜　辭　內　容		分組分類
《合集》29092	今□昏□	何二
《合集》29272	旦至于昏不雨？大吉。	無名
《合集》29328	今日辛至昏雨？	何二
《合集》29781	旦至于昏不雨？大吉。	無名
《合集》29794	章兮至昏不雨？	無名
《合集》29795	章兮至昏不雨？ 〔章〕兮至昏其雨？	無名
《合集》29801	章兮至昏不雨？吉。 章兮至昏其雨？	無名
《合集》29803	□日戊，今日湄至昏不雨？	何二
《合集》29907	今日庚湄日至昏□？雨。	無名
《合集》30838	叀今昏酚？	無名

十七、甲骨文「枏」出現概況（182 版）

卜　辭　內　容		分組分類
《合集》319	庚辰卜，□〔貞〕：來丁亥，□枏歲羌三十，卯十〔牛〕？十二月。	屮賓三
《合集》557	（13）甲子卜，賓貞：枏帝雨于娥？	賓三
《合集》1965	翌丁未枏，改乂于丁一牛？三	賓三
《合集》2543	（2）甲辰卜貞：翌乙巳枏屮于母庚宰？	賓三
《合集》2920 正	貞：枏奉至于丁于兄庚？	典賓
《合集》15354 正	貞：枏？	賓三
《合集》15469	癸未卜貞：歲枏？九月。	賓三
《合集》15470	（1）〔甲〕辰卜，〔貞〕：歲枏？	賓三
《合集》22548	庚辰卜，大貞：來丁亥寇帚，屮枏歲羌卅，卯十牛？十二月。	出二
《合集》22721	（1）甲戌卜，尹貞：王賓枏禫，亡囚？	出二
《合集》22761	（2）〔丁〕巳卜，行貞：王賓大丁枏禫，亡囚？	出二
《合集》23002	（9）庚午卜，行貞：王賓枏禫，亡囚？	出二
《合集》23241 正	（1）庚戌卜，旅貞：王賓枏禫，亡囚？ （2）庚戌卜，〔旅〕貞：王賓枏禫〔亡囚〕？ （6）庚戌卜，旅貞：王賓枏禫，亡囚？ （7）庚戌卜，旅貞：王賓枏禫，亡囚？ （9）庚戌卜，旅貞：王賓枏禫，亡囚？	出二
《合集》23241 反	（1）甲子卜，旅貞：王賓枏禫，亡囚？ （5）乙丑卜，旅貞：王賓枏禫，亡囚？	出二
《合集》23732	（2）乙酉卜，行貞：王賓枏禫，亡囚？	出二
《合集》25373	（2）甲子卜，即貞：王枏禫，亡囚？	出二
《合集》25374	（1）乙丑卜，即貞：王枏禫，亡囚？	出二
《合集》25386	庚戌卜，尹貞：王賓枏禫，亡囚？	出二
《合集》25387	（2）庚戌卜，尹貞：王賓枏禫〔，亡囚〕？	出二
《合集》25388	（2）辛巳卜，尹貞：王賓枏禫，亡囚？	出二
《合集》25389	（2）□□卜，尹〔貞〕：王賓枏〔禫〕，亡囚？	出二
《合集》25390	（2）□□〔卜〕，尹〔貞：王〕賓枏〔禫〕〔亡〕囚？	出二
《合集》25391	（1）丁卯〔卜〕，□貞：王〔賓〕枏〔禫〕，亡〔囚〕？	出二

《合集》25392	（2）甲子卜，行貞：王賓枬禧，亡田？	出二
《合集》25393	（3）辛未卜貞：王賓枬禧，亡田？	出二
《合集》25394	（5）丁丑卜，行貞：王賓枬禧，亡田？	出二
《合集》25408	（1）庚寅卜，旅貞：王賓枬禧〔，亡田〕？	出二
《合集》25409	（1）庚子卜，旅貞：〔王〕賓枬禧，亡田？	出二
《合集》25410	□丑卜，旅〔貞：王賓〕枬禧，〔亡〕田？	出二
《合集》25411	□□〔卜〕，旅〔貞：〕王賓枬禧，亡〔田〕？	出二
《合集》25413	□□〔卜〕，出貞：〔王賓〕枬禧，亡田？	出二
《合集》25414	（1）庚寅卜，喜貞：王賓枬禧，亡田？	出二
《合集》25415	□□〔卜〕，喜〔貞〕：王賓枬禧，亡田？	出二
《合集》25416	（1）丁卯卜，凸貞：王賓枬禧，亡田？	出二
《合集》25417	□□卜，凸〔貞：王〕賓枬〔禧〕，亡田？	出二
《合集》25418	（1）丁丑卜，□貞：王賓枬禧，亡田？	出二
《合集》25419	庚寅卜，逐〔貞〕：王賓枬〔禧，亡田〕？	出二
《合集》25420	甲子〔卜〕，□貞：王賓枬禧〔，亡田〕？	出二
《合集》25421	（1）己巳卜，□〔貞〕：王賓枬，亡〔田〕？	出二
《合集》25422	（1）辛未〔卜〕，□貞：王〔賓〕枬禧〔，亡田〕？	出二
《合集》25423	丁丑卜貞：王賓枬禧，〔亡〕田？	出二
《合集》25424	丁丑卜，□貞：王賓枬禧〔，亡田〕？	出二
《合集》25443	（3）□□〔卜〕，行〔貞：王賓〕枬〔禧，亡〕田？	出二
《合集》25444	□□〔卜〕，□〔貞：王賓〕枬禧，亡田？	出二
《合集》25445	（1）辛□〔卜〕，□貞：〔王賓〕枬〔禧，亡〕田？	出二
《合集》25446	□□卜貞：〔王賓〕枬〔禧〕，〔亡〕田？	出二
《合集》25447	□□〔卜〕，□貞：〔王賓〕枬〔禧〕，亡田？	出二
《合集》25448	（1）甲戌〔卜〕，□貞：〔王賓〕枬〔禧〕，亡〔田〕？	出二
《合集》25449	（1）□□〔卜〕，□〔貞：王賓〕枬禧，〔亡〕田？五月。	出二
《合集》25450	□申〔卜〕，□貞：王〔賓〕枬禧，亡田？	出二
《合集》25451	□□〔卜〕，□〔貞：王賓〕枬禧，〔亡〕田？	出二
《合集》25452	貞：枬禧，亡尤？	出二
《合集》25453	（1）貞：枬禧，亡〔尤〕？一	出二
《合集》25454	甲午卜，中貞：翌枬衣☒？	出二
《合集》25474	□□〔卜〕，喜〔貞：王〕賓枬，〔亡〕田田？	出二

《合集》25503	(3)□□〔卜〕，行〔貞：王賓〕枊〔禫〕，〔亡〕国？	出二
《合集》25506	(1)庚辰〔卜〕，□貞：〔王賓〕枊禫〔，亡国〕？	出二
《合集》25521	(3)甲申〔卜〕貞：王〔賓〕枊〔禫〕，〔亡〕国？	出二
《合集》25375	(4)戊寅卜，即貞：王賓枊禫，亡国？五月。	出二
《合集》25376	辛丑卜，即貞：王賓枊禫，亡国？	出二
《合集》25377	(4)甲辰卜，即貞：王賓枊禫，亡国？	出二
《合集》25378	(1)乙卯〔卜〕，□貞：王賓枊禫，亡国？	出二
《合集》25379	丁卯卜，尹貞：王賓枊禫，亡国？	出二
《合集》25380	乙亥卜，尹貞：王賓枊〔禫〕，亡〔国〕？	出二
《合集》25381	辛巳卜，尹貞：王賓枊禫，亡国？	出二
《合集》25383	(3)乙酉卜，尹貞：王賓枊禫，亡国？	出二
《合集》25384	(2)丁酉卜，尹貞：王賓枊禫，亡国？	出二
《合集》25385	(3)乙巳卜，尹貞：王賓枊禫，亡国？才九月。	出二
《合集》25395	(2)甲戌卜，行貞：王枊禫，亡国？	出二
《合集》25396	(1)乙亥卜，行貞：王賓枊禫，亡国？	出二
《合集》25397	(1)辛巳卜，行貞：王賓枊禫？	出二
《合集》25398	(2)甲申卜，行貞：王賓枊禫，亡国？	出二
《合集》25399	(3)甲辰卜，行貞：王賓枊禫，亡国？	出二
《合集》25400	乙巳卜，行貞：王賓枊禫〔，亡国〕？	出二
《合集》25401	辛亥卜，行貞：王賓枊禫〔，亡国〕？	出二
《合集》25402	(1)辛亥〔卜〕，□貞：王賓枊禫，亡〔国〕？	出二
《合集》25403	(1)辛酉卜，行貞：王賓枊富，亡国？	出二
《合集》25404	(1)甲申卜，行貞：王賓枊禫，亡国？	出二
《合集》25405	(2)丁□卜，行貞：王賓枊禫，亡国？	出二
《合集》25406	(1)□申卜，行貞：王賓枊禫，亡国？	出二
《合集》25407	□□卜，行〔貞：王〕賓枊□，亡国？	出二
《合集》25425	辛巳卜，□貞：王賓枊禫，亡国？	出二
《合集》25426	(1)辛酉〔卜〕貞：王〔賓〕枊禫，亡国？	出二
《合集》25427	甲申〔卜〕，□貞：王〔賓〕枊，亡国？三月。	出二
《合集》25428	(2)乙酉〔卜〕，□貞：王賓枊禫，亡国？	出二
《合集》25429	乙酉卜貞：王賓枊禫，亡国？	出二
《合集》25430	(1)乙酉〔卜〕，□貞：王〔賓〕枊禫，〔亡〕国？	出二
《合集》25431	乙酉卜，□〔貞〕：王賓枊禫〔，亡国〕？	出二

《合集》25432	丁酉卜貞：王賓枆禫，亡囝？	出二
《合集》25433	（1）乙巳〔卜〕，□貞：王〔賓〕枆〔禫〕，亡囝？	出二
《合集》25434	（1）丁未卜，□貞：王〔賓〕枆禫，〔亡〕囝？	出二
《合集》25435	庚戌卜，□貞：王〔賓〕枆禫，〔亡〕囝？	出二
《合集》25436	□申〔卜〕，□貞：王〔賓〕枆禫，亡囝？	出二
《合集》25437	乙卯卜貞：王賓枆□〔，亡囝〕？	出二
《合集》25438	庚申卜貞：王賓枆，亡囝？	出二
《合集》25439	□□卜貞：王賓枆禫，亡囝？	出二
《合集》25440	□巳〔卜〕，行〔貞〕：王賓枆禫，亡囝？	出二
《合集》25441	（1）□□〔卜〕，□〔貞：王〕賓枆禫，亡尤？一月。	出二
《合集》25442	（1）辛□〔卜〕，□貞：王〔賓〕枆〔禫〕〔亡〕囝？	出二
《合集》25460	甲辰卜，□貞：王賓夕禫，至于翌枆禫不乍？	出二
《合集》25483	（5）☒〔王〕賓枆禫，〔亡〕囝？	出二
《合集》25488	（1）甲寅〔卜〕，□貞：王賓枆禫，亡囝？才九月。	出二
《合集》25516	（1）庚申〔卜〕，□貞：王賓枆禫，亡囝？	出二
《合集》25672	（3）丁□〔卜〕，〔尹〕貞：〔王賓〕枆〔禫〕，亡〔囝〕？	出二
《合集》25680	（4）丁未卜，尹貞：王賓枆禫，〔亡〕囝？	出二
《合集》25985	〔丙〕戌卜，出，〔貞〕翌丁亥☒丁升歲枆酚？	出二
《合集》25897	（1）□辰卜，□〔貞〕：☒枆☒，亡尤？	出二
《合集》25898	□□卜，□〔貞：王賓〕枆☒，〔亡〕囝？	出二
《合集》26136	（1）甲□〔卜〕，□貞：〔王賓〕枆☒，〔亡〕囝？	出二
《合集》26116	☒枆禫，亡尤？四月。	出二
《合集》26147	（1）〔庚〕□〔卜〕，□貞：☒枆☒，〔亡〕□？	出二
《合集》26148	（3）□□卜，即貞：☒枆☒？	出二
《合集》26899	（11）貞：其龢，今枆，亡尤？ （12）貞：其龢，今枆，亡尤？	何一
《合集》27042 反	（5）辛亥卜，宁貞：王賓枆禫，亡尤？	何一
《合集》27051	（2）重枆〔酚〕？	無名
《合集》27042 正	（17）庚申卜，宁貞：王賓枆禫，亡尤？	何一
《合集》27052	（2）重枆酚？	無名
《合集》27064	癸巳卜，何貞：王枆福上甲，菁雨？	何組

《合集》27382	（1）辛酉卜，壹貞：王賓枫✦，隹吉，不冓雨？	何二
《合集》27340	（2）己酉卜，母己歲枫？ （3）弜枫？	歷無名間
《合集》27436	其舌父庚重枫，王受又（祐）？	何二
《合集》27543	（1）甲子卜，彭貞：王枫禱，其寏于祖？	何一
《合集》27522	（3）重入，自枫畐酓？	無名
《合集》27766	枫☒，不□？	何二
《合集》27771	王枫入？大吉	何二
《合集》27772	（2）枫入，不雨？	何二
《合集》27773	枫入，不雨？	何二
《合集》27779	□子卜，□，〔貞〕王枫〔入〕？吉	何二
《合集》27780	（1）□枫往，不雨？	何二
《合集》27914	（2）王其田枫，亡戈？	無名
《合集》27951	〔重〕先馬，其枫雨？	無名
《合集》27950	（1）貞：枫，不雨？	何二
《合集》28348	（1）王其枫？大吉	無名
《合集》28544	（4）〔王〕其田枫，亡戈？	無名
《合集》28564	丙午卜，戊王其田枫，亡戈？吉。大吉。吉。	無名
《合集》28565	☒枫，亡戈？	無名
《合集》28572	王其田，枫入，不雨？	無名
《合集》28628	翌日辛王其省田，枫入，不雨？吉。茲用。	無名
《合集》28924	（2）其枫？	無名
《合集》29250	（1）王其田牢，枫，湄日亡戈？	無名
《合集》29829	（2）枫？	無名
《合集》30113＋30094	王其枫入，不冓（遘）雨？	無名
《合集》32182	王賓枫禱，亡巛？	無名
《合集》30528	（3）乙丑卜，何貞：王賓枫，不冓雨，✦重吉？ （4）乙丑卜，何貞：王賓枫，✦重吉，不冓〔雨〕？ （5）丙寅卜，何貞：王賓枫，不冓，✦重〔吉〕？	何組
《合集》30529	癸巳卜，何貞：王賓甲枫禱，不冓雨？	何組
《合集》30735	☒升歲重枫，王受〔屮又（有祐）〕？	無名
《合集》30745	（1）丙子卜，枫遘歲？	無名
《合集》30746	其枫酓？	無名

《合集》30747	（2）叀枫，王受屮（有）又（祐）？	無名
《合集》30748	□□卜，狄〔貞〕：□叀枫，〔王受〕屮屮（有祐）？	何二
《合集》30750	丙申卜，□〔貞〕：□枫，王〔受屮（祐）〕？	何二
《合集》30751	（3）貞：王其枫？	何二
《合集》30933	（1）癸未卜，𤔲歲枫？	歷無名間
《合集》31278	□枫，弗每？	何二
《合集》31909	（2）□王□枫□？	無名
《合集》32202	（5）丁卯卜，王賓枫，翌日？	自歷間 B
《合集》32453	（11）丙申卜，𤔲尞枫？	歷無名間
《合集》32992	反（3）□〔牢〕其枫？	歷二
《合集》33174	（2）□枫□？	歷二
《合集》41163	（1）辛亥卜，行貞：王賓枫禰，亡圉？	出二
《合集》41164	丁酉卜貞：王賓枫禰〔，亡圉〕？	出二
《合集》41165	（3）乙巳卜貞：王賓枫禰，亡圉？	出二
《合集》41166	貞：王賓枫禰，亡圉？	出二
《合集》41167	□□卜，兄貞：〔王賓〕枫禰〔，亡圉〕？	出二
《屯南》203	□丑卜，枫辈，其若？吉	康丁
《屯南》2383	（5）王其省盂田，蓦往枫入，不雨？	康丁
《屯南》4049	（3）辛未貞：其告商于祖乙枫？	武乙
《屯南》4058	癸未卜，弜枫？	康丁－武乙
《屯南》4351	（1）祖丁舌，叀枫？	康丁
《屯南》4419	（1）叀入自□征往□，枫入，亡□，不□？	康丁
《英國》2094	（1）□丑卜，旅〔貞〕：王賓枫〔福〕，亡圉？	×
《英國》2095	辛丑卜，出貞：王賓枫□？	×
《英國》2096	（1）辛□〔卜〕，大，〔貞〕王〔賓〕枫〔福〕，亡圉？	×
《英國》2097	丙子〔卜〕，出貞：〔王〕賓〔枫〕□？	×
《英國》2098	（1）□□卜，出，〔貞翌〕己亥□枫□？	×
《東京》1055	癸卯卜貞：枫其于戈沚？	×
《東京》1214	（1）乙酉□貞：王□枫禰□圉？	×
《懷特》1028	乙巳□，□貞：王〔賓〕枫□？	×
《懷特》1029	丙午卜，□貞：王賓枫禰，〔亡〕尤？	×
《懷特》1031	□枫□亡〔尤〕□？四月。	×

《懷特》1567	匕（妣）庚歲比枛？	×
《天理》320	（3）己巳卜，行貞：王賓枛禩，亡囚？	×
《蘇德》30	貞：王賓枛禩，亡囚？	×
《北京》265	☑卜，兄☑枛禩☑？	第一期
《北京》427	□□□，行貞：☑枛，〔亡〕囚？	第二期
《北京》446	乙巳貞：王枛□，亡囚？	第二期
《北京》460	☑何☑止☑枛☑？	第三期

此外，《德瑞荷比所藏一些甲骨錄》所出現三版「枛」字，分別是：

卜　辭　內　容		分　期	類　別
GSNB B184	（1）己巳卜，□貞：王賓枛，亡〔囚〕？	出組二類	祭儀
GSNB B185	甲申〔卜〕，貞：王〔賓〕枛，亡囚？三月	出組二類	祭儀
GSNB B186	乙酉卜，貞：王賓枛禩，亡囚？	出組二類	祭儀

十八、甲骨文「住」出現概況（1版）

卜　辭　內　容		分組分類
《合集》27522	重住酚？	無名

十九、甲骨文「夕」出現概況

　　《合集》、《屯南》、《英國》、《懷特》、《天理》、《蘇德》共見4208次，因受限於篇幅，不逐一羅列；各時期之辭例，詳閱文中例子。關於《瑞典斯德哥爾摩遠東古物博物館藏甲骨文字》所見五片「夕」字，內容如下：

《瑞典》38	（2）乙未卜，貞：今夕亡囚？三月
《瑞典》40	壬子卜，㱿貞：今夕亡囚？七月
《瑞典》67	（2）丙辰卜，即貞：今夕亡囚？二月。 （3）丁巳卜，即貞：今夕亡囚？二月。 （4）戊午卜，即貞：今夕亡囚？二月。 （5）〔己〕未卜，即〔貞〕：今夕〔亡〕囚？二月」
《瑞典》98	乙丑卜，貞：今夕亡〔馘〕？
《瑞典》99	（1）辛卯卜，〔貞〕：今夕亡〔馘〕？ （2）壬辰卜，〔貞〕：今夕亡〔馘〕？ （3）癸巳卜，〔貞〕：今夕〔亡馘〕？ （4）〔甲〕午卜，〔貞〕：今夕亡〔馘〕？

其次，《北京》所見「夕」共計 125 次，分別見於：

卜　辭　內　容		分　期	類　別
《北京》611	壬午卜，貞：王賓，夕，亡尤？	第五期	祭祀
《北京》791 反	☑日：辛丑㞢☑	第一期	戰爭
《北京》876	貞：方來，入邑，今夕戜王㠯？	第五期	戰爭
《北京》964	戊申卜，㱿貞：今夕亡囚？	第一期	王事
	己酉卜，㱿貞：今夕亡囚？		
	辛亥卜，㱿貞：今夕亡囚？		
	壬子卜，㱿貞：今夕亡囚？		
	壬寅卜，㱿貞：今夕亡囚？		
	辛丑卜，㱿貞：今夕亡囚？		
	戊戌卜，㱿貞：今夕亡囚？		
《北京》965	𢦏貞：今夕亡囚？	第一期	王事
《北京》966	今夕亡囚？	第一期	王事
《北京》967	癸未卜，貞：今夕〔亡〕囚？	第一期	王事
《北京》968	□卯卜，𢦏〔貞〕：今夕〔亡〕囚？	第一期	王事
《北京》969	□□卜，陟〔貞〕：今夕〔亡〕囚？	第一期	王事
《北京》970	□□卜，貞：今夕其㞢？	第一期	王事
《北京》971	丙寅卜，史貞：今夕亡囚？	第一期	王事
《北京》972	甲午卜，允貞：今夕亡囚？	第一期	王事
《北京》973	☑貞：今夕亡囚？	第一期	王事
《北京》974	癸未卜，史貞：今夕亡〔囚〕？	第一期	王事
《北京》975	乙巳卜，貞：今夕亡囚？	第一期	王事
《北京》976	貞：今夕不雨？	第一期	王事
	丙申卜，㫶貞：今夕亡囚？		
《北京》978	辛未貞：今夕亡囚？	第一期	王事
《北京》1172	□□卜，旅〔貞：今〕夕〔亡〕囚？	第二期	王事
《北京》1173	辛未卜，尹貞：今夕亡囚？在㠯攸卜。	第二期	王事
	庚午卜，尹貞：今夕亡囚？		
	己巳卜，尹貞：今夕亡囚？在十一月。在㠯攸。		
	戊辰卜，尹貞：今夕亡囚？		
	丁卯卜，尹貞：今夕亡囚？		

《北京》1174	□□卜，出貞：今夕亡囚？	第二期	王事
《北京》1175	□亥卜，吳貞：今夕〔亡〕囚？	第二期	王事
《北京》1176	□丑卜，尹□：今夕〔亡〕囚？	第二期	王事
《北京》1177	丙寅卜，尹貞：今夕亡囚？在十月。	第二期	王事
《北京》1178	辛酉卜，行貞：今夕亡囚？在☒。	第二期	王事
《北京》1179	□□卜，行〔貞〕：今夕〔亡〕囚？在☒。	第二期	王事
《北京》1180	☒旅貞：夕亡囚？	第二期	王事
《北京》1181	甲午貞：今夕〔亡〕囚？	第二期	王事
《北京》1182	乙亥卜，尹貞：今夕〔亡囚〕？	第二期	王事
《北京》1183	□□卜，旅☒夕☒	第二期	王事
《北京》1186	□□卜，旅☒今夕☒	第二期	王事
《北京》1234	今夕亡囚？	第三期	王事
《北京》1235	□□卜，何〔貞：今〕夕亡囚？☒夕不雨？	第三期	王事
《北京》1236	□丑卜，何〔貞〕：今夕囚？	第三期	王事
《北京》1237	□□卜，何〔貞：今〕夕囚？	第三期	王事
《北京》1238	戊戌卜，貞：今夕亡囚？	第三期	王事
《北京》1239	丁巳卜，毚貞：今夕亡囚？	第三期	王事
《北京》1240	庚寅卜，□貞：今夕☒	第三期	王事
《北京》1241	□□卜，彭☒夕亡囚？	第三期	王事
《北京》1242	□丑卜，暊：今夕亡尤？	第三期	王事
《北京》1243	阬叀今夕于滴？	第三期	王事
《北京》1253	己酉卜，貞：王今夕亡猷？ □□卜，貞：王今夕〔亡〕猷？	第五期	王事
《北京》1254	乙未卜，貞：王今夕亡猷？ 丁酉卜，貞：王今夕亡猷？ 〔辛〕丑卜，〔貞〕：王今夕〔亡〕猷？ 〔癸〕卯卜，〔貞〕王今〔夕亡〕猷？	第五期	王事
《北京》1255	丙申卜，貞：王今夕亡猷？ 戊戌卜，貞：王今夕亡猷？ 壬辰〔卜，貞〕：王今〔夕〕亡〔猷〕？ 甲午〔卜，貞〕：王今〔夕〕亡〔猷〕？	第五期	王事
《北京》1256	癸酉卜，貞：王今夕亡猷？ 甲戌卜，貞：王今夕亡猷？	第五期	王事

《北京》1257	己未卜，〔貞〕：王今夕〔亡〕猷？在☒ □□卜，〔貞〕：□今夕〔亡〕猷？ □□卜，貞：□〔今〕夕〔亡〕猷？ □□卜，貞：□今夕〔亡〕猷？	第五期	王事
《北京》1258	壬寅卜，貞：王今夕亡猷？	第五期	王事
《北京》1259	甲子卜，貞：王今夕亡猷？	第五期	王事
《北京》1260	□□〔卜〕，貞：□今夕〔亡〕猷？	第五期	王事
《北京》1261	庚子卜，貞：王今夕亡猷？	第五期	王事
《北京》1262	□酉卜，貞：〔王〕今夕亡猷？ □□卜，貞：〔王今〕夕亡猷？	第五期	王事
《北京》1263	戊辰卜，貞：王今夕亡猷？ 庚午卜，貞：王今夕亡猷？ 庚申卜，貞：王今夕亡猷？ □寅卜，貞：王今夕亡猷？ 壬戌卜，貞：王今夕亡猷？	第五期	王事
《北京》1264	丁卯卜，貞：王今夕亡猷？	第五期	王事
《北京》1265	□戌，〔卜〕，貞：〔王〕今夕〔亡〕猷？	第五期	王事
《北京》1266	癸卯卜，才鑫貞：王今夕亡猷？	第五期	王事
《北京》1267	己酉卜，貞：王今夕亡猷？	第五期	王事
《北京》1269	乙卯卜，貞：〔王〕今夕〔亡〕猷？	第五期	王事
《北京》1270	丁丑卜，貞：王今夕亡猷？	第五期	王事
《北京》1271	丁卯卜，貞：王今夕亡猷？ 辛酉卜，〔貞〕：王今夕亡〔猷〕？ 癸亥〔卜〕，〔貞〕：王今〔夕〕亡〔猷〕？ 乙丑卜，貞：王今夕亡猷？	第五期	王事
《北京》1272	庚子卜，貞：王今夕亡猷？ 壬寅卜，貞：王今夕亡猷？ □□〔卜〕，貞：〔王今〕夕〔亡〕猷？ □□〔卜〕，貞：〔王今〕夕〔亡〕猷？	第五期	王事
《北京》1273	□□卜，〔貞：王〕今夕〔亡〕猷？ 丁未卜，貞：王今夕亡猷？	第五期	王事
《北京》1274	癸未卜，貞：王今夕亡猷？	第五期	王事
《北京》1275	辛酉卜，貞：王今夕亡猷？	第五期	王事

《北京》1276	丁酉卜，貞：王今夕亡畎？	第五期	王事
《北京》1277	己巳卜，貞：王今夕亡畎？ 辛未卜，貞：王今夕亡畎？ 〔癸〕酉卜，貞：〔王〕今夕〔亡〕畎？ 〔乙〕亥卜，貞：〔王今〕夕〔亡〕畎？	第五期	王事
《北京》1278	□□卜，貞：〔王〕今夕〔亡〕畎？ 甲▨貞▨夕▨。	第五期	王事
《北京》1279	戊申卜，貞：王今夕亡畎？	第五期	王事
《北京》1280	辛酉卜，貞：王今夕亡畎？	第五期	王事
《北京》1282	戊申卜，貞：王今夕亡畎？ 己酉卜，貞：王今夕亡畎？	第五期	王事
《北京》1283	□□卜，貞：〔王今〕夕〔亡〕畎？	第五期	王事
《北京》1285	壬寅卜，貞：王今夕亡畎？	第五期	王事
《北京》1287	□□〔卜〕，貞：王〔今〕夕亡〔畎〕？	第五期	王事
《北京》1288	□□〔卜，貞〕：〔王今〕夕〔亡〕畎？	第五期	王事
《北京》1289	▨卜▨今夕▨	第五期	王事
《北京》1290	丁巳〔卜〕，貞：王〔今〕夕亡〔畎〕？	第五期	王事
《北京》1291	□□卜，貞：〔王今〕夕亡畎？	第五期	王事
《北京》1292	▨夕▨畎▨	第五期	王事
《北京》1293	丁卯卜，▨𩵋▨今夕▨	第五期	王事
《北京》1294	癸丑卜，貞：王今夕亡畎？	第五期	王事
《北京》1295	乙卯卜，貞：王今夕▨？	第五期	王事
《北京》1296	辛酉卜，〔貞〕：今夕自亡▨？	第五期	王事
《北京》1297	庚寅卜，貞：今夕自▨？	第五期	王事
《北京》1298	□□卜，貞：〔王今〕夕〔亡〕畎？	第五期	王事
《北京》1302	丙申〔卜〕，〔貞〕：王今夕〔亡畎〕？	第五期	王事
《北京》1303	辛□〔卜〕，今夕貞：▨畎？夕▨	第五期	王事
《北京》1304	壬寅〔卜〕，〔貞〕：王今夕〔亡畎〕？	第五期	王事
《北京》1306	▨貞：王夕亡畎？	第五期	王事
《北京》1310	□巳〔卜〕，貞：王夕亡〔畎〕？	第五期	王事
《北京》1437	庚辰卜，□貞：今夕不雨？	第一期	天象、氣象
《北京》1438	貞：今夕不雨？	第一期	天象、氣象

《北京》1439 反	貞：今夕不其雨？	第一期	天象、氣象
《北京》1440 正	乙未卜，〔貞〕：舞，今夕从雨？不。	第一期	天象、氣象
《北京》1441	貞：今夕不雨？	第一期	天象、氣象
《北京》1442	庚戌卜，史貞：今夕亡囚？	第一期	天象、氣象
《北京》1443	☑今夕雨？乙雨。允☑	第一期	天象、氣象
《北京》1444	貞：今夕不雨？八月。	第一期	天象、氣象
《北京》1445	壬辰〔卜〕，□貞：今夕雨？	第一期	天象、氣象
《北京》1446	庚辰卜，允貞：今夕亡囚？ 貞：今夕其雨？七月。	第一期	天象、氣象
《北京》1447	今夕☑？之夕允雨。	第一期	天象、氣象
《北京》1448	夕雨？	第一期	天象、氣象
《北京》1449	夕雨？	第一期	天象、氣象
《北京》1450	夕雨？一月。	第一期	天象、氣象
《北京》1451	卜，大雨？夕。	第一期	天象、氣象
《北京》1452	夕其雨？	第一期	天象、氣象
《北京》1476 正	☑今夕☑雨，重若？ ☑夕允☑己亥☑	第一期	天象、氣象
《北京》1591	丁卯卜，貞：今夕雨？之夕允雨。 貞：今夕雨？	第二期	天象、氣象
《北京》1592	貞：今夕不其雨？	第二期	天象、氣象
《北京》1593	今夕不雨？ 卜，出〔貞〕：今夕亡囚？	第二期	天象、氣象
《北京》1596	卜，今夕雨？	第二期	天象、氣象
《北京》1597	□卯卜，今夕雨？	第二期	天象、氣象
《北京》1601	己未卜，貞：今夕不雨？	第二期	天象、氣象
《北京》1606	☑，亡尤？旬申亡雨。勿夕☑	第三期	天象、氣象
《北京》1607	貞：今夕雨？	第三期	天象、氣象
《北京》1771	□□卜，㱿貞：今日夕☑	第一期	干支、曆數
《北京》1779	今夕雀☑	第一期	干支、曆數
《北京》1780	☑今夕☑	第一期	干支、曆數
《北京》1781	庚午貞：今夕☑	第一期	干支、曆數
《北京》1782	乙丑貞：今夕☑	第一期	干支、曆數
《北京》1786	丙寅卜，貞：今夕☑	第一期	干支、曆數
《北京》1793	貞：今夕☑	第一期	干支、曆數

《北京》1794	貞：今夕☒	第一期	干支、曆數
《北京》2499	☒卜夕☒	第一期	其他
《北京》2572	庚☒史☒夕☒	第一期	其他
《北京》2815	☒旅☒夕☒囚☒	第二期	其他
《北京》2816	☒貞：出☒今夕☒	第二期	其他
《北京》2914	庚丑☒亡夕☒	第五期	其他

再者，關於《法國所藏甲骨錄》所見「夕」字出現在

	卜辭內容	分 期	類 別
CF S12（HE S4-5）	（1）丙寅〔卜，貞〕：王今〔夕〕亡〔畎〕？ （2）庚午卜，貞：王今夕〔亡畎〕？	第五期（帝乙、帝辛）	卜夕

最後，《德瑞荷比所藏一些甲骨錄》「夕」出現於下列七版：

	卜 辭 內 容	分 期	類 別
GSNB B156	（1）壬□〔卜〕，貞：〔今夕〕亡〔囚〕？ （2）癸亥卜，貞：今夕亡囚？	出組一類	卜夕
GSNB B192	甲午卜，臾貞：今夕西言王？	出組二類	祭儀
GSNB B193	□未卜，臾〔貞〕：〔今〕夕西〔言〕王？	出組二類	祭儀
GSNB B194	□□卜，旅〔貞〕：今夕〔西〕言王？四月	出組二類	祭儀
GSNB B200	甲子卜，即貞：今夕亡囚？四月	出組二類	卜夕
GSNB S201	□□□，□貞：今夕不雨？	出組二類	卜夕
Chi-w 七 WS19	□□卜貞：〔王賓〕夕禫，〔亡〕尤？	出組二類	祭祀

二十、甲骨文「寐」出現概況（2版）

	卜 辭 內 容	分組分類
《合集》20966	癸丑卜，王貞：旬？八〔日〕庚申寐（𤕦），允雨自西，小〔采〕既，〔夕〕☒。五月。	自小字
《合集》20964	癸丑卜，貞：旬？五月，庚申寐（𤕧），雨自西☒。	自小字

二十一、甲骨文「夙」出現概況（20 版）

卜　辭　內　容		分組分類
《合集》529	貞：才宮，羌其夙？	典賓
《合集》9804	☑夙受年？	𠂤賓間 A
《合集》9805	☑〔夙〕受年？	𠂤賓間 A
《合集》15356	☑夙？	賓三
《合集》15357	☑夙？	賓三
《合集》15358	辛酉〔卜，貞〕：☑方其☑夙〔示〕☑？	賓三
《合集》16131 反	王固曰：其夕雨，夙明。	賓一
《合集》20346 反	☑夙复止？	𠂤肥筆
《合集》20231	鬥夙☑方其☑王㞢（🅰）☑？六月。	𠂤歷間 A
《合集》20462	丁未卜，王令夙田？	𠂤肥筆
《合集》21189	□〔酉〕卜，ᐞ，夙☑迺☑宋☑？	𠂤小字
《合集》21386	☑唐☑小夙臣☑凶？	𠂤小字
《合集》26897	癸戌夙伐弋，不雉〔人〕？	無名
《合集》27915	弜夙？	無名
《合集》28737	☑王其☑凡田，夙☑□雨？	何二
《合集》30954	重夙？	無名
《合集》40497	☑夙☑？	賓一
《屯南》371	☑日夙☑？	×
《屯南》1115	癸卯貞：丁未征𠭯示，其夙？	武乙
《懷特》121	丁☑酚☑夙☑？	×

二十二、甲骨文「早」出現概況（165 版）：

卜　辭　內　容		分組分類
《合集》199	己卯卜，爭貞：今早令㠱田，从戠至于瀧，隻羌？王固曰：娃。	典賓
《合集》1276	（3）于早酚？	典賓
《合集》1277	（3）于早酚？	典賓
《合集》1653	（2）□巳卜，爭貞：㞢于祖辛，于早酚十宰？一	典賓
《合集》2215	（1）□□卜，殻貞：今早王☑？	典賓
《合集》3505	正反☑〔今〕早王☑？	典賓

《合集》3713	（1）丙戌卜，爭貞：今〔早〕☑？	典賓
《合集》3720	☐戌卜，爭貞：今早☐㳄？ 一	典賓
《合集》3995	辛巳卜，㱿貞：今早勿望乘？ 二	賓三
《合集》3998	（2）☐早☐其☐史☐	賓三
《合集》4769 正	（1）丙辰卜，㲃貞：今早我其自來？ （2）丙辰卜，㲃貞：今早我不其自來？	典賓
《合集》5058	☐☐〔卜〕，㲃貞：今早王出？	賓一
《合集》5059	貞：今早王勿出？六	賓一
《合集》5060	貞：今〔早〕王出？	賓一
《合集》5517	☐辰卜，王貞：〔今〕早立人☐其〔不〕？ 三	𠂤賓間 A
《合集》6276	貞：今早伐舌方，受㞢又（有佑）？	典賓
《合集》6354 正	（1）壬辰卜，㲃貞：今早王循土方受，㞢（有）〔又〕（佑）？ （2）癸巳卜，㲃貞：今早王循土方，受㞢（有）〔又〕（佑）？	典賓
《合集》6358	貞：今早舌方其臺？ 一 小告 二	典賓
《合集》6398	（1）庚申卜，㲃貞：今早王循（𢔵）土方，〔受〕㞢（有）〔又〕（佑）？ 一	典賓
《合集》6399	（1）庚申卜，㲃貞：今早王循伐土方？ （2）庚申卜，〔㲃〕貞：今早〔王〕循☐	典賓
《合集》6409	丁酉卜，㲃貞：今早王収人五千正土方，受㞢又（有佑）？三月。三	典賓
《合集》6410	丁酉卜，㲃貞：今早☐☐人☐☐正土〔方，受㞢又（有佑）〕？五	典賓
《合集》6412	辛巳卜，爭貞：今早王収人，乎（呼）帚（婦）好伐土方，受㞢又（有佑）？五月。（「好」字有缺刻）	典賓
《合集》6413	（1）☐☐〔卜〕，㱿貞：今早収，正土方？ （2）辛巳卜，㱿貞：今早王比〔望〕乘伐危，受㞢又（有佑）？十一月。	典賓
《合集》6418	辛巳卜，㲃貞：今早王叀戉比伐土方，下上若，受☐？	典賓
《合集》6420	☐今〔早王〕比沚〔戉〕伐土方，受又（佑）？四月？	典賓
《合集》6424	（1）乙酉卜，貞：今早勿比戉伐土方？ 一	典賓
《合集》6425	貞：〔今早〕王禽伐土方，受〔㞢又（有佑）〕？（「伐」字有缺刻）	典賓

《合集》6426	(1) □□〔卜〕，𣪊貞：今早王伐土方□？	典賓
	(2)〔貞〕：今早王重下危〔伐□〕？	
《合集》6427	(1)□□〔卜〕，𣪊貞：今早王伐土方，受出（有）〔又〕（佑）？	典賓
	(2) 貞：今早王重下危伐，受〔出〔又〕（有佑）〕？	
《合集》6428	□〔今〕早王伐土〔方〕，下上若，我□	典賓
《合集》6429	□〔申〕卜，□〔貞：今〕早王伐土〔方〕□？五	典賓
《合集》6441	戊午卜，𣪊貞：今早王正土方？王固曰：甲申其出設，吉。其隹（唯）甲戌出設于東，□隹（唯）甲戌出設□。	典賓
《合集》6453	貞曰：旨□余，今早余其正土方，□以□□丘？二	典賓
《合集》6461 正	(1) 庚寅卜，旁貞：今早王其步伐尸？	
	(2) 庚寅卜，旁貞：今早王勿步伐尸？	賓一
《合集》6465	(1) 今早王勿旎尸？ 一	賓一
《合集》6470	正□子卜，爭〔貞〕：今早王□伐巴□	賓一
《合集》6474	(5) □歸早母來，余其比？ 二	賓一
《合集》6482	(1) 辛酉卜，𣪊貞：今早王比望乘伐下危，受出又（有佑）？	典賓
	(2) 辛酉卜，𣪊貞：今早王勿比望乘伐下危，弗其受出又（有佑）？	
《合集》6483 正	(1) 辛酉卜，〔𣪊〕貞：今早王比望乘伐下危，受出又（有佑）？	典賓
	(2) 辛酉卜，𣪊貞：今早王勿比望乘伐下危，弗其受出又（有佑）？	
《合集》6484 正	(1) 辛酉卜，𣪊貞：今早王比望乘伐下危，受出又（有佑）？ 三	典賓
	(2)〔辛〕酉卜，𣪊貞：今早〔王〕勿比望乘〔伐〕下危，弗〔其受〕出又（有佑）？ 三	
《合集》6485 正	(1) 辛酉卜，𣪊貞：今早王比望乘伐下危，受出又（有佑）？ 四	典賓
	(2) 辛酉卜，𣪊貞：今〔早王〕勿比望乘伐下危，弗其受出又（有佑）？ 四	
《合集》6486 正	(1) 辛酉卜，𣪊貞：今早王比望乘伐下危，受出又（有佑）？ 五	典賓
	(2) 辛酉卜，𣪊貞：今早王勿比望乘伐下危，弗其受出又（有佑）？〔五〕	

《合集》6487	（1）〔辛巳〕卜，爭貞：今早王比望乘伐下危，受㞢又（有佑）？十一月？ （2）辛巳卜，爭貞：今早王勿比望乘伐下危，弗其㞢又（有佑）？	典賓
《合集》6488	辛巳卜，㱿貞：今早王比望乘伐下危，受〔㞢又（有佑）〕？　一	典賓
《合集》6489	庚申卜，爭貞：今早王比望乘伐下危，受㞢又（有佑）？	典賓
《合集》6490	庚申卜，爭貞：今早王比望乘伐下危，受㞢又（有佑）？　四　二告	典賓
《合集》6491	庚申卜，宁貞：今早王比望乘伐下危，受〔㞢又（有佑）〕？　四	典賓
《合集》6492	庚申卜，宁貞：〔今〕早王〔比〕望〔乘〕伐下〔危〕，〔受㞢（有）〕又（佑）？	典賓
《合集》6493	〔庚〕申卜，□，〔貞〕今早王〔比〕望〔乘伐〕下危，受〔㞢又（有佑）〕？	典賓
《合集》6494	〔庚〕申卜，㱿貞：今早王比望乘伐下危，〔弗〕若，〔不〕我〔其受又（佑）〕？　四	典賓
《合集》6495	〔貞：今〕早王〔勿〕比望〔乘〕伐下危，〔弗〕若，不〔我其受又（佑）〕？　三　（「伐」字有缺刻）	典賓
《合集》6496	（1）丙戌卜，爭貞：今早王比望乘伐下危，我受㞢（有）〔又〕（佑）？　三　二告	典賓
《合集》6499	〔貞：今〕早叀王比望乘伐下〔危〕，受㞢又（有佑）？	典賓
《合集》6500	〔貞〕：今早〔王〕勿比望乘伐下危，弗其受又（佑）？	典賓
《合集》6502	貞：今早王勿比望乘伐下危▨？	典賓
《合集》6503	□□〔卜〕，宁貞：今早〔王勿比望乘〕伐下危？	典賓
《合集》6504	〔貞〕□早王〔比〕望〔乘〕伐下危？　一	典賓
《合集》6506	貞：今早王勿拃比望乘伐下危，下上弗若，不我其受又（佑）？　二　二告	典賓
《合集》6513	丙申卜，㱿貞：今早王勿伐下危，弗其受㞢又（有佑）？　三	典賓
《合集》6514	貞：今早王勿伐下危，弗其〔受㞢又（有佑）〕？　五	典賓
《合集》6515	正今早王叀〔下〕危伐，〔受〕㞢（有）〔又〕（佑）？	典賓

《合集》6518＋《合集》6519	（參見《補編》1884）辛丑卜，㱿貞：今早勿乎比望乘伐下危，弗其受屮又（有佑）？ 二（「望」字有缺刻） 〔註1〕	典賓
《合集》6534	（1）□□卜，㱿貞：今早王循屮方，受屮（有）〔又〕（佑）？	典賓
《合集》6539	〔貞：今早〕王伐屮〔方，敠人〕五千乎〔旋〕？	典賓
《合集》6540	貞：今早王伐屮方，〔敠〕人五千乎〔旋〕？	典賓
《合集》6542	（2）□□〔卜〕，爭貞：今早王伐屮方，受〔屮又（有佑）〕？	典賓
《合集》6543	（1）壬寅卜，爭貞：今早王伐屮方，受屮又（有佑）？十三月。	典賓
《合集》6550	（1）己丑卜，㱿貞：今早王伐芫方，受屮又（有佑）？三 （2）〔己〕丑卜，㱿貞：今早王叀正，屮又（有佑）？	典賓
《合集》6689	丁巳卜，今早方其大出？四月。	賓一
《合集》6690	（2）今早方不其出？ 一 二 （3）〔今〕早方不大出？ 一 二	賓一
《合集》6691	乙亥卜，今早方其大出？	賓一
《合集》7538	貞：今早乎比望乘伐，弗〔受其又（佑）〕？	典賓
《合集》7539	〔貞：今〕早〔王〕比〔望〕乘〔伐〕，弗受其又（佑）？ 四	典賓
《合集》7548	☑來早比望〔乘〕☑	典賓
《合集》7551	☑〔今〕早王比☑	典賓
《合集》7554	□□〔卜〕，〔㱿〕貞：今早王勿比☑弗其受屮又（有佑）？一月。	典賓
《合集》7570 正	（2）癸巳卜，㱿貞：今早☑	典賓
《合集》7585	貞：今早王伐？	典賓
《合集》8016	☑早于唐？	賓一
《合集》9178 甲	（1）□□卜，□貞：今早奚來牛？五月。	
《合集》9178 乙	貞：今早奚不其來牛？	典賓
《合集》9234 正	（1）壬子卜，㱿貞：今早王叀☑ （2）壬子〔卜〕，㱿貞：今早☑	
《合集》9234 反	（1）貞：今早王勿比沚㦴？ （2）貞：今早☑	典賓

〔註1〕 曹錦炎、沈建華編著：《甲骨文校釋總集》卷三，頁810。

《合集》9560	（5）己丑卜，旁貞：今早商秭？ （6）貞：今早不秭？	賓三
《合集》9603	（1）今〔早〕乎伐舌方？	典賓
《合集》10156	乙卯卜，貞：今早泉來水次？五月。	賓一
《合集》10558	（2）□□〔卜〕，□貞：隹于來早比□（「早」字有缺刻）	賓一
《合集》11199	（1）辛丑〔卜〕，𣪘貞：今早勿□ 一	典賓
《合集》11423 正	（1）□□〔卜〕，□貞：〔今〕早〔王〕〔隹〕〔望〕乘〔比〕？ （2）□□〔卜〕，□〔貞：今〕早王勿〔隹〕望乘比？	典賓
《合集》11513	（1）辛未卜，貞：重今早□	典賓
《合集》11514	□□卜，爭〔貞〕：今早王□	典賓
《合集》11515	□□卜，𣪘貞：今早□	典賓
《合集》11516	（1）丙寅卜，今早□	典賓
《合集》11517	戊午卜，𣪘貞：今早□勿□	典賓
《合集》11518	□□〔卜〕，□貞：今早令□□	典賓
《合集》11519 正	（2）丙戌卜，爭貞：今早王□	典賓
《合集》11520	〔戊〕戌卜，□〔貞〕□今早□〔望〕□	賓三
《合集》11522	□今早□	典賓
《合集》11523	（2）□今早□	典賓
《合集》11524	□早□王□乍□ 二	典賓
《合集》11525	□今早□祚□	典賓
《合集》11527	□□〔卜〕，爭貞：□早□𤔲（🌾）□ 二	賓一
《合集》11528	□早□于□𣪘□	賓三
《合集》11529 正	（1）□早王□	典賓
《合集》11633	□早□伐□十三月。	賓三
《合集》12236	（4）□□〔卜〕，□貞：今早王祚从□	典賓
《合集》14409	（2）甲午卜，旁貞：今早𠦪□	典賓
《合集》15553	□□卜，𣪘貞： □早奄十□？	賓一
《合集》15934	（1）□戌卜，內貞：今早王比望〔乘〕□	賓一
《合集》16240	（1）貞：今早𤔲□	賓一
《合集》16277	□今早王□受〔出又（有佑）〕？	典賓
《合集》17540 正	己卯卜，𣪘貞：于早出匸于□？	典賓
《合集》39690	早？	典賓

《合集》39769（見《合集》3995）	□□卜，宁貞：今早勿望乘☑　二	典賓
《合集》39883＝《英國》584	（3）貞：今早勿正（征）土方？	典賓
《合集》39889＝《英國》583	（1）己酉卜，𡧊貞：今早王叀土☑ （2）己酉卜，𡧊貞：今早王比☑？	典賓
《合集》39892	□□卜，𡧊貞：今早王比望〔乘伐〕下危，受〔出又（有佑）〕？　□告	典賓
《合集》39894　正	貞：今早勿隹王比望乘伐下危？	典賓
《合集》39895　正＝《英國》588　正	（1）貞今早王勿祚比望乘伐下危，下上弗〔若，不我其受又（佑）〕？	典賓
《合集》39896	貞：今早王勿祚比望乘伐下危，下上弗若，不我其受又（佑）？　二告	典賓
《合集》39897＝《英國》587	（1）己未卜，亘貞：今早王祚比〔望〕乘伐下危，下上若，受我〔又（佑）〕？	
	（2）貞：今早王勿祚比望乘伐下危，下上弗若，不我其受又（佑）？	典賓
《合集》39964＝《英國》672	（1）貞：今早王比望乘？ （2）貞：今早王勿比望乘？	典賓
《合集》39974	己巳卜，𡧊貞：今早王□比伐？	典賓
《合集》40186（重見《合集》11199）	辛丑〔卜〕，𡧊貞：今早勿☑望☑。	典賓
《英國》515＋《英國》888	〔戊〕寅卜，〔𡧊貞〕：今早王☑	第一期
《英國》581＝《合集》39887	（1）丁丑卜，𡧊貞：今早王比沚馘伐土方，受出又（有佑）？	典賓
《英國》582＋《合集》6435（參見《補編》1870）〔註2〕	☑〔貞：沚〕馘再冊，今早〔王比〕，〔伐〕土方，受出又（有佑）？	典賓
《英國》628	☑今早王☑方正？	第一期
《英國》685	〔癸〕丑卜，𡧊〔貞〕：今早王〔往〕伐□〔方〕☑	第一期
《英國》888	〔戊〕寅卜，〔𡧊〕〔貞〕：今早王☑	第一期
《英國》889	☑貞今早☑	第一期
《英國》890	☑今早☑其☑	第一期

〔註2〕曹錦炎、沈建華編著：《甲骨文校釋總集》卷十九，頁6648。

《英國》1149	（1）□岳取，早？	第一期
《英國》1404	☑早☑	第一期
《東京》27	□□卜，敵貞：□早虛十☑	×
《東京》371 正	（1）庚申卜，敵貞：今早王循，伐土方？ （2）庚申卜，□貞：今早☑循☑	×
《東京》372 正	（1）庚申卜，敵貞：今早王循，伐土方，〔受〕 屮（有）〔又（佑）〕？	×
《東京》1059	正 ☑卜：今早☑	×
《天理》138	貞：今早伐舌方，受屮（有）〔又（佑）〕？	×
《天理》158	貞：今早乎比望乘伐危，弗其受又（佑）？	×
《蘇德》149	□酉卜，敵〔貞〕：☑〔今〕早王比☑	×
《蘇德》151	（1）□□卜，敵貞：今早王伐☑	×
《北京》808	戊午卜，敵貞：今早王正土方？王固曰：甲申 其屮設，吉。其隹（唯）甲戌屮設于東，☑隹 （唯）□戌屮設☑。	第一期
《北京》809	□□〔卜〕，宵貞：今早収，正土方？ 辛巳卜，宵貞：今早王〔比望〕乘伐危，受屮又 （有佑）？十一月。	第一期
《北京》813	己巳卜，敵貞：今早王□人伐？	第一期
《北京》814	☑貞：今早王〔伐〕☑？	第一期
《北京》815	☑今早王☑，受屮（有）〔又（佑）〕？	第一期
《北京》816	□戌卜☑今早☑望☑？	第一期
《北京》1569 正	丙戌卜，爭貞：今早王☑？	第一期
《合集》23430	（3）□酉卜，大貞：今早☑	出一
《合集》25370	（1）□□〔卜〕，出貞：來早王其斁，丁☑	出一
《合集》25371	丁亥卜，出貞：來早王其斁，丁盤，〔帚〕新☑	出一

二十三、甲骨文「夘」出現概況（4 版）

卜　辭　內　容		分組分期
《合集》20957	己亥卜，庚又雨？其夘允雨。 于辛雨？庚夘雨。辛啟。	自小字
《合集》21016	癸亥卜，貞：旬？二月。乙丑夕雨。丁卯夘雨。 戊小采日雨止，〔風〕。己明啟。	自小字
《合集》20964+ 21310	癸丑卜，貞：旬？五月。庚申㾞人雨自西夘既 ☑。	自小字
《合集》22093	丙午夘卜，屮（侑）歲于父丁：羊一？	午組

二十四、甲骨文「中彔」出現概況（3 版）

卜　辭　內　容		分組分期
《合集》13375 正	☑〔壴〕☑壬其雨，不☑中彔〔允〕☑辰亦☑風。	典賓
《懷特》1384	☑中彔山酚？	第三期
《合集》35344	丁酉，中彔卜，才兮貞：才戌田，□其以出人甾，亡〔災〕？	黃類

二十五、甲骨文「盟」出現概況（5 版）

卜辭內容		分組分期
《合集》27946	王其歲，丁盟戊其𢀖，亡戋，弗悔？	無名
《合集》31148	叀甲盟乙酚，又（有）雨？	無名
《合集》31149	叀羊，今丁盟？	
《合集》31150	叀今己盟庚☑？	無名
《合集》31151	叀庚盟辛酚，又☑？	無名

附錄二：金文所見紀時內容

一、兩周銘文「辰在干支」之句型

《書名》編號	器　名	銘　文　內　容	時　代
《集成》5431	高卣	隹（唯）十又二月，王初饗旁，隹（唯）還在周，辰才（在）庚申。	西周早期
《集成》6007	耳尊	隹（唯）六月初吉，辰才（在）辛卯。	西周早期
《集成》2839	小盂鼎	隹（唯）八月既朢（望），辰在甲申。	西周早期
《集成》2670	旂鼎	唯八月初吉，辰才（在）乙卯。	西周早期
《集成》2725、2726	歸戈鼎	隹（唯）八月，辰才（在）乙亥，王才（在）蒡京。	西周早期
《集成》6016、9901	矢令尊、矢令方彝	隹（唯）八月，辰才（在）甲申，王令周公子明僳（保）尹三事四方，受卿旆（士）寮（僚）。	西周早期
《集成》4320	宜侯矢簋	隹（唯）四月，辰才（在）丁未，王省珷王、成王伐商圖。	西周早期
《集成》5404〜5426	庚姬卣	隹（唯）五月，辰才（在）丁亥。	西周早期

《集成》5997	庚姬尊	隹（唯）五月，辰才（在）丁亥，帝司（后）賞庚姬貝卅朋。	西周早期
《集成》2838	曶鼎	隹（唯）王四月既眚（生）霸，辰才（在）丁酉，井（邢）弔（叔）才（在）異。	西周中期
《集成》6011	盠尊	隹（唯）王十又二月，辰才（在）甲申，王初執駒于㡀。	西周中期
《集成》4023	伯中父簋	隹（唯）五月，辰才（在）壬寅。	西周中期
《新收》1452（附註 1）	䜌卣	隹（唯）王九月，辰才（在）己亥丙公獻（獻）王餗器，休無遣。	西周中期
《集成》3953	辰在寅簋	隹（唯）七月既生霸，辰才（在）寅。	西周中期
《集成》4269	縣改簋	隹（唯）十又二月既望（望），辰才（在）壬午。	西周中期
《集成》285、272	叔尸鎛、叔尸鐘	隹（唯）王五月，辰（辰）才（在）戊寅，師于淄（[illegible]）涶（[illegible]）。	春秋晚期〔齊靈公〕
《新收》1074（附註 3）	椒可忌豆	隹（唯）王正九月辰才（在）丁亥，椒（[illegible]）可忌作氒（厥）元子中（仲）姞媵鐘（錞）。	戰國時期
（附註 4）	元年閏矛	元年閏辰十二月丙□□。	戰國時期

◎ 附註 1：西周中期〈䜌卣〉原著錄《上海博物館集刊》7 期（1996 年），頁 45～46。本器又收錄劉雨、盧岩編著：《近出殷周金文集錄》第三冊，書中命名爲〈䜌卣〉編號 605，頁 66。

◎ 附註 2：本器始見張光裕：〈新見樂从堂䍙尊銘文試釋〉，張光裕、黃德寬主編：《古文字學論稿》（合肥：安徽大學出版社，2008 年），頁 5～10。同年，（董珊〈讀聞尊銘〉詳細斷代，「復旦網網站」（2008 年 4 月 26 日），網址：http://www.gwz.fudan.edu.cn/srcshow.asp？src_id=413#_edn1。

◎ 附註 3：本器「訂名」有所分歧，例如：（1）劉雨、盧岩編著：《近出殷周金文集錄》第二冊編號 543，稱作「梁伯可忌豆」，頁 455。（2）山東省博物館編：《山東金文集成》則稱本器爲「元子仲吉豆」（濟南：齊魯書社，2007 年），頁 443

◎ 附註 4：關於〈元年閏矛〉爲 1983 年 2 月爲濟南博物館揀選，見于中航：〈「元年閏」矛〉《文物》1987 年 11 期，頁 88。

二、兩周金文「夙」字出現情況

《書名》編號	器 名	銘 文	時 代
《集成》4131	利簋	珷（武王）征商，隹（唯）甲子朝，歲鼎，克聞（昏）夙又（有）商。	西周早期
《集成》2837	盂鼎	盂，廼詔（紹）夾死嗣（司）戎，敏諫（速）罰訟，夙（夙）夕詔（詔）我一人登（烝）四方，雩我其遹省先王受民受疆（疆）土。	西周早期
《集成》5401	壴卣	文考日癸，乃沈子壴，乍（作）父癸旅宗障彝，其呂（以）父癸夙（夙）夕卿爾百聞（婚）遘（媾）。〔單光〕。	西周早期
《集成》9451	麥盉	井（邢）侯光氒（厥）吏（事）麥，爾（獻）于麥宸（宮），侯易（賜）麥金，乍（作）盉，用從井（邢）侯征事，用埊（旋）徒（走）夙（夙）夕，爾（獻）御事。	西周早期
《集成》2614	曆鼎	曆肇（肇）對元德，考（孝）睿（友）隹（唯）井（型），乍（作）寶障彝，其用夙（夙）夕鷺亯（享）。	西周早期
《集成》2553、2554	應公鼎	曰：奄呂（以）乃弟，用夙（夙）夕鷺亯（享）。	西周早期
《集成》6005	黽尊	唯九月既生霸，公令黽從□友□□□，黽既告于公，休亡啟，敢對揚氒（厥）休，用乍（作）辛公寶障彝，用夙（夙）夕配宗，子子孫孫其萬年永寶。	西周早期或中期
《集成》6009	效尊	烏虖（乎），效不敢不萬年夙（夙）夜奔走，揚公休，亦其子子孫孫永寶。	西周中期
《集成》5410	啓卣	王出獸南山，宷沺山谷，至于上侯，瀘（順）川上，啓從征，菫（謹）不襲，乍（作）且（祖）丁寶旅障彝，用匃魯福，用夙（夙）夜事。〔戈菥（簏）〕。	西周中期
《集成》10175	史牆盤	孝睿（友）史牆，夙（夙）夜不象（弛），其曰蔑曆，牆弗敢取〔沮〕，對揚天子不（丕）顯休令，用乍（作）寶障彝。	西周中期
《集成》5993	作厥尊	□乍（作）氒（厥）穆穆文且（祖）考寶障彝，其用夙（夙）夜亯（享）于氒（厥）大宗，其用匃永福，蕅（萬）年子孫。	西周中期

《集成》4023	伯中父簋	隹（唯）五月，辰才（在）壬寅，白（伯）中父殟（夙）夜事走考，用乍（作）氒（厥）寶障簋。	西周中期
《集成》3920	伯百父簋	白（伯）百父乍（作）周姜寶簋，用殟（夙）夕喜（享），用庸（祈）邁（萬）壽。	西周中期
《集成》2791	伯姜鼎	用殟（夙）夜明喜（享）于邵白（伯）日庚。天子萬年，百世孫孫子子受氒（厥）屯（純）魯，白（伯）姜日受天子魯休。	西周中期
《集成》5968	服尊	服肇（肇）殟（夙）夕明（盟）喜（享），乍（作）文考日辛寶障彝。	西周中期
《集成》4343	牧簋	敬殟（夙）夕，勿灋（廢）朕（朕）令。	西周中期
《集成》4199、4200	恒簋蓋	殟（夙）夕勿灋（廢）朕（朕）令。	西周中期
《集成》4288～4291	師酉簋	敬殟（夙）夜，勿灋（廢）朕（朕）令。	西周中期
《集成》4316	師虎簋	敬殟（夙）夜，勿灋（廢）朕（朕）令，易（賜）女（汝）赤舄，用事。	西周中期
《集成》2812	師望鼎	虔殟（夙）夜出內（入）王命，不敢不豢不奱，王用弗諲（忘）聖人之後，多蔑曆易（賜）休，望（望）敢對揚天子不（丕）顯魯休。	西周中期
《集成》2830	師𤰒鼎	小子殟（夙）夕專由先且（祖）剌（烈）德，用臣皇辟。	西周中期
《集成》5433	效卣	烏虖（乎），效不敢不邁（萬）年殟（夙）夜奔走，揚公休，亦其子子孫孫永寶。	西周中期
《集成》4219～4221、4223～4224；4222	追簋；追簋蓋	追虔殟（夙）夕卹氒（厥）死事，天子多易（賜）追休，追敢對天子覲揚，用乍（作）朕（朕）皇且（祖）考障簋。	西周中期
《集成》2789、2824	㝬鼎	㝬拜頴首，對揚王令（命），用乍（作）文母日庚寶障鼎彝，用穆穆殟（夙）夜障喜（享）孝妥（綏）福，其子子孫孫永寶丝（茲）剌（烈）。	西周中期
《集成》4322	㝬簋	用乍（作）文母日庚寶障簋，卑（俾）乃子㝬萬年，用殟（夙）夜障喜（享）孝于氒（厥）文母，其子子孫孫永寶。	西周中期
《集成》4170～4177	癲簋	用辟先王，不敢弗帥用殟（夙）夕，王對癲柉，易（賜）佩，乍（作）且（祖）考簋，其蠹（敦）祀大神，大神妥（綏）多福，癲萬年寶。	西周中期

《集成》246～250	癲鐘	不（丕）顯高且（祖）、亞且（祖）、文考，克明乎（厥）心，疋尹髮乎（厥）威義（儀），用辟先王，癲不敢弗帥且（祖）考，秉明德、圖（勖）殟（夙）夕、左尹氏，皇王對癲身㮰（懋），易（賜）佩，敢乍（作）文人大寶㷔（協）龢鐘。	西周中期
《集成》252	癲鐘	今癲殟（夙）夕虔苟（敬）卹乎（厥）死事，肇乍（作）龢鑑（𤔲，林）鐘	西周中期
《新收》633、1874	虎簋蓋	虎用乍文考日庚隮𣪘，子孫其永寶用，夙夕亯于宗。〔註3〕	西周中期
巂尊（應）〔註4〕		巂肇諆乍寶隮彝，用夙夕亯考。	西周中期
《集成》2816	伯晨鼎	用殟（夙）夜事，勿灋（廢）朕令。	西周中期或晚期
《集成》4469	瑝盨	敬殟（夙）夕，勿灋（廢）肤（朕）命。	西周晚期
《集成》4279～4282	元年師旋簋	易（賜）女（汝）赤市、冋黃（衡）、麗般（鞶），敬殟（夙）夕用事。	西周晚期
《集成》2841	毛公鼎	女（汝）母（毋）敢妄（荒）盜（寧），虔殟（夙）夕叀（惠）我一人……女（汝）母（毋）敢象（弛）在乃服，圖（勖）夙夕，敬念王畏（威）不賜（易）。	西周晚期
《集成》4157～4158	竆乎簋	隹（唯）正二月既死霸壬戌，竆乎乍（作）寶𣪘，用聖（聽）殟（夙）夜，用亯（享）孝皇且（祖）文考，用匄釁（眉）壽永令（命），乎其萬人（年）永用。〔束〕。	西周晚期
《集成》3995	伯偈父簋	白（伯）偈父乍（作）姬櫐寶𣪘，用殟（夙）夜亯（享）于宗室，子子孫孫永寶用。	西周晚期
《集成》4160、4161	伯康簋	白（伯）康乍（作）寶𣪘，用鄉（饗）倗友，用饌（饋）王父、王母，它（施）它（施）受絲（茲）永命，無彊（疆）屯（純）右（祐），康其萬年釁（眉）壽，永寶絲（茲）𣪘，用殟（夙）夜無䢦（怠）。	西周晚期

〔註3〕西周中期〈虎簋蓋〉原刊載《考古與文物》3 期（1997 年），頁 78～79。本器又收錄劉雨、盧岩編著：《近出殷周金文集錄》第二冊，編號 491，頁 379～380。

〔註4〕西周中期〈巂尊〉出土於「河南平頂山市新華區薛莊鄉北韋村蚩陽嶺應國墓地 84：103、84：99」，原刊載《文物》9 期（1998 年），頁 7～11。本器又收錄劉雨、盧岩編著：《近出殷周金文集錄》第三冊，書中命名爲〈仁再卣〉編號 601、636，頁 61、99。

《集成》4331	师伯歸夆簋	用乍（作）朕（朕）皇考武师幾王障段，用好宗朝（廟），喜（享）夙（夙）夕，好倗（朋）友雩百者（諸）婚溝（媾），用魛（祈）屯（純）彔（祿）永命魯壽子孫。	西周晚期
《集成》2836	克鼎	觀易（賜）女（汝）丼人奔于量。敬夙（夙）夜用事，勿灋（廢）朕令。	西周晚期
《集成》4056～4058	叔鄂父簋	弔（叔）覊（鄂）父乍（作）鷈姬旅段，其夙（夙）夜用喜（享）孝于皇君，其萬年永寶用。	西周晚期
《集成》4137	叔妖簋	弔（叔）妖乍（作）寶障段，眔中氏邁（萬）年，用侃喜百生（姓）、倗（朋）友眔子婦，孫孫永寶用，夙（夙）夜喜（享）孝于宗室。	西周晚期
《集成》4467、4468	師克盨（蓋）	敬夙（夙）夕，勿灋（廢）朕（朕）令。	西周晚期
《集成》4324、4325	師藝簋	夙（夙）夜勿灋（廢）朕（朕）令。	西周晚期
《集成》4311、4313、4314	師獸簋	易（賜）女（汝）戈 裁□必（祕）彤帠（沙）、毌五、錫鐘一、肆（肆）、五金，敬乃夙（夙）夜用事。	西周晚期
《集成》63	逆鐘	敬乃夙（夙）夜，用甹（甹，屏）朕（朕）身，勿灋（廢）朕（朕）命，母（毋）彖（弛）乃政。逆敢拜手齧（頜）。	西周晚期
《集成》187、189、	梁其鐘	汋（梁）其肇（肇）帥井（型）皇且（祖）考秉明德，虔夙（夙）夕，辟天子，天子肩事汋（梁）其，身邦君大正，用天子寵蔑汋（梁）其曆。	西周晚期
《集成》192	梁其鐘	汋（梁）其肇（肇）帥井（型）皇且（祖）考秉明德，虔夙（夙）夕，鎗鎗鏓鏓，鎬鎬鏳鏳，用卲。	西周晚期
《集成》4326	番生簋蓋	番生不敢弗帥井（型）皇且（祖）考不（丕）杯（丕）元德，用鸙（申）圖（紹）大令，甹（屏）王立（位），虔夙（夙）夜專（溥）求不朁德，用諫四方。	西周晚期
《集成》4340	蔡簋	女（汝）母（毋）弗善效姜氏人，勿使敢又（有）疾，止從獄，易（賜）女（汝）玄袞衣、赤舄，敬夙（夙）夕，勿灋（廢）朕（朕）令。	西周晚期

《新收》747-2	四十三年逨鼎	賜女（汝）矩鬯（鬯）一卣、玄袞衣赤舄、駒車、桒較（𩒜）、朱虢……敬夙（夙）夕勿灋躲（朕）令，逨拜稽首受冊，佩以出，反入堇圭。	西周晚期
《新收》757-3	逨盤	逨肇𢼸朕皇祖考服，虔夙（夙）夕，敬朕死事，肆（肆）天子多賜逨休，天子其萬年無疆，耆黃耇，保奠周邦，諫辥四方。	西周晚期
《新收》1907	師克盨〔註5〕	敬夙（夙）夕勿灋（廢）躲（朕）令，克敢對揚天子不（丕）顯魯休，用乍盨。克其萬年子子孫孫永寶用。	西周晚期
《集成》267～270；262、264	秦公鎛；秦公鐘	余小子，余夙（夙）夕虔躲（朕）祀，吕（以）受多福，克明又心，盭龢胤士，咸畜左右。	春秋早期
《集成》4458	魯伯念盨	魯白（伯）念用公觀（龏），其肇（肇）乍（作）其皇孝（考）皇母旅盨殷，念夙（夙）興（興）用追孝，用𤔲（祈）多福，念其萬年釁（眉）壽，永寶用𩫖（享）。	春秋早期
《集成》285、272	叔尸鎛、叔尸鐘	公曰：女（汝）尸，余經乃先且（祖），余既尃乃心，女少（小）心畏忌，女（汝）不彖（弛）夙（夙）夜，宦執而政事。	春秋晚期
《集成》10583	燕侯載器	郾（燕）侯奞（載）思（夙）夜忌（淑）人哉，教凵（糾）所，祗敬禱祀，休台馬䶒城母	戰國（無法分期）
《集成》144	越王者旨於賜鐘	佳（唯）正月甬（仲）春吉日丁亥，戉（越）王者旨於賜睪（擇）氒（厥）吉金，自乍（作）禾（龢）巠（聯）翟（鎛），台（以）樂可康，嘉而（爾）賓客，旬旬台（以）鼓之，夙（夙）莫（暮）不貣（忒），順余子孫，萬枼（世）亡（無）疆，用之勿相（喪）。	戰國早期
《集成》2840	中山王𧕟鼎	臣宔（主）之宜（義），婪（夙）夜不解（懈），吕（以）道（導）寡人，含（今）奓（余）方壯，智（知）天若否，侖（論）其惪（德），省其行，亡不忎（順）道。	戰國中期或晚期

〔註5〕西周晚期〈師克盨〉著錄於《考古》第1期（1994年），頁70。本器又收錄劉雨、盧岩編著：《近出殷周金文集錄》第二冊編號507，頁406～407。

| 《集成》9735 | 中山王嚳壺 | 氏（是）弖（以）遊夕歈（飲）飤（食），寧又（有）憂（惕）昃（惕），貯渴（竭）志盡忠，弖（以）猇（佐）右辝（厥）關（辟），不臘（貳）其心，受賃（任）猇（佐）邦，娿（夙）夜篚（匪）解（懈），進擊（賢）散（措）能，亡（無）又（有）轉息。 | 戰國晚期 |

三、西周中、晚期金文「且」出現內容

《書名》編號	器 名	銘 文 內 容	時 代
《集成》2783	七年趞曹鼎	隹（唯）七年十月既生霸，王才（在）周般宮。且，王各大室。	西周中期
《集成》4251、4252	大師虘簋	正月既望甲午，王才（在）周師彔（量）宮，且，王各大室。	西周中期
《集成》9898	吳方彝蓋	隹（唯）二月初吉丁亥，王才（在）周成大室，且，王各廟。	西周中期
《集成》10170	走馬休盤	隹（唯）廿年正月既望甲戌，王才（在）周康宮。且，王各大室。	西周中期
《集成》4196	師毛父簋	隹（唯）六月既生霸戊戌，且，王各于大室。	西周中期
《集成》4277	師俞簋蓋	隹（唯）三年三月初吉甲戌，才（在）周師彔宮，且，王各大室。	西周中期
《集成》2817	師晨鼎	隹（唯）三年三月初吉甲戌，王才（在）周師彔宮。且，王各大室。	西周中期
《集成》4272	塱簋	隹（唯）王十又三年六月初吉戊戌，王才（在）周康宮新宮，且，王各大室。	西周中期
《集成》4287	伊簋	隹（唯）王廿又七年正月既望丁亥，王才（在）周康宮，且，王各穆大室。	西周晚期
《集成》2821～2823、4303～4310	此鼎、此簋	隹（唯）十又七年十又二月既生霸乙卯，王才（在）周康宮徲宮。且，王各大室。	西周晚期
《集成》2836	克鼎	王才（在）宗周，且，王各穆廟。	西周晚期
《集成》4321	訇簋	唯王十又七祀，王才（在）射日宮，且，王各，益公入右（佑）訇。	西周晚期
《集成》4312	師穎簋	隹（唯）王元年九月既望丁亥，王才（在）周康宮，且，王各大室。	西周晚期
《集成》4294、4295	揚簋	隹（唯）王九月既眚（生）霸庚寅，王才（在）周康宮，且，各大室。	西周晚期

《書名》編號	器　名	銘　　文	時　代
《集成》9731、9732	頌壺、頌壺蓋	隹（唯）三年五月既死霸甲戌，王才（在）周康邵（昭）宮。旦，王各大室。	西周晚期
《集成》2827～2829	頌鼎	隹（唯）三年五月既死霸甲戌，王才（在）周康邵宮。旦，王各大室。	西周晚期
《集成》4332～4335、4337、4339	頌簋	隹（唯）三年五月既死霸甲戌，王才（在）周康邵宮，旦，王各大室。	西周晚期
《集成》4336、4338	頌簋蓋	隹（唯）三年五月既死霸甲戌，王才（在）周康邵宮，旦，王各大室。	西周晚期
《集成》2819、10172	裘鼎、裘盤	隹（唯）廿又八年五月既朏（望）庚寅，王才（在）周康穆宮。旦，王各大室。	西周晚期
《集成》4340	蔡簋	隹（唯）元年既朢（望）丁亥，王才（在）雝应，旦，王各廟。	西周晚期
《集成》4285	諫簋	隹（唯）五年三月初吉庚寅，王才（在）周師彔宮，旦，王各大室。	西周晚期
《新收》745-1	四十二年逨鼎	隹（唯）卌又二年五月既生霸，乙卯王才（在）周康穆宮，旦，王各大室。〔註6〕	西周晚期
《新收》747-1	四十三年逨鼎	隹（唯）卌又三年六月既生霸，丁亥王才（在）周康穆宮，旦，王各周廟。	西周晚期
《新收》880（晉）	晉侯穌鐘	〔穌拜稽首，受駒以〕出，反入，拜（稽）頴首。丁亥，旦，王鄒于邑伐宮。庚寅，旦，王各（格）大室，嗣（司）工揚父入〔又（右）晉侯穌，王親（親）儕晉侯穌鬯鬯一卣、弓矢百、馬四匹，穌敢揚天子丕顯魯休，用乍元穌錫鐘，用昭格前文人〕。	西周晚期
《新收》1962	頌壺	隹（唯）三年五月既死霸，甲戌王才（在）周康邵宮，旦，王各大室。	西周晚期

四、西周銘文「朝夕」

《書名》編號	器　名	銘　　文	時　代
《集成》2655	先獸鼎	先獸（獸）乍（作）朕老（考）寶障鼎，獸（獸）其邁（萬）年永寶用，朝夕鄉（饗）氒（厥）多倗（朋）友。	西周早期

〔註6〕 學界討論「陝西眉縣楊家村西周青銅器」之內容，詳閱《文物》第6期（2003年），頁4～93。

《書名》編號	器名	內容	時代
《集成》2837	盂鼎	敏朝夕入讕（諫），喜（享）奔走，畏天畏（威）。	西周早期
《集成》4030～4031	史臨簋	乙亥，王彗（誥）畢公，廼易（賜）史臨貝十朋，臨由于彝，其于之朝夕監。	西周早期
海外回流青銅器觀摩討論會	獄鼎	獄肇作朕文考甲公寶隨彝，其日朝夕用鶊祀于罧（厥）百申（神），孫孫子子其永寶用。	西周中期
《集成》3964～3970	仲殷父簋	中（仲）殷父鑄殷，用朝夕喜（享）孝宗室，其子子孫永寶用。	西周晚期
《集成》4089	事族簋	隹（唯）三月既望乙亥，事族乍（作）寶殷，其朝夕用喜（享）于文考，其子子孫孫永寶用。	西周晚期
《集成》4465	膳夫克盨	克拜頜（稽）首，敢對天子不（丕）顯魯休揚，用乍（作）旅盨，隹（唯）用獻于師尹、佣（朋）友、聞（婚）遘（媾），克其用朝夕喜（享）于皇且（祖）考，皇且（祖）考其數數彙彙，降克多福，釁（眉）壽永令（命），畎（畯）臣天子，克其日易（賜）休無彊（疆），克其萬年，子子孫孫永寶用。	西周晚期

五、兩周所見「夙夜」出現概況

《書名》編號	器名	內容	時代
《集成》2824	癸鼎	癸拜頜首，對揚王令（命），用乍（作）文母日庚寶隨鼎彝，用穆穆殀（夙）夜隨喜（享）孝妟（綏）福，其子子孫孫永寶絲（茲）剌（烈）。	西周中期
《集成》4322	癸簋	癸拜頜首，對揚文母福剌（烈），用乍（作）文母日庚寶隨殷，卑（俾）乃子癸萬年，用殀（夙）夜喜（享）孝于罧（厥）文母，其子子孫孫永寶。	西周中期
《集成》2812	師望鼎	用辟于先王，旻（得）屯（純）亡敃，望（望）肇（肇）帥井（型）皇考，虔殀（夙）夜出內（入）王命，不敢不豸不妻，王用弗諲（忘）聖人之後，多蔑曆易（賜）休，	西周中期
《集成》4023	伯中父簋	隹（唯）五月，辰才（在）壬寅，白（伯）中父殀（夙）夜事走考，用乍（作）罧（厥）寶隨殷。	西周中期

《集成》4316	師虎簋	今余隹（唯）帥井（型）先王令，令女（汝）更乃曼（祖）考啻（嫡）官，嗣（司）ナ（左）右戲鯀（繁）荊（荊），敬夙（夙）夜，勿灋（廢）躲（朕）令，易（賜）女（汝）赤舄，用事。	西周中期
《集成》5433	效卣	效對公休，用乍（作）寶隩彝。烏虖（乎），效不敢不邁（萬）年夙（夙）夜奔走，揚公休，亦其子子孫孫永。	西周中期
《集成》5993	作厥尊	□乍（作）乎（厥）穆穆文且（祖）考寶隩彝，其用夙（夙）夜亯（享）于乎（厥）大宗，其用匃永福，傿（萬）年子孫。	西周中期
《集成》10175	史牆盤	害（黇）犀（遲）文考乙公，遶趩得屯（純），無諫（責）農嗇（穡），歲譖（稼）隹（唯）辟，孝䇎（友）史牆，夙（夙）夜 不象（弛），其日蔑曆，牆弗敢取（沮），對揚天子不（丕）顯休令，用乍（作）寶隩彝。	西周中期
《新收》701	就甗	就羈乍旅甗，用夙（夙）夜 追孝于朕文且（祖）日己，朕文考日庚，用旂釁壽。	西周中期
《新收》1600	師酉鼎	隹（唯）王四祀九月初吉丁亥，王各（格）于大室，吏（使）師俗召師酉。王親（親）褱（寵）亞師酉，賜豹裘，曰：貎夙（夙）夜 辟事我一人。	西周中期
《集成》63	逆鐘	敬乃夙（夙）夜，用甹（粤，屏）躲（朕）身，勿灋（廢）躲（朕）命，母（毋）象（弛）乃政。逆敢拜手頷（頷）。	西周晚期
《集成》2836	克鼎	敬夙（夙）夜用事，勿灋（廢）躲（朕）令。	西周晚期
《集成》3995	伯偈父簋	白（伯）偈父乍（作）姬㷵寶簋，用夙（夙）夜亯（享）于宗室，子子孫孫永寶用。	西周晚期
《集成》4058	叔鄂父簋	弔（叔）噩（鄂）父乍（作）鷈姬旅簋，其夙（夙）夜用亯（享）孝于皇君，其萬年永寶用。	西周晚期
《集成》4158	竈乎簋	隹（唯）正二月既死霸壬戌，竈乎乍（作）寶簋，用聖（聽）夙（夙）夜，用亯（享）孝皇且（祖）文考，用匃覺（眉）壽永令（命），乎其萬人（年）永用。〔束〕。	西周晚期

《集成》4160、4161	伯康簋	白（伯）康乍（作）寶殷，用鄉（饗）倗友，用鱗（饋）王父、王母，它（施）它（施）受絲（茲）永命，無彊（疆）屯（純）右（祐），康其萬年釁（眉）壽，永寶絲（茲）殷，用殀（夙）夜無訇（怠）。	西周晚期
《集成》4313～4314	師袁簋	師袁虔不象（弛）殀（夙）夜，卹乎（厥）牆（將）旂（事）。	西周晚期
《集成》4324、4325	師嫠簋	師嫠，才（在）先王小學，女（汝）敏可事（使），既令女（汝）更乃且（祖）考嗣（司），今余唯繼（申）稟乃令（令），令（令）女（汝）嗣（司）乃且（祖）舊官小輔、鼓鐘，易（賜）女叔（素）市、金黃（衡）、赤舄、攸（鑾）勒，用事，殀（夙）夜勿灋（廢）朕（朕）令。	西周晚期
《集成》4326	番生簋蓋	用繼（申）酾（紹）大令，粤（屏）王立（位），虔殀（夙）夜專（溥）求不替德，用諫四方，醽（柔）遠能爇（邇）。	西周晚期
《集成》285、272	叔尸鎛、叔尸鐘	公曰：女（汝）尸，余經乃先且（祖），余既專乃心，女少（小）心畏忌，女（汝）不象（弛）殀（夙）夜，宦執而政事。	春秋晚期
《集成》10583	燕侯載器	郾（燕）侯奪（載）思（夙）夜思（淑）人哉，教山（糾）所，祗敬橋祀，休台馬醽城母	戰國 無法分期
《集成》2840	中山王響鼎	臣宔（主）之宜（義），娑（夙）夜不解（懈），呂（以）道（導）寡人，含（今）畬（余）方壯，智（知）天若否，侖（論）其惡（德），省其行，亡不忞（順）道。	戰國中期或晚期
《集成》9735	中山王響壺	貯渴（竭）志盡忠，呂（以）猺（佐）右乎（厥）闢（辟），不賦（貳）其心，受賃（任）猺（佐）邦，娑（夙）夜篚（匪）解（懈），進孯（賢）散（措）能，亡（無）又（有）轉息。	戰國晚期

附錄三：竹簡所見紀時內容

◎夜半

放馬灘秦簡	《日書》乙〈納音五行〉簡 182 第 5 排　夜半後鳴五
	《日書》乙〈音律貞卜〉簡 277　南呂殹之留事也。日貞在南＝呂＝（南呂，南呂）之數之於大族□□□□北卜相求夜半而斲則金聲分＝其務有立失望如福非常以殼不見大喪安所敗旁其奈恒輅公社，卜祠祀不吉。
周家臺秦簡	《日書》〈線圖〉夜半　　虛　　水　　北
嶽麓秦簡	〈占夢書〉簡 5　晦而夢，三年至；夜半夢者，二年而至；雞鳴夢者□。

◎夜過半

周家臺秦簡	《日書》〈線圖〉夜過半　　　婺＝（婺女）

◎雞未鳴、雞鳴

放馬灘秦簡	《日書》甲〈生子〉簡 19　未中女，夜中男，夜過中女，雞鳴男。
	《日書》乙〈生子〉簡 143　□男，夜未中女，夜□中男，夜過中女，雞鳴男。
	《日書》乙〈生子〉簡 356　不死厚而寬，主呂有遷殹。後皆有請有令。且至晨自雞鳴，直此卦者，君子之貞。
睡虎地秦簡	〈編年記〉簡 45 壹　卅五年，攻大壄（野）王。十二月甲午雞鳴時，喜產。
	乙種〈十二時〉簡 156　〔雞鳴丑，平旦〕寅，日出卯，食時辰，莫食巳，日中午，暴（日失）未，下市申，舂日酉，牛羊入戌，黃昏亥，人定〔子〕。
王家臺秦簡	《日書》〈病〉簡 49　甲、乙木，青，東方，甲、乙病，雞鳴到日出不死□。
	《日書》〈病〉簡 399　子有病，不五日乃七日有瘳。雞鳴病，死。
	《日書》〈病〉簡 360　五子有疾，四日不瘳，乃七日。雞鳴有疾，死。
嶽麓秦簡	〈占夢書〉簡 5　晦而夢，三年至；夜半夢者，二年而至；雞鳴夢者□。

◎前鳴、中鳴

放馬灘秦簡	《日書》乙〈納音五行〉簡 181 第 5 排　人奠（定）中鳴六

◎雞後鳴

放馬灘秦簡	《日書》乙〈納音五行〉簡 182 第 5 排　夜半後鳴五
	《日書》乙〈納音五行〉簡 190 第 4 排　莫（暮）食前（？）鳴七
周家臺秦簡	《日書》〈線圖〉雞後鳴　　　箕

◎黿旦

周家臺秦簡	《日書》〈線圖〉黿旦　　　尾

◎（平）旦

上博楚竹書	五〈姑成家父〉簡 1～2　旦夕絧（治）之，思（使）又（有）君臣之節
	五〈三德〉簡 1　櫚（平）旦母（毋）哭，明母（毋）訶（歌）
放馬灘秦簡	《日書》甲〈生子〉簡 16　平旦生女，日出生男，夙食女，莫食男，日中女，日過中男。
	《日書》甲〈生子〉簡 17　旦則女，日下則男，日入男，昏（昏）女，夜莫男，夜
	《日書》甲〈禹須臾行日〉簡 43（上半）　入月一日：旦西吉，日中北吉，昏東吉，南吉。
	《日書》甲〈禹須臾行日〉簡 44（上半）　入月二日：旦西吉，日中北吉，昏東吉，中夜南吉。
	《日書》甲〈禹須臾行日〉簡 45（上半）　入月三日：旦西吉，日中北吉，昏東吉，中夜南吉。
	《日書》甲〈禹須臾行日〉簡 46（上半）　入月四日：旦西吉，日中南吉，昏北吉，中夜東吉。
	《日書》甲〈禹須臾行日〉簡 47（上半）　入月五日：旦南吉，日中西吉，昏北吉，中夜東吉。
	《日書》甲〈禹須臾行日〉簡 48（上半）　入月六日：旦南吉，日中西吉，昏北吉，中夜東吉。
	《日書》甲〈禹須臾行日〉簡 49（上半）　入月七日：旦南吉，日中西吉，昏北吉，中夜南吉。
	《日書》甲〈禹須臾行日〉簡 50（上半）　入月八日：旦南吉，日中西吉，昏北吉，中夜南吉。

《日書》甲〈禹須臾行日〉簡 51（上半）旦南吉，日中西吉，昏北吉，中夜南吉。	入月九日：旦南吉，日中西吉，昏北吉，中夜南吉。
《日書》甲〈禹須臾行日〉簡 52（上半）旦南吉，日中西吉，昏北吉，中夜南吉。	入月十日：旦南吉，日中西吉，昏北吉，中夜南吉。
《日書》甲〈禹須臾行日〉簡 53（上半）旦東吉，日中南吉，昏北吉，中夜北吉。	入月十一日：旦東吉，日中南吉，昏北吉，中夜北吉。
《日書》甲〈禹須臾行日〉簡 54（上半）旦東吉，日中南吉，昏西吉，中夜北吉。	入月十二日：旦東吉，日中南吉，昏西吉，中夜北吉。
《日書》甲〈禹須臾行日〉簡 55（上半）旦東吉，日中南吉，昏西吉，中夜北吉。	入月十三日：旦東吉，日中南吉，昏西吉，中夜北吉。
《日書》甲〈禹須臾行日〉簡 56（上半）旦東吉，日中南吉，昏西吉，中夜北吉。	入月十四日：旦東吉，日中南吉，昏西吉，中夜北吉。
《日書》甲〈禹須臾行日〉簡 57（上半）旦東吉，日中南吉，昏西吉，中夜北吉。	入月十五日：旦東吉，日中南吉，昏西吉，中夜北吉。
《日書》甲〈禹須臾行日〉簡 58（上半）旦東吉，日中南吉，昏西吉，中夜北吉。	入月十六日：旦東吉，日中南吉，昏西吉，中夜北吉。
《日書》甲〈禹須臾行日〉簡 59（上半）旦東吉，日中南吉，昏西吉，中夜北吉。	入月十七日：旦東吉，日中南吉，昏西吉，中夜北吉。
《日書》甲〈禹須臾行日〉簡 60（上半）旦東吉，日中南吉，昏西吉，中夜北吉。	入月十八日：旦東吉，日中南吉，昏西吉，中夜北吉。
《日書》甲〈禹須臾行日〉簡 61（上半）旦北吉，日中東吉，昏南吉，中夜西吉。	入月十九日：旦北吉，日中東吉，昏南吉，中夜西吉。
《日書》甲〈禹須臾行日〉簡 62（上半）旦北吉，日中東吉，昏南吉，中夜西吉。	入月廿日：旦北吉，日中東吉，昏南吉，中夜西吉。
《日書》甲〈禹須臾行日〉簡 63（上半）旦北吉，日中東吉，昏南吉，中夜西吉。	入月廿一日：旦北吉，日中東吉，昏南吉，中夜西吉。
《日書》甲〈禹須臾行日〉簡 64（上半）旦北吉，日中東吉，昏南吉，中夜西吉。	入月廿二日：旦北吉，日中東吉，昏南吉，中夜西吉。
《日書》甲〈禹須臾行日〉簡 65（上半）旦北吉，日中東吉，昏南吉，中夜西吉。	入月廿三日：旦北吉，日中東吉，昏南吉，中夜西吉。
《日書》甲〈禹須臾行日〉簡 66（上半）旦北吉，日中東吉，昏南吉，中夜西吉。	入月廿四日：旦北吉，日中東吉，昏南吉，中夜西吉。
《日書》甲〈禹須臾行日〉簡 67（上半）旦北吉，日中東吉，昏南吉，中夜西吉。	入月廿五日：旦北吉，日中東吉，昏南吉，中夜西吉。
《日書》甲〈禹須臾行日〉簡 68（上半）旦西吉，日中北吉，昏東吉，中夜南吉。	入月廿六日：旦西吉，日中北吉，昏東吉，中夜南吉。
《日書》甲〈禹須臾行日〉簡 69（上半）旦西吉，日中北吉，昏東吉，中夜南吉。	入月廿七日：旦西吉，日中北吉，昏東吉，中夜南吉。

《日書》甲〈禹須臾行日〉簡 70（上半）西吉，日中北吉，昏東吉，中夜南吉。	入月廿八日：旦
《日書》甲〈禹須臾行日〉簡 71（上半）西吉，日中北吉，昏東吉，中夜南吉。	入月廿九日：旦
《日書》甲〈禹須臾行日〉簡 72（上半）吉，日中北吉，昏東吉，中夜南吉。	入月卅日：旦西
《日書》乙〈禹須臾行日〉簡 26（上半）日中北吉，昏東吉，中夜南吉。	入月二日：旦西，
《日書》乙〈禹須臾行日〉簡 27（上半）日中北吉，昏東吉，中夜南吉。	入月三日：旦西，
《日書》乙〈禹須臾行日〉簡 28（上半）吉，日中北吉，昏東吉，中夜南吉。	入月四日：旦西
《日書》乙〈禹須臾行日〉簡 29（上半）吉，日中西吉，昏北吉，中夜東吉。	入月五日：旦南
《日書》乙〈禹須臾行日〉簡 30（上半）吉，日中西吉，昏北吉，中夜東吉。	□月六日：旦南
《日書》乙〈禹須臾行日〉簡 31（上半）吉，日中西吉，昏北吉，中夜東吉。	入月八日：旦南
《日書》乙〈禹須臾行日〉簡 32（上半）吉，日中西吉，昏北吉，中夜南吉。	入月九日：旦南
《日書》乙〈禹須臾行日〉簡 33（上半）吉，日中西吉，昏北吉，中夜南吉。	入月十日：旦南
《日書》乙〈禹須臾行日〉簡 34（上半）東吉，日中南吉，昏北吉，中夜北吉。	入月十一日：旦
《日書》乙〈禹須臾行日〉簡 35（上半）東吉，日中南吉，昏西吉，中夜北吉。	入月十二日：旦
《日書》乙〈禹須臾行日〉簡 36（上半）東吉，日中南吉，昏西吉，中夜北吉。	入月十三日：旦
《日書》乙〈禹須臾行日〉簡 37（上半）東吉，日中南吉，昏西吉，中夜北吉。	入月十四日：旦
《日書》乙〈禹須臾行日〉簡 38（上半）東吉，日申南吉，昏西吉，中夜北吉。	入月十五日：旦
《日書》乙〈禹須臾行日〉簡 39（上半）中夜北吉。	☐吉，昏西吉，
《日書》乙〈禹須臾行日〉簡 40（上半）東吉，日中南吉，昏西吉，中夜北吉。	入月十七日：旦
《日書》乙〈禹須臾行日〉簡 41（上半）東吉，日中南吉，昏西吉，中夜北吉。	入月十八日：旦

《日書》乙〈禹須臾行日〉簡 42（上半） 入月十九日：旦北吉，日中☐吉，昏南吉，中夜西吉。	
《日書》乙〈禹須臾行日〉簡 43（上半） 入月廿日：旦北吉，日中東吉，昏南吉，中夜西吉。	
《日書》乙〈禹須臾行日〉簡 44（上半） 入月廿一日：旦北吉，日中東吉，昏南吉，中夜西吉。	
《日書》乙〈禹須臾行日〉簡 45（上半） 入月廿二日：旦北吉，日中東吉，昏南吉，中夜西吉。	
《日書》乙〈禹須臾行日〉簡 46（上半） 入月廿三日：旦北吉，日中東吉，昏南吉，中夜西吉。	
《日書》乙〈禹須臾行日〉簡 47（上半） 入月廿四日：旦北吉，日中東吉，昏南吉，中夜西吉。	
《日書》乙〈禹須臾行日〉簡 48（上半） 入月廿五日：旦北吉，日中東吉，昏南吉，中夜西吉。	
《日書》乙〈禹須臾行日〉簡 49（上半） 入月廿六日：旦西吉，日中北吉，昏東吉，中夜南吉。	
《日書》乙〈禹須臾行日〉簡 50（上半） 入月廿七日：旦西吉，日中北吉，昏東吉，中夜南吉。	
《日書》乙〈禹須臾行日〉簡 51（上半） 入月廿八日：旦西吉，日中北吉，昏東吉，中夜南吉。	
《日書》乙〈禹須臾行日〉簡 52（上半） 入月廿九日：旦西吉，日中北吉，昏東吉，中夜南吉。	
《日書》乙〈禹須臾行日〉簡 53（上半） 入月卅日：旦西吉，日中北吉，昏東吉，中夜南吉。	
《日書》甲〈禹須臾所以見人日〉簡 43（下半） 子，旦，吉。安食，吉。日中，凶。日失，吉。夕日，凶。	
《日書》甲〈禹須臾所以見人日〉簡 44（下半） 丑，旦，凶。安食，吉。日中，凶。日失，可。夕日，凶。	
《日書》甲〈禹須臾所以見人日〉簡 45（下半） 寅，旦，凶。安食，吉。日中，凶。日失，凶。夕日，凶。	
《日書》甲〈禹須臾所以見人日〉簡 46（下半） 卯，旦，吉。安食，吉。日中，凶。日失，凶。夕日，凶。	
《日書》甲〈禹須臾所以見人日〉簡 47（下半） 辰，旦，凶。安食，吉。日失，凶。夕日，吉。	
《日書》甲〈禹須臾所以見人日〉簡 48（下半） 巳，旦，凶。安食，吉。日中，凶。日失，凶。夕日，可。	
《日書》甲〈禹須臾所以見人日〉簡 49（下半） 午，旦，凶。安食，凶。日中，吉。夕日，凶。	

《日書》甲〈禹須臾所以見人日〉簡 50（下半）　未，旦， 吉。安食，可。日中，凶。日失，吉。夕日，凶。	
《日書》甲〈禹須臾所以見人日〉簡 51（下半）　申，旦， 吉。安食，凶。日中，吉。日失，吉。夕日，凶。	
《日書》甲〈禹須臾所以見人日〉簡 52（下半）　酉，旦， 吉。安食，凶。日中，吉。日失，吉。夕日，凶。	
《日書》甲〈禹須臾所以見人日〉簡 53（下半）　戌，旦， 凶。安食，凶。日中，吉。日失，吉。夕日，凶。	
《日書》甲〈禹須臾所以見人日〉簡 54（下半）　子，旦， 有言，喜，聽。安，不聽。晝，得美言。夕，得美言。	
《日書》甲〈禹須臾所以見人日〉簡 55（下半）　丑，旦， 有言，怒。安，得美言。晝，遇惡言。夕，惡言。	
《日書》甲〈禹須臾所以見人日〉簡 57（下半）　卯，旦， 有言，聽。安，許。晝，聽。夕，不聽。	
《日書》甲〈禹須臾所以見人日〉簡 58（下半）　辰，旦， 有言，不聽。安，許。晝，不聽。夕，請謁，聽。	
《日書》甲〈禹須臾所以見人日〉簡 59（下半）　巳，旦， 不聽。安，所。晝，不聽。夕，得後言。	
《日書》甲〈禹須臾所以見人日〉簡 60（下半）　午，旦， 不聽。安，百事不聽。晝，許。夕，許。	
《日書》甲〈禹須臾所以見人日〉簡 61（下半）　未，旦， 有美言。安，後見之。晝，得惡言。夕，不聽。	
《日書》甲〈禹須臾所以見人日〉簡 62（下半）　申，旦， 遇惡言。安，許。晝，不悅。夕，許。	
《日書》甲〈禹須臾所以見人日〉簡 63（下半）　酉，旦， 得美言。安，遇惡言。晝，不悅，夕，許。	
《日書》甲〈禹須臾所以見人日〉簡 64（下半）　戌，旦， 不聽。安，遇惡言。晝，得言。夕，有惡。	
《日書》甲〈禹須臾所以見人日〉簡 65（下半）　亥，旦， 有美言，得言。安，不聽。晝、夕，有求，後見之。	
《日書》乙〈禹須臾所以見人日〉簡 25　子，旦，吉。安食， 吉。日中，凶。日失，吉。夕日，凶。	
《日書》乙〈禹須臾所以見人日〉簡 26　丑，旦，凶。安食， 吉。日中，凶。日失，可。夕日，凶。	
《日書》乙〈禹須臾所以見人日〉簡 27　寅，旦，凶。安食， 吉。日中，凶。日失，凶。夕日，凶。	
《日書》乙〈禹須臾所以見人日〉簡 28　卯，旦，吉。安食， 吉。日中，凶。日失，凶。夕日，凶。	

《日書》乙〈禹須臾所以見人日〉簡 29　辰，旦，凶。安食，吉。日失，凶。夕日，吉。
《日書》乙〈禹須臾所以見人日〉簡 30　巳，旦，凶。安食，吉。日中，凶。日失，凶。夕日，可。
〈日書〉乙〈日喜〉簡 82　庚午辛未戊寅己卯丙戌丁亥庚子辛丑戊寅己卯丙辰丁巳：平旦行二憙。
《日書》乙〈生子〉簡 142　旦生女，日出生男，夙食女，莫食男，日中女，日過中男，日則女，日下則男，日未入女，日入男，昏女，夜莫
《日書》乙〈星度〉簡 174　□巳旦以到東中‧西中以到日入。
《日書》乙〈納音五行〉簡 179 第 4 排　平旦九徵木
《日書》乙〈五音占〉簡 197（上半）　‖角立甲乙卯未亥，主東方，時平旦，色青，主人，旬所乾者規（龜）殹（也），司木。
《日書》乙〈音律貞卜〉簡 206　〈黃鐘〉平旦至日中投中黃鐘：鼠殹，兌（銳）顏兌（銳）頤，赤黑，免（俛）僂，善病心腸。
《日書》乙〈問病〉簡 356　不死厚而寬，主呂有遷殹。後皆有請有令。旦至晨自雞鳴，直此卦者，君子之貞。
《日書》乙〈禹須臾所以見人日〉簡 31（下半）　未，旦，吉。安食，可。日中，凶。日失，吉。夕日，凶。
《日書》乙〈禹須臾所以見人日〉簡 32（下半）　申，旦，吉。安食，凶。日中，吉。日失，吉。夕日，凶。
《日書》乙〈禹須臾所以見人日〉簡 33（下半）　酉，旦，吉。安食，凶。日中，吉。日失，吉。夕日，凶。
《日書》乙〈禹須臾所以見人日〉簡 34（下半）　戌，旦，凶。安食，凶。日中，吉。日失，吉。夕日，凶。
《日書》乙〈禹須臾所以見人日〉簡 35（下半）　子，旦，有言，喜，聽。安，不聽。晝，得美言。夕，得美言。
《日書》乙〈禹須臾所以見人日〉簡 36（下半）　丑，旦，有言，怒。安，得美言。晝，遇惡言。夕，惡言。
《日書》乙〈禹須臾所以見人日〉簡 37（下半）　寅，旦，有言，怒。安，說。晝，不得言。夕，聽。
《日書》乙〈禹須臾所以見人日〉簡 38（下半）　卯，旦，有言，聽。安，說。晝，聽。夕，不聽。
《日書》乙〈禹須臾所以見人日〉簡 39（下半）　辰，旦，有言，不聽。安，說。晝，不聽。夕，請謁，聽。
《日書》乙〈禹須臾所以見人日〉簡 40（下半）　巳，旦，不聽。安，聽。晝，不聽。夕，得後言。

《日書》乙〈禹須臾所以見人日〉簡 41（下半）　　午，旦，□□□□百事不聽。畫，許。夕，許。
《日書》乙〈禹須臾所以見人日〉簡 42（下半）　　未，旦，有美言。安，後見之。畫，得惡言。夕，不聽。
《日書》乙〈禹須臾所以見人日〉簡 43（下半）　　申，旦，遇惡言。安，許。畫，不說。夕，許。
《日書》乙〈禹須臾所以見人日〉簡 44（下半）　　酉，旦，得美言。安，得惡言。畫，不悅，夕，許。
《日書》乙〈禹須臾所以見人日〉簡 45（下半）　　戌，旦，不聽。安，遇惡言。畫，得言。夕，有惡。
《日書》乙〈禹須臾所以見人日〉簡 46（下半）　　亥，旦，有求得後言。安，不聽。畫夕，有求，後□。
《日書》乙〈音律貞卜〉簡 209　　旦至日中投中大呂：牛殹，廣顏，恒鼻緣〈喙〉，大目，肩婁（僂），惡行微＝殹，土色白黑，善病風痺。
《日書》乙〈音律貞卜〉簡 212　　旦至日中投中大族（簇）：虎殹。鐵色，大口，長要（腰），其行延＝殹，色赤黑，虛＝，善病中。
《日書》乙〈音律貞卜〉簡 215　　旦至日中投中夾鐘：兔殹，圓面，陰捶，下吊目，□□□（婁？）大蒼□，善病要（腰）腹。
《日書》乙〈音律貞卜〉簡 218　　旦至日中投中姑洗：龍殹，土黃色，折頸（？），長要（腰）延＝，善孯（學）步，女子巫，男子嗇夫，善病□乾。
《日書》乙〈音律貞卜〉簡 221　　旦至日中投中＝呂：雉殹，段（短）顏，兌（銳）頤，反□細腁，色蒼皙，善病要（腰）脾（髀）。
《日書》乙〈音律貞卜〉簡 224　　旦至日中投中蕤賓：馬殹，連面，大目裏，大脣吻，□行吾＝殹，色皙，善病右脾（髀）。
《日書》乙〈音律貞卜〉簡 227　　旦至日中投中林鐘：羊殹，段（短）顏，恒鼻喙，瞥（皤）腹□□大□□□□□□病□□□。
《日書》乙〈音律貞卜〉簡 230　　旦至日中投中夷則：玉龜殹，蒼皙，圓面，兔（俛）僂，惡行夸＝然，善病心。
《日書》乙〈音律貞卜〉簡 233　　旦至日中投中南呂：雞殹，赤色，小頭，圓目而皙，善病胃脅。
《日書》乙〈音律貞卜〉簡 236　　旦至日中投中毌（無）射：犬殹，鐵色，大口，多黃艮（眼？），長要（腰）延＝殹，皙，善病攣中。

	《日書》乙〈音律貞卜〉簡 238　旦至日中投中應鐘：□殹，長頤，折鼻，爲人免（俛）僂，□殹，惡行彼＝殹，色黑，善病腹腸。
	《日書》乙〈音律貞卜〉簡 283　凡忌黃鐘不合音鼻者是謂天絕紀殹。鼻者六十六旦從六十八夕從六十四鼻七十五玄七十六鼻有卅四玄卅二服陽。
	《日書》乙〈音律貞卜〉簡 286　六呂多二夷則音亂。夾鐘多一自亂少，二旦至日中自亂投，日中歸姑洗＝少一亂，姑洗以其子辰爲式林鐘得其□。
	《日書》乙〈音律貞卜〉簡 297　占病有瘳，占□語益輕，占行益易，占賈外少喜，下毋所比者。旦以至日中：以其雄。占日中以至晦：以其雌。
	《日書》乙〈問病〉簡 359　☑鐘所卜，大數日寔數者：旦自日中從多，日中至晦從少。
睡虎地秦簡	〈倉律〉簡 55　城旦之垣及它事而勞與垣等者，旦半夕參；其守署及爲它事者，參食之。
	〈倉律〉簡 59　免隸臣妾、隸臣妾垣及爲它事與垣等者，食男子旦半夕參，女子參。
	《日書》乙〈入官〉（下）簡 233 壹　清旦、食時、日則（昃）、莫、夕。
	〈穴盜〉簡 73～74　今旦起啓戶取衣，人已穴房內，勶（徹）內中，結衣不得，不智（知）穴盜者可（何）人、人數，毋（無）它亡殹（也），來告。
	〈稷辰〉簡 43 正　陰：是胃（謂）乍陰乍陽，先辱而後又（有）慶。利居室、入貨及生（牲）。可取婦、家（嫁）女、葬狸（埋）。以祠祀、飲食、哥（歌）樂，吉。爲嗇夫，久。以毄（繫），不免。生子，男女爲盜。簡 42 正不可以入（納）寄者。正月以朔，多雨，歲中，毋（無）兵，多盜。旦雨夕齊（霽），夕雨不齊（霽）。
	《日書》甲〈歲〉簡 64 正壹　刑夷、八月、獻馬，歲在東方，以北大羊（祥），東旦亡，南遇英（殃），西數反其鄉。
	《日書》甲〈歲〉簡 65 正壹　夏夷、九月、中夕，歲在南方，以東大羊（祥），南旦亡，西禺（遇）英（殃），北數反其鄉。
	《日書》甲〈歲〉簡 66 正壹　紡月、十月、屈夕，歲在西方，以南大羊（祥），西旦亡，北禺（遇）英（殃），東數反其鄉。
	《日書》甲〈歲〉簡 67 正壹　七月爨月、援夕，歲在北方，以西大羊（祥），北旦亡，東禺（遇）英（殃），南數反其鄉。

	《日書》甲〈盜者〉簡 71 背　寅，虎也。盜者壯，希（稀）須（鬚），面有黑焉，不全於身，從以上辟（臂）臑梗，大疵在辟（臂），臧（藏）於瓦器間，旦閉夕啓西方。・多〈名〉虎豻貙豹申。
	《日書》甲〈盜者〉簡 72 背　卯，兔也。盜者大面，頭頯（顂），疵在鼻，臧（藏）於草中，旦閉夕啓北方。・多〈名〉兔竃陘突垣義酉。
	《日書》甲〈盜者〉簡 78 背　酉，水也。盜者翯而黃色，疵在面，臧（藏）於園中草下，旦啓夕閉。夙得莫不得。・名多酉起嬰。
	《日書》甲〈到室〉簡 135 正　禹須臾：戊己丙丁庚辛旦行，有二喜。甲乙壬癸丙丁日中行，有五喜。庚辛戊己壬癸餔時行，有七喜。壬癸庚辛甲乙夕行，有九喜。
	《日書》甲〈到室〉簡 136 正　子，旦北吉，日中南得。
	《日書》甲〈到室〉簡 137 正　丑，旦北吉。東必得。
	《日書》甲〈詰〉簡 53 背參－56 背參　一室井血而星（腥）臭，地蟲斲（斲）于下，血上扁（漏），以沙墊之，更爲井簡 53 背參，食之以噴，飲以爽路（霜露），三日乃能人矣。若不簡 54 背參，三月食之若傅之，而非人也，必枯骨也。旦而簡 55 背參，最（撮）之，苞以白茅，果（裹）以賁（奔）而遠去之，則止矣。
	《日書》甲〈禹須臾〉簡 101 背　戊申、戊寅、己酉、己卯、丙戌、丙辰、丁亥、丁巳、庚子、庚午、辛丑、辛未，旦以行有二喜。
	乙種〈十二時〉簡 156〔雞鳴丑，平旦〕寅，日出卯，食時辰，莫食巳，日中午，暴（日失）未，下市申，舂日酉，牛羊入戌，黃昏亥，人定〔子〕。
王家臺秦簡	《日書》〈啓閉〉簡 347　五未旦閉夕啓，西南吉，東得，北凶。
	《日書》〈啓閉〉簡 388　五丑旦閉夕啓，東北吉，南得，西毋行。
	《日書》〈啓閉〉簡 395　五亥旦莫不閉，北吉，東凶，□會歙飤百具□⊘
	《日書》〈啓閉〉簡 396　丑有病，不四日乃九日有瘳。平旦病，死。
	《日書》〈啓閉〉簡 718　乙酉之旦到夕以死，先不出，出而西南，其日中，才（在）東北間一室。
周家臺秦簡	簡 243　求斗尤日：以廷子爲平旦而左行，艭（數）東方平旦以雜之，得其時宿，即斗所乘也。
	簡 244　此正月平旦毄（繫）申者，此直引也。今此十二月子日皆爲平，宿右行。・毄（繫）行。

	簡 367　平旦晉，日出俊，食時錢，日中弌（一），餔時浚兒，夕市時發□，日入雞＝（雞，雞）。
里耶秦簡	J1（8）簡 157 背　　正月丁酉旦食時，隸妾冉以來，欣發。壬手。
	J1（8）簡 157 背　　四月丙辰旦，守府快行旁。欣手。
	J1（9）簡 981 背　　九月庚午旦，佐壬以來。扁發。壬手。
	J1（16）簡 6 背　　己未旦，令史犯行。

◎日出

放馬灘秦簡	《日書》甲〈生子〉簡 16　平旦生女，日出生男，夙食女，莫食男，日中女，日過中男。
	《日書》乙〈生子〉簡 142　　旦生女，日出生男，夙食女，莫食男，日中女，日過中男，日則女，日下則男，日未入女，日入男，昏女，夜莫
	《日書》乙〈納音五行〉　簡 180 第 4 排　日出八□□
	《日書》乙〈納音五行〉　簡 183 第 5 排　日出日失（昳）八
睡虎地秦簡	《日書》乙〈十二時〉簡 156　〔雞鳴丑，平旦〕寅，日出卯，食時辰，莫食巳，日中午，暴（日失）未，下市申，舂日酉，牛羊入戌，黃昏亥，人定〔子〕。
王家臺秦簡	《日書》〈病〉簡 49　甲、乙木，青，東方，甲、乙病，雞鳴到日出不死□。
	《日書》〈疾〉簡 373　五寅有疾，四日不瘳乃五日＝（日，日）出有疾，死。
	《日書》〈疾〉簡 401　丙、丁有疾，赤色，當日出死；不赤色，壬有瘳，癸汗。
周家臺秦簡	簡 329～330　已齲方：以叔（菽）七，稅（脫）去黑者。操兩瓦，之東西日出所燭，先貍（埋）一瓦垣止（址）下，復環禹步三步，祝曰：「嘑（呼）！垣止（址），笱（苟）令某齲已，予若叔（菽）子而徹之齲已。即以所操瓦而蓋□。
	簡 367　平旦晉，日出俊，食時錢，日中弌（一），餔時浚兒，夕市時發□，日入雞＝（雞，雞）。

◎日出時

周家臺秦簡	日出時　抵（氐）

◎蚤食、早

包山楚簡	簡 58　執事人橐（早）夤（暮）救適，三受不以出，阩門又（有）敗。

	簡 63　執事人暴（早）蓂（暮）求朔，夿不以朔廷，阩門又（有）敗。
上博楚竹書	四〈曹沫之陳〉簡 32「曰：牕（將）早行。乃[命]白徒：『早飤（食）戕（纂）兵，各載尔贊（臧，藏）
放馬灘秦簡	《日書》乙〈納音五行〉簡 181 第 4 排　蚤（早）食七栩（羽）火
	《日書》乙〈納音五行〉簡 180 第 5 排　□食食□□七
睡虎地秦簡	《日書》甲〈秦除〉簡 14 正貳　建日：良日也。可以為嗇夫，可以祠。利棗（早）不利莫。可以入人、始寇〔冠〕、乘車。有為也，吉。
	〈穴盜〉簡 82　皆言曰：「乙以酉二月為此衣，五十尺，帛裏，絲絮五斤纂（裝），繆繒五尺緣及殿（純）。不智（知）盜者可（何）人及棗（早）莫，毋（無）意殹（也）。
周家臺秦簡	《日書》〈線圖〉蚤食　　　亢

◎食時

放馬灘秦簡	《日書》乙〈納音五行〉簡 184 第 5 排　食時市日七
睡虎地秦簡	《日書》乙〈入官〉（下）簡 233 壹　清旦、食時、日則（昃）、莫、夕。
	乙〈十二時〉簡 156　〔雞鳴丑，平旦〕寅，日出卯，食時辰，莫食巳，日中午，暴（日失）未，下市申，舂日酉，牛羊入戌，黃昏亥，人定〔子〕。
周家臺秦簡	簡 367　平旦晉，日出俊，食時錢，日中弌（一），餔時浚兒，夕市時發□，日入雞＝（雞，雞）。
	《日書》〈線圖〉食時　　　角
里耶秦簡	J1（8）簡 157 背　正月丁酉旦食時，隸妾冉以來，欣發。壬手。

◎昃、日昃

睡虎地秦簡	《日書》乙〈入官〉（下）簡 233 壹　清旦、食時、日則（昃）、莫、夕。

◎晏食（安食）

放馬灘秦簡	《日書》甲〈禹須臾所以見人日〉簡 43　子，旦，吉。安食，吉。日中，凶。日失，吉。夕日，凶。
	《日書》甲〈禹須臾所以見人日〉簡 44　丑，旦，凶。安食，吉。日中，凶。日失，可。夕日，凶。

《日書》甲〈禹須臾所以見人日〉簡 45　寅，旦，凶。安食，吉。日中，凶。日失，凶。夕日，凶。	
《日書》甲〈禹須臾所以見人日〉簡 46　卯，旦，吉。安食，吉。日中，凶。日失，凶。夕日，凶。	
《日書》甲〈禹須臾所以見人日〉簡 47　辰，旦，凶。安食，吉。日失，凶。夕日，吉。	
《日書》甲〈禹須臾所以見人日〉簡 48　巳，旦，凶。安食，吉。日中，凶。日失，凶。夕日，可。	
《日書》甲〈禹須臾所以見人日〉簡 49　午，旦，凶。安食，凶。日中，吉。夕日，凶。	
《日書》甲〈禹須臾所以見人日〉簡 50　未，旦，吉。安食，可。日中，凶。日失，吉。夕日，凶。	
《日書》甲〈禹須臾所以見人日〉簡 51　申，旦，吉。安食，凶。日中，吉。日失，吉。夕日，凶。	
《日書》甲〈禹須臾所以見人日〉簡 52　酉，旦，吉。安食，凶。日中，吉。日失，吉。夕日，凶。	
《日書》甲〈禹須臾所以見人日〉簡 53　戌，旦，凶。安食，凶。日中，吉。日失，吉。夕日，凶。	
《日書》乙〈禹須臾所以見人日〉簡 25（下半）　子，旦，吉。安食，吉。日中，凶。日失，吉。夕日，凶。	
《日書》乙〈禹須臾所以見人日〉簡 26（下半）　丑，旦，凶。安食，吉。日中，凶。日失，可。夕日，凶。	
《日書》乙〈禹須臾所以見人日〉簡 27（下半）　寅，旦，凶。安食，吉。日中，凶。日失，凶。夕日，凶。	
《日書》乙〈禹須臾所以見人日〉簡 28（下半）　卯，旦，吉。安食，吉。日中，凶。日失，凶。夕日，凶。	
《日書》乙〈禹須臾所以見人日〉簡 29（下半）　辰，旦，凶。安食，吉。日失，凶。夕日，吉。	
《日書》乙〈禹須臾所以見人日〉簡 30（下半）　巳，旦，凶。安食，吉。日中，凶。日失，凶。夕日，可。	
《日書》乙〈禹須臾所以見人日〉簡 31（下半）　未，旦，吉。安食，可。日中，凶。日失，吉。夕日，凶。	
《日書》乙〈禹須臾所以見人日〉簡 32（下半）　申，旦，吉。安食，凶。日中，吉。日失，吉。夕日，凶。	
《日書》乙〈禹須臾所以見人日〉簡 33（下半）　酉，旦，吉。安食，凶。日中，吉。日失，吉。夕日，凶。	
《日書》乙〈禹須臾所以見人日〉簡 34（下半）　戌，旦，凶。安食，凶。日中，吉。日失，吉。夕日，凶。	
《日書》乙〈納音五行〉簡 188 第 5 排　安（晏）食大晨八	
周家臺秦簡	《日書》〈線圖〉晏食　　軫

◎廷食

周家臺秦簡	《日書》〈線圖〉廷食　　翼

◎未中、日未中

放馬灘秦簡	《日書》甲〈生子〉簡 19　未中女，夜中男，夜過中女，雞鳴男。
周家臺秦簡	《日書》〈線圖〉日未中　　張

◎日中

放馬灘秦簡	《日書》甲〈生子〉簡 16　平旦生女，日出生男，夙食女，莫食男，日中女，日過中男。
	《日書》甲〈禹須臾行日〉簡 43（上半）　入月一日：旦西吉，日中北吉，昏東吉，南吉。
	《日書》甲〈禹須臾行日〉簡 44（上半）　入月二日：旦西吉，日中北吉，昏東吉，中夜南吉。
	《日書》甲〈禹須臾行日〉簡 45（上半）　入月三日：旦西吉，日中北吉，昏東吉，中夜南吉。
	《日書》甲〈禹須臾行日〉簡 46（上半）　入月四日：旦西吉，日中南吉，昏北吉，中夜東吉。
	《日書》甲〈禹須臾行日〉簡 47（上半）　入月五日：旦南吉，日中西吉，昏北吉，中夜東吉。
	《日書》甲〈禹須臾行日〉簡 48（上半）　入月六日：旦南吉，日中西吉，昏北吉，中夜東吉。
	《日書》甲〈禹須臾行日〉簡 49（上半）　入月七日：旦南吉，日中西吉，昏北吉，中夜南吉。
	《日書》甲〈禹須臾行日〉簡 50（上半）　入月八日：旦南吉，日中西吉，昏北吉，中夜南吉。
	《日書》甲〈禹須臾行日〉簡 51（上半）　入月九日：旦南吉，日中西吉，昏北吉，中夜南吉。
	《日書》甲〈禹須臾行日〉簡 52（上半）　入月十日：旦南吉，日中西吉，昏北吉，中夜南吉。
	《日書》甲〈禹須臾行日〉簡 53（上半）　入月十一日：旦東吉，日中南吉，昏北吉，中夜北吉。
	《日書》甲〈禹須臾行日〉簡 54（上半）　入月十二日：旦東吉，日中南吉，昏西吉，中夜北吉。
	《日書》甲〈禹須臾行日〉簡 55（上半）　入月十三日：旦東吉，日中南吉，昏西吉，中夜北吉。

《日書》甲〈禹須臾行日〉簡 56（上半） 東吉，日中南吉，昏西吉，中夜北吉。	入月十四日：旦
《日書》甲〈禹須臾行日〉簡 57（上半） 東吉，日中南吉，昏西吉，中夜北吉。	入月十五日：旦
《日書》甲〈禹須臾行日〉簡 58（上半） 東吉，日中南吉，昏西吉，中夜北吉。	入月十六日：旦
《日書》甲〈禹須臾行日〉簡 59（上半） 東吉，日中南吉，昏西吉，中夜北吉。	入月十七日：旦
《日書》甲〈禹須臾行日〉簡 60（上半） 東吉，日中南吉，昏西吉，中夜北吉。	入月十八日：旦
《日書》甲〈禹須臾行日〉簡 61（上半） 北吉，日中東吉，昏南吉，中夜西吉。	入月十九日：旦
《日書》甲〈禹須臾行日〉簡 62（上半） 吉，日中東吉，昏南吉，中夜西吉。	入月廿日：旦北
《日書》甲〈禹須臾行日〉簡 63（上半） 北吉，日中東吉，昏南吉，中夜西吉。	入月廿一日：旦
《日書》甲〈禹須臾行日〉簡 64（上半） 北吉，日中東吉，昏南吉，中夜西吉。	入月廿二日：旦
《日書》甲〈禹須臾行日〉簡 65（上半） 北吉，日中東吉，昏南吉，中夜西吉。	入月廿三日：旦
《日書》甲〈禹須臾行日〉簡 66（上半） 北吉，日中東吉，昏南吉，中夜西吉。	入月廿四日：旦
《日書》甲〈禹須臾行日〉簡 67（上半） 北吉，日中東吉，昏南吉，中夜西吉。	入月廿五日：旦
《日書》甲〈禹須臾行日〉簡 68（上半） 西吉，日中北吉，昏東吉，中夜南吉。	入月廿六日：旦
《日書》甲〈禹須臾行日〉簡 69（上半） 西吉，日中北吉，昏東吉，中夜南吉。	入月廿七日：旦
《日書》甲〈禹須臾行日〉簡 70（上半） 西吉，日中北吉，昏東吉，中夜南吉。	入月廿八日：旦
《日書》甲〈禹須臾行日〉簡 71（上半） 西吉，日中北吉，昏東吉，中夜南吉。	入月廿九日：旦
《日書》甲〈禹須臾行日〉簡 72（上半） 吉，日中北吉，昏東吉，中夜南吉。	入月卅日：旦西
《日書》乙〈禹須臾行日〉簡 26（上半） 吉，日中北吉，昏東吉，中夜南吉。	入月二日：旦西
《日書》乙〈禹須臾行日〉簡 27（上半） 吉，日中北吉，昏東吉，中夜南吉。	入月三日：旦西

《日書》乙〈禹須臾行日〉簡 28（上半） 吉，日中南吉，昏北吉，中夜東吉。	入月四日：旦西
《日書》乙〈禹須臾行日〉簡 29（上半） 吉，日中西吉，昏北吉，中夜東吉。	入月五日：旦南
《日書》乙〈禹須臾行日〉簡 30（上半） 吉，日中西吉，昏北吉，中夜東吉。	□月六日：旦南
《日書》乙〈禹須臾行日〉簡 31（上半） 吉，日中西吉，昏北吉，中夜東吉。	入月八日：旦南
《日書》乙〈禹須臾行日〉簡 32（上半） 吉，日中西吉，昏北吉，中夜南吉。	入月九日：旦南
《日書》乙〈禹須臾行日〉簡 33（上半） 吉，日中西吉，昏北吉，中夜南吉。	入月十日：旦南
《日書》乙〈禹須臾行日〉簡 34（上半） 東吉，日中南吉，昏北吉，中夜北吉。	入月十一日：旦
《日書》乙〈禹須臾行日〉簡 35（上半） 東吉，日中南吉，昏西吉，中夜北吉。	入月十二日：旦
《日書》乙〈禹須臾行日〉簡 36（上半） 東吉，日中南吉，昏西吉，中夜北吉。	入月十三日：旦
《日書》乙〈禹須臾行日〉簡 37（上半） 東吉，日中南吉，昏西吉，中夜北吉。	入月十四日：旦
《日書》乙〈禹須臾行日〉簡 38（上半） 東吉，日中南吉，昏西吉，中夜北吉。	入月十五日：旦
《日書》乙〈禹須臾行日〉簡 39（上半） 中夜北吉。	□吉，昏西吉，
《日書》乙〈禹須臾行日〉簡 40（上半） 東吉，日中南吉，昏西吉，中夜北吉。	入月十七日：旦
《日書》乙〈禹須臾行日〉簡 41（上半） 東吉，日中南吉，昏西吉，中夜北吉。	入月十八日：旦
《日書》乙〈禹須臾行日〉簡 42（上半） 北吉，日中□吉，昏南吉，中夜西吉。	入月十九日：旦
《日書》乙〈禹須臾行日〉簡 43（上半） 吉，日中東吉，昏南吉，中夜西吉。	入月廿日：旦北
《日書》乙〈禹須臾行日〉簡 44（上半） 北吉，日中東吉，昏南吉，中夜西吉。	入月廿一日：旦
《日書》乙〈禹須臾行日〉簡 45（上半） 北吉，日中東吉，昏南吉，中夜西吉。	入月廿二日：旦
《日書》乙〈禹須臾行日〉簡 46（上半） 北吉，日中東吉，昏南吉，中夜西吉。	入月廿三日：旦

《日書》乙〈禹須臾行日〉簡 47（上半）　入月廿四日：旦北吉，日中東吉，昏南吉，中夜西吉。
《日書》乙〈禹須臾行日〉簡 48（上半）　入月廿五日：旦北吉，日中東吉，昏南吉，中夜西吉。
《日書》乙〈禹須臾行日〉簡 49（上半）　入月廿六日：旦西吉，日中北吉，昏東吉，中夜南吉。
《日書》乙〈禹須臾行日〉簡 50（上半）　入月廿七日：旦西吉，日中北吉，昏東吉，中夜南吉。
《日書》乙〈禹須臾行日〉簡 51（上半）　入月廿八日：旦西吉，日中北吉，昏東吉，中夜南吉。
《日書》乙〈禹須臾行日〉簡 52（上半）　入月廿九日：旦西吉，日中北吉，昏東吉，中夜南吉。
《日書》乙〈禹須臾行日〉簡 53（上半）　入月卅日：旦西吉，日中北吉，昏東吉，中夜南吉。
《日書》甲〈禹須臾所以見人日〉簡 43（下半）　子，旦，吉。安食，吉。日中，凶。日失，吉。夕日，凶。
《日書》甲〈禹須臾所以見人日〉簡 44（下半）　丑，旦，凶。安食，吉。日中，凶。日失，可。夕日，凶。
《日書》甲〈禹須臾所以見人日〉簡 45（下半）　寅，旦，凶。安食，吉。日中，凶。日失，凶。夕日，凶。
《日書》甲〈禹須臾所以見人日〉簡 46（下半）　卯，旦，吉。安食，吉。日中，凶。日失，凶。夕日，凶。
《日書》甲〈禹須臾所以見人日〉簡 47（下半）　辰，旦，凶。安食，吉。日失，凶。夕日，吉。
《日書》甲〈禹須臾所以見人日〉簡 48（下半）　巳，旦，凶。安食，吉。日中，凶。日失，凶。夕日，可。
《日書》甲〈禹須臾所以見人日〉簡 49（下半）　午，旦，凶。安食，凶。日中，吉。夕日，凶。
《日書》甲〈禹須臾所以見人日〉簡 50（下半）　未，旦，吉。安食，可。日中，凶。日失，吉。夕日，凶。
《日書》甲〈禹須臾所以見人日〉簡 51（下半）　申，旦，吉。安食，凶。日中，吉。日失，吉。夕日，凶。
《日書》甲〈禹須臾所以見人日〉簡 52（下半）　酉，旦，吉。安食，凶。日中，吉。日失，吉。夕日，凶。
《日書》甲〈禹須臾所以見人日〉簡 53（下半）　戌，旦，凶。安食，凶。日中，吉。日失，吉。夕日，凶。
《日書》乙〈生子〉簡 142　旦生女，日出生男，夙食女，莫食男，日中女，日過中男，日則女，日下則男，日未入女，日入男，昏女，夜莫

《日書》乙〈五音占〉簡 198（上半）	‖□金丙丁午戌寅，客毆（也），時日中，色赤，主南方，所執者蛇毆（也），司火。
《日書》乙〈音律貞卜〉簡 206	〈黃鐘〉平旦至日中投中喉，兌（銳）顏兌（銳）頤，赤黑，免（俛）僂，善病心腸。
《日書》乙〈音律貞卜〉簡 207	日中至日入投中黃鐘：□濡毆，小面多黑戻（眼），善下視，黑色，善弄隨＝，不旬入。
《日書》乙〈音律貞卜〉簡 209	旦至日中投中大呂：牛毆，廣顏，恒鼻緣〈喉〉，大目，肩婁（僂），惡行微＝毆，土色白黑，善病風痺。
《日書》乙〈音律貞卜〉簡 210	日中至日入投中大呂：眾牛毆，廣顏，大鼻，大目裏，重（？）言閒＝，惡行，僂＝要（腰），白色，善病要（腰）。
《日書》乙〈音律貞卜〉簡 212	旦至日中投中大族（簇）：虎毆。鐵色，大口，長要（腰），其行延＝毆，色赤黑，虛＝，善病中。
《日書》乙〈音律貞卜〉簡 213	日中至日入投中大族（簇）：豺毆。隋（橢）頤，長目，長要（腰），其行延＝毆，色蒼赤，善病肩。
《日書》乙〈音律貞卜〉簡 215	旦至日中投中夾鐘：兔毆，圓面，陰捶，下吊目，□□□（婁？）大蒼□，善病要（腰）腹。
《日書》乙〈音律貞卜〉簡 216	日中至日入投中夾鐘：□毆，廣顏，大唇目，大瘇（膺），善□步，善後顧，土色，善病心腸。
《日書》乙〈音律貞卜〉簡 218	旦至日中投中姑洗：龍毆，土黃色，折頸（？），長要（腰）延＝，善孥（學）步，女子巫，男子嗇夫，善病□乾。
《日書》乙〈音律貞卜〉簡 219	日中至日入投中姑洗：蛇毆，兌（銳）頤，中夫中廣，其行□□，色蒼白，善病四豊（體）。
《日書》乙〈音律貞卜〉簡 221	旦至日中投中＝呂：雉毆，段（短）顏，兌（銳）頤，反□細胻，色蒼皙，善病要（腰）髀（髀）。
《日書》乙〈音律貞卜〉簡 222	日中至日入投中＝呂：□毆，兌（銳）喉，圓顏，翁肩，不□衣，其行昌＝毆，色蒼黑，善病脅。
《日書》乙〈音律貞卜〉簡 224	旦至日中投中蕤賓：馬毆，連面，大目裏，大唇吻，□行吾＝毆，色皙，善病右脾（髀）。
《日書》乙〈音律貞卜〉簡 225	日中至日入投中蕤賓：閭（驢）毆，長面，長頤，免耳，□□＝毆，白皙，善病□。

《日書》乙〈音律貞卜〉簡 227　旦至日中投中林鐘：羊殹，段（短）顏，恒鼻喙，瞀（膰）腹□□大□□□□□病□□□。
《日書》乙〈音律貞卜〉簡 228　日中至日入投中林鐘：□殹，連面般，大口鼻目，不□長善僂□步殹□，色陽黑，善明目病乳。
《日書》乙〈音律貞卜〉簡 230　旦至日中投中夷則：玉龜殹，蒼晳，圓面，免（俛）僂，惡行夸=然，善病心。
《日書》乙〈音律貞卜〉簡 233　旦至日中投中南呂：雞殹，赤色，小頭，圓目而晳，善病胷脅。
《日書》乙〈音律貞卜〉簡 234　日中至日入投中南呂：雞殹，連面，不倍而長，善步跨=殹，病⟋，色蒼白。
《日書》乙〈音律貞卜〉簡 236□　旦至日中投中毋（無）射：犬殹，鐵色，大口，多黃民（眼？），長要（腰）延=殹，晳，善病攣中。
《日書》乙〈音律貞卜〉簡 237　日中至日入投中毋（無）射：狼殹，連面，大口，大目侃=殹，色黃黑，善病要（腰）脾（髀）。
《日書》乙〈音律貞卜〉簡 238　旦至日中投中應鐘：□殹，長頤，折鼻，為人免（俛）僂，□殹，惡行彼=殹，色黑，善病腹腸。
《日書》乙〈音律貞卜〉簡 239　日中至日入投中應鐘：殹，長目，大喙，長寬肩，僂行任殹，色黃黑，善病要（腰）痺（髀）。
《日書》乙〈音律貞卜〉簡 286　六呂多二夷則音亂。夾鐘多一自亂少，二旦至日中自亂投，日中歸姑洗=少一亂，姑洗以其子辰為式林鐘得其□。
《日書》乙〈音律貞卜〉簡 297　占病有瘳，占□語益輕，占行益易，占賈外少喜，下毋所比者。旦以至日中：以其雄。占日中以至晦：以其雌。
《日書》乙〈問病〉簡 359　……鐘所卜，大數日寁數者：旦自日中從多，日中至晦從少。
《日書》乙〈禹須臾所以見人日〉簡 25（下半）　子，旦，吉。安食，吉。日中，凶。日失，吉。夕日，凶。
《日書》乙〈禹須臾所以見人日〉簡 26（下半）　丑，旦，凶。安食，吉。日中，凶。日失，可。夕日，凶。
《日書》乙〈禹須臾所以見人日〉簡 27（下半）　寅，旦，凶。安食，吉。日中，凶。日失，凶。夕日，凶。

	《日書》乙〈禹須臾所以見人日〉簡 28（下半）　卯，旦，吉。安食，吉。日中，凶。日失，凶。夕日，凶。
	《日書》乙〈禹須臾所以見人日〉簡 29（下半）　辰，旦，凶。安食，吉。日失，凶。夕日，吉。
	《日書》乙〈禹須臾所以見人日〉簡 30（下半）　巳，旦，凶。安食，吉。日中，凶。日失，凶。夕日，可。
	《日書》乙〈禹須臾所以見人日〉簡 31（下半）　未，旦，吉。安食，可。日中，凶。日失，吉。夕日，凶。
	《日書》乙〈禹須臾所以見人日〉簡 32（下半）　申，旦，吉。安食，凶。日中，吉。日失，吉。夕日，凶。
	《日書》乙〈禹須臾所以見人日〉簡 33（下半）　酉，旦，吉。安食，凶。日中，吉。日失，吉。夕日，凶。
	《日書》乙〈禹須臾所以見人日〉簡 34（下半）　戌，旦，凶。安食，凶。日中，吉。日失，吉。夕日，凶。
	《日書》乙〈行〉簡 80　丙子丁丑甲申乙酉壬辰癸巳丙午丁未甲寅乙卯壬戌癸亥：日中行五憙。
	《日書》乙〈五音占〉簡 198（上半）　□金丙丁午戌庚，客殹（也），時日中，色赤，主南方，所執者蛇殹（也），司火。
	《日書》乙〈納音五行〉簡 184 第 4 排　日中五宮土
	《日書》乙〈納音五行〉簡 186 第 5 排　日中〔日〕入五
睡虎地秦簡	《日書》甲〈到室〉簡 135 正　禹須臾：戊己丙丁庚辛旦行，有二喜。甲乙壬癸丙丁日中行，有五喜。庚辛戊己壬癸餔時行，有七喜。壬癸庚辛甲乙夕行，有九喜。
	《日書》甲〈到室〉簡 136 正　子，旦北吉，日中南得。
	《日書》乙〈十二時〉簡 156　〔雞鳴丑，平旦〕寅，日出卯，食時辰，莫食巳，日中午，暴（日失）未，下市申，舂日酉，牛羊入戌，黃昏亥，人定〔子〕。
	《日書》甲〈詰〉簡 56 背貳　人毋（無）故而弩（怒）也，以戊日日中而食黍於道，遽則止矣。
	《日書》甲〈盜者〉簡 93 背壹　戌，就也。其咎在室馬牛豕也。日中死兇（凶）。
	《日書》甲〈禹須臾〉簡 98 背壹　癸亥、癸巳、丙子、丙午、丁丑、丁未、乙酉、乙卯、甲寅、甲申、壬戌、壬辰，日中以行有五喜。
王家臺秦簡	〈死〉簡 706　庚午日中以死，先西北五六步，小子也，取其父；大人也，不去，必傷其家。
	〈死〉簡 718　乙酉之旦到夕以死，先不出，出而西南，其日中，才（在）東北間一室。

周家臺秦簡	簡 367　平旦晉，日出俊，食時錢，日中弍（一），餔時浚兒，夕市時發□，日入雞＝（雞，雞）。
	《日書》〈線圖〉日中　　七星　　火　　南
里耶秦簡	J1（8）簡 157 背　　正月戊戌日中，守府快行。

◎日過中

放馬灘秦簡	《日書》甲〈生子〉簡 16 平旦生女，日出生男，夙食女，莫食男，日中女，日過中男。
	《日書》乙〈生子〉簡 142　　旦生女，日出生男，夙食女，莫食男，日中女，日過中男，日則女，日下則男，日未入女，日入男，昏女，夜莫。
周家臺秦簡	《日書》〈線圖〉日過中　　柳

◎日失（昳）

睡虎地秦簡	《日書》乙〈十二時〉簡 156　〔雞鳴丑，平旦〕寅，日出卯，食時辰，莫食巳，日中午，暴（日失）未，下市申，舂日酉，牛羊入戌，黃昏亥，人定〔子〕。
放馬灘秦簡	《日書》甲〈禹須臾所以見人日〉簡 43（下半）　　子，旦，吉。安食，吉。日中，凶。日失，吉。夕日，凶。
	《日書》甲〈禹須臾所以見人日〉簡 44（下半）　　丑，旦，凶。安食，吉。日中，凶。日失，可。夕日，凶。
	《日書》甲〈禹須臾所以見人日〉簡 45（下半）　　寅，旦，凶。安食，吉。日中，凶。日失，凶。夕日，凶。
	《日書》甲〈禹須臾所以見人日〉簡 46（下半）　　卯，旦，吉。安食，吉。日中，凶。日失，凶。夕日，凶。
	《日書》甲〈禹須臾所以見人日〉簡 47（下半）　　辰，旦，凶。安食，吉。日失，凶。夕日，吉。
	《日書》甲〈禹須臾所以見人日〉簡 48（下半）　　巳，旦，凶。安食，吉。日中，凶。日失，凶。夕日，可。
	《日書》甲〈禹須臾所以見人日〉簡 49（下半）　　午，旦，凶。安食，凶。日中，吉。夕日，凶。
	《日書》甲〈禹須臾所以見人日〉簡 50（下半）　　未，旦，吉。安食，可。日中，凶。日失，吉。夕日，凶。
	《日書》甲〈禹須臾所以見人日〉簡 51（下半）　　申，旦，吉。安食，凶。日中，吉。日失，吉。夕日，凶。
	《日書》甲〈禹須臾所以見人日〉簡 52（下半）　　酉，旦，吉。安食，凶。日中，吉。日失，吉。夕日，凶。

	《日書》甲〈禹須臾所以見人日〉簡 53（下半） 戌，旦，凶。安食，凶。日中，吉。日失，吉。夕日，凶。
	《日書》乙〈禹須臾所以見人日〉簡 25（下半） 子，旦，吉。安食，吉。日中，凶。日失，吉。夕日，凶。
	《日書》乙〈禹須臾所以見人日〉簡 26（下半） 丑，旦，凶。安食，吉。日中，凶。日失，可。夕日，凶。
	《日書》乙〈禹須臾所以見人日〉簡 27（下半） 寅，旦，凶。安食，吉。日中，凶。日失，凶。夕日，凶。
	《日書》乙〈禹須臾所以見人日〉簡 28（下半） 卯，旦，吉。安食，吉。日中，凶。日失，凶。夕日，凶。
	《日書》乙〈禹須臾所以見人日〉簡 29（下半） 辰，旦，凶。安食，吉。日失，凶。夕日，吉。
	《日書》乙〈禹須臾所以見人日〉簡 30（下半） 巳，旦，凶。安食，吉。日中，凶。日失，凶。夕日，可。
	《日書》乙〈禹須臾所以見人日〉簡 31（下半） 未，旦，吉。安食，可。日中，凶。日失，吉。夕日，凶。
	《日書》乙〈禹須臾所以見人日〉簡 32（下半） 申，旦，吉。安食，凶。日中，吉。日失，吉。夕日，凶。
	《日書》乙〈禹須臾所以見人日〉簡 33（下半） 酉，旦，吉。安食，凶。日中，吉。日失，吉。夕日，凶。
	《日書》乙〈禹須臾所以見人日〉簡 34（下半） 戌，旦，凶。安食，凶。日中，吉。日失，吉。夕日，凶。
	《日書》乙〈行〉簡 79 戊辰己巳壬午癸未庚寅辛卯戊戌己亥壬子癸丑庚申辛酉：日失行七憙。
	《日書》乙〈納音五行〉簡 183 第 5 排 日出日失（昳）八
周家臺秦簡	《日書》〈線圖〉日失（昳） 輿鬼

◎市日

睡虎地秦簡	《日書》甲〈禹須臾〉簡 99 背壹己亥、己巳、癸丑、癸未、庚申、庚寅、辛酉、辛卯、戊戌、戊辰、壬午，市日以行有七喜。
放馬灘秦簡	《日書》乙〈納音五行〉簡 184 第 5 排 食時市日七

◎莫市

睡虎地秦簡	《日書》甲〈禹須臾〉簡 97 背壹 辛亥、辛巳、甲子、乙丑、乙未、壬申、壬寅、癸卯、庚戌、庚辰，莫市以行有九喜。

◎餔時

周家臺秦簡	簡 367　平旦晉，日出俊，食時錢，日中弍（一），餔時浚兒，夕市時發□，日入雞＝（雞，雞）。
	《日書》〈線圖〉餔時　　東井
睡虎地秦簡	《日書》甲〈到室〉簡 135 正　禹須臾：戊己丙丁庚辛旦行，有二喜。甲乙壬癸丙丁日中行，有五喜。庚辛戊己壬癸餔時行，有七喜。壬癸庚辛甲乙夕行，有九喜。

◎下餔

周家臺秦簡	《日書》〈線圖〉下餔　參

◎日毚〔入〕

周家臺秦簡	《日書》〈線圖〉日毚〔入〕 畢

◎日入

放馬灘秦簡	《日書》乙〈星度〉簡 174　□巳旦以到東中·西中以到日入。
	《日書》乙〈生子〉簡 142　旦生女，日出生男，夙食女，莫食男，日中女，日過中男，日則女，日下則男，日未入女，日入男，昏女，夜莫
	《日書》甲〈生子〉簡 17　旦則女，日下則男，日入男，昬（昏）女，夜莫男，夜
	《日書》乙〈納音五行〉簡 189 第 4 排　日入五□□
	《日書》乙〈納音五行〉簡 186 第 5 排　日中〔日〕入五
	《日書》乙〈五音占〉簡 199（上半）　‖□□庚辛酉丑巳，主西方，時日入，主人，白色，所□者雞殹（也），司金。
	《日書》乙〈音律貞卜〉簡 207　日中至日入投中黃鐘：□濡殹，小面多黑艮（眼），善下視，黑色，善弄隨=，不旬入。
	《日書》乙〈音律貞卜〉簡 208　日入至晨投中毋（無）射：大（？）殹，段（短）顏，兌（銳）喙，長要（腰），色黃，善病腹腸要（腰）脾（髀）。
	《日書》乙〈音律貞卜〉簡 210　日中至日入投中大呂：冡牛殹，廣顏，大鼻，大目裏，重（？）言閒＝，惡行，僂＝要（腰），白色，善病要（腰）。
	《日書》乙〈音律貞卜〉簡 213　日中至日入投中大族（簇）：豺殹。隋（橢）頤，長目，長要（腰），其行延＝殹，色蒼赤，善病肩。

《日書》乙〈音律貞卜〉簡216　日中至日入投中夾鐘：□殹，廣顏，大唇目，大瘅（膺），善□步，善後顧，土色，善病心腸。

《日書》乙〈音律貞卜〉簡217　日入至晨投中夾鐘：豯（猴），袤瘅（膺），長喙而脱（銳），其行跨＝，黑色，善病肩手。

《日書》乙〈音律貞卜〉簡219　日中至日入投中姑洗：蛇殹，兌（銳）頤，中夫中廣，其行□□，色蒼白，善病四豊（體）。

《日書》乙〈音律貞卜〉簡220　日入至晨投中姑洗：□殹，兔顏（？），□□，大耳，肩僂，行（？）媥＝殹，色蒼黑，善病顏。

《日書》乙〈音律貞卜〉簡222　日中至日入投中＝呂：□殹，兌（銳）喙，圓顏，翁肩，不□衣，其行昌＝殹，色蒼黑，善病脅。

《日書》乙〈音律貞卜〉簡225　日中至日入投中蕤賓：閭（驢）殹，長面，長頤，兔耳，□□＝殹，白皙，善病□。

《日書》乙〈音律貞卜〉簡226　日入之晨投中蕤賓：□殹，兌（銳）顏，兌（銳）頸廣□□□□□，善病中腸。

《日書》乙〈音律貞卜〉簡228　日中至日入投中林鐘：□殹，連面般，大口鼻目，不□長善僂□步殹□，色陽黑，善明目病乳。

《日書》乙〈音律貞卜〉簡229　日入至晨投中林鐘：勮殹，廣顏兌（銳）頤，□殹，女僂，色赤墨☑足。

《日書》乙〈音律貞卜〉簡231　旦至日中投中夷則：玉龜殹，蒼皙，圓面，免（俛）僂，惡行夸＝然，善病心。

《日書》乙〈音律貞卜〉簡232　日入至晨投中夷則：黿龜殹，□□辟＝殹，免顏□鼻長靖＝殹，其行□，黃皙殹，病胃腸。

《日書》乙〈音律貞卜〉簡234　日中至日入投中南呂：雞殹，連面，不倍而長，善步跨＝殹，病☑，色蒼白。

《日書》乙〈音律貞卜〉簡235　日入至晨投中南呂：赤鳥殹，兌（銳）顏，兌（銳）頤，啗＝殹，善□□，赤色，善病心腹。

《日書》乙〈音律貞卜〉簡237　日中至日入投中毋（無）射：狼殹，連面，大口，大目侃＝殹，色黃黑，善病要（腰）脾（髀）。

《日書》乙〈音律貞卜〉簡239　日中至日入投中應鐘：殹，長目，大喙，長寬肩，僂行任殹，色黃黑，善病要（腰）痺（髀）。

	《日書》乙〈音律貞卜〉簡 240　日入至晨投中夾鐘：□□殹，薄顏，短頸，惡〔行〕，色蒼陽黑，善病北（背）□瘇（腫）。
睡虎地秦簡	《日書》甲〈詰〉簡 54 背貳　人毋（無）故而憂也，爲桃更（梗）而敂（撬）之，以癸日日入投之道。遽曰：「某。免於憂矣。
周家臺秦簡	《日書》〈線圖〉日入　　卯（昴）　　　金　　西
	簡 367　平旦晉，日出俊，食時錢，日中弍（一），餔時浚兒，夕市時發□，日入雞＝（雞，雞）。
	《日書》乙〈生子〉簡 142　旦生女，日出生男，夙食女，莫食男，日中女，日過中男，日則女，日下則男，日未入女，日入男，昏女，夜莫

◎莫、蓦（暮）

包山楚簡	簡 58　執事人纍（早）蓦（暮）救適，三受不以出，阩門又（有）敗。
	簡 63　執事人纍（早）蓦（暮）求朔，苛不以朔廷，阩門又（有）敗。
放馬灘秦簡	《日書》甲〈亡盜〉簡 26　戊亡盜在南方，食者五一于閒，男子殹亡，夙不得亡莫而得。
	《日書》乙〈納音五行〉簡 182 第 4 排　莫食六角火
	《日書》乙〈納音五行〉簡 187 第 4 排　莫（暮）市（？）七羽金
睡虎地秦簡	《日書》乙〈入官〉（下）簡 233 壹清旦、食時、日則（昃）、莫、夕。
	《日書》甲〈盜者〉簡 78 背　酉，水也。盜者羸而黃色，疵在面，臧（藏）於園中草下，旦啓夕閉。夙得莫不得。•名多西起嬰。
	《日書》甲〈秦除〉簡 14 正貳　建日：良日也。可以爲嗇夫，可以祠。利棗（早）不利莫。可以入人、始寇〔冠〕、乘車。有爲也，吉。
	《日書》乙〈十二時〉簡 156　〔雞鳴丑，平旦〕寅，日出卯，食時辰，莫食巳，日中午，暴（日失）未，下市申，舂日酉，牛羊入戌，黃昏亥，人定〔子〕。
	〈秦律十八種•行書〉簡 184　行傳書、受書，必書其起及到日月夙莫，以輒相報殹（也）。
	〈穴盜〉簡 82　皆言曰：乙以洒二月爲此衣，五十尺，帛裏，絲絮五斤蕲（裝），繆繒五尺緣及殹（純）。不智（知）盜者可（何）人及棗（早）莫，毋（無）意殹（也）。

王家臺秦簡	〈啓閉〉簡 395 五亥旦莫不閉，北吉，東凶，□會歙飤百具□☒
嶽麓秦簡	〈占夢書〉簡 1 晝言而莫（暮）夢之，有☒。

◎莫食

放馬灘秦簡	《日書》甲〈生子〉簡 16 平旦生女，日出生男，夙食女，莫食男，日中女，日過中男。
	《日書》乙〈行〉簡 81 丙寅丁卯甲戌乙亥戊子己丑丙申丁酉甲辰乙巳戊午己亥：日莫食北三憙☒。
	《日書》乙〈生子〉簡 142 旦生女，日出生男，夙食女，莫食男，日中女，日過中男，日則女，日下則男，日未入女，日入男，昏女，夜莫
	《日書》乙〈納音五行〉簡 190 第 4 排 莫（暮）食前（？）鳴七
睡虎地秦簡	《日書》甲〈禹須臾〉簡 100 背壹 丙寅、丙申、丁酉、丁卯、甲戌、甲辰、乙亥、乙巳、戊午、己丑、己未，莫食以行有三喜。
	乙種〈十二時〉簡 156〔雞鳴丑，平旦〕寅，日出卯，食時辰，莫食巳，日中午，暴（日失）未，下市申，舂日酉，牛羊入戌，黃昏亥，人定〔子〕。

◎（黃）昏

葛陵楚簡	簡甲三 109 庚申之昏以迡（起），辛酉亯=（之日）禱之
	簡甲三 119 ☒甲戌之昏以迡（起），乙亥亯=（之日）虞（薦）之。
	簡甲三 116 ☒〔平〕夜文君，戊午之昏以☒
	簡乙二 13、三 20 ☒巳之昏虞（薦）盧（且）禱之堅（地）宔（主），八月辛酉☒
	簡乙四 36 ☒兩又（有）五，丁巳之昏以☒
放馬灘秦簡	《日書》甲〈生子〉簡 17 旦則女，日下則男，日入男，昏（昏）女，夜莫男，夜
	《日書》甲〈禹須臾行日〉簡 43（上半） 入月一日：旦西吉，日中北吉，昏東吉，南吉。
	《日書》甲〈禹須臾行日〉簡 44（上半） 入月二日：旦西吉，日中北吉，昏東吉，中夜南吉。
	《日書》甲〈禹須臾行日〉簡 45（上半） 入月三日：旦西吉，日中北吉，昏東吉，中夜南吉。

《日書》甲〈禹須臾行日〉簡 46（上半） 吉，日中南吉，昏北吉，中夜東吉。	入月四日：旦西
《日書》甲〈禹須臾行日〉簡 47（上半） 吉，日中西吉，昏北吉，中夜東吉。	入月五日：旦南
《日書》甲〈禹須臾行日〉簡 48（上半） 吉，日中西吉，昏北吉，中夜東吉。	入月六日：旦南
《日書》甲〈禹須臾行日〉簡 49（上半） 吉，日中西吉，昏北吉，中夜南吉。	入月七日：旦南
《日書》甲〈禹須臾行日〉簡 50（上半） 吉，日中西吉，昏北吉，中夜南吉。	入月八日：旦南
《日書》甲〈禹須臾行日〉簡 51（上半） 吉，日中西吉，昏北吉，中夜南吉。	入月九日：旦南
《日書》甲〈禹須臾行日〉簡 52（上半） 吉，日中西吉，昏北吉，中夜南吉。	入月十日：旦南
《日書》甲〈禹須臾行日〉簡 53（上半） 東吉，日中南吉，昏北吉，中夜北吉。	入月十一日：旦
《日書》甲〈禹須臾行日〉簡 54（上半） 東吉，日中南吉，昏西吉，中夜北吉。	入月十二日：旦
《日書》甲〈禹須臾行日〉簡 55（上半） 東吉，日中南吉，昏西吉，中夜北吉。	入月十三日：旦
《日書》甲〈禹須臾行日〉簡 56（上半） 東吉，日中南吉，昏西吉，中夜北吉。	入月十四日：旦
《日書》甲〈禹須臾行日〉簡 57（上半） 東吉，日中南吉，昏西吉，中夜北吉。	入月十五日：旦
《日書》甲〈禹須臾行日〉簡 58（上半） 東吉，日中南吉，昏西吉，中夜北吉。	入月十六日：旦
《日書》甲〈禹須臾行日〉簡 59（上半） 東吉，日中南吉，昏西吉，中夜北吉。	入月十七日：旦
《日書》甲〈禹須臾行日〉簡 60（上半） 東吉，日中南吉，昏西吉，中夜北吉。	入月十八日：旦
《日書》甲〈禹須臾行日〉簡 61（上半） 北吉，日中東吉，昏南吉，中夜西吉。	入月十九日：旦
《日書》甲〈禹須臾行日〉簡 62（上半） 吉，日中東吉，昏南吉，中夜西吉。	入月廿日：旦北
《日書》甲〈禹須臾行日〉簡 63（上半） 北吉，日中東吉，昏南吉，中夜西吉。	入月廿一日：旦
《日書》甲〈禹須臾行日〉簡 64（上半） 北吉，日中東吉，昏南吉，中夜西吉。	入月廿二日：旦
《日書》甲〈禹須臾行日〉簡 65（上半） 北吉，日中東吉，昏南吉，中夜西吉。	入月廿三日：旦

《日書》甲〈禹須臾行日〉簡 66（上半） 北吉，日中東吉，昏南吉，中夜西吉。	入月廿四日：旦
《日書》甲〈禹須臾行日〉簡 67（上半） 北吉，日中東吉，昏南吉，中夜西吉。	入月廿五日：旦
《日書》甲〈禹須臾行日〉簡 68（上半） 西吉，日中北吉，昏東吉，中夜南吉。	入月廿六日：旦
《日書》甲〈禹須臾行日〉簡 69（上半） 西吉，日中北吉，昏東吉，中夜南吉。	入月廿七日：旦
《日書》甲〈禹須臾行日〉簡 70（上半） 西吉，日中北吉，昏東吉，中夜南吉。	入月廿八日：旦
《日書》甲〈禹須臾行日〉簡 71（上半） 西吉，日中北吉，昏東吉，中夜南吉。	入月廿九日：旦
《日書》甲〈禹須臾行日〉簡 72（上半） 吉，日中北吉，昏東吉，中夜南吉。	入月卅日：旦西
《日書》乙〈禹須臾行日〉簡 26（上半） 吉，日中北吉，昏東吉，中夜南吉。	入月二日：旦西
《日書》乙〈禹須臾行日〉簡 27（上半） 吉，日中北吉，昏東吉，中夜南吉。	入月三日：旦西
《日書》乙〈禹須臾行日〉簡 28（上半） 吉，日中南吉，昏北吉，中夜東吉。	入月四日：旦西
《日書》乙〈禹須臾行日〉簡 29（上半） 吉，日中西吉，昏北吉，中夜東吉。	入月五日：旦南
《日書》乙〈禹須臾行日〉簡 30（上半） 吉，日中西吉，昏北吉，中夜東吉。	入月六日：旦南
《日書》乙〈禹須臾行日〉簡 31（上半） 吉，日中西吉，昏北吉，中夜東吉。	入月八日：旦南
《日書》乙〈禹須臾行日〉簡 32（上半） 吉，日中西吉，昏北吉，中夜南吉。	入月九日：旦南
《日書》乙〈禹須臾行日〉簡 33（上半） 吉，日中西吉，昏北吉，中夜南吉。	入月十日：旦南
《日書》乙〈禹須臾行日〉簡 34（上半） 東吉，日中南吉，昏北吉，中夜北吉。	入月十一日：旦
《日書》乙〈禹須臾行日〉簡 35（上半） 東吉，日中南吉，昏西吉，中夜北吉。	入月十二日：旦
《日書》乙〈禹須臾行日〉簡 36（上半） 東吉，日中南吉，昏西吉，中夜北吉。	入月十三日：旦
《日書》乙〈禹須臾行日〉簡 37（上半） 東吉，日中南吉，昏西吉，中夜北吉。	入月十四日：旦

《日書》乙〈禹須臾行日〉簡 38（上半）	入月十五日：旦東吉，日中南吉，昏西吉，中夜北吉。
《日書》乙〈禹須臾行日〉簡 39（上半）	☐吉，昏西吉，中夜北吉。
《日書》乙〈禹須臾行日〉簡 40（上半）	入月十七日：旦東吉，日中南吉，昏西吉，中夜北吉。
《日書》乙〈禹須臾行日〉簡 41（上半）	入月十八日：旦東吉，日中南吉，昏西吉，中夜北吉。
《日書》乙〈禹須臾行日〉簡 42（上半）	入月十九日：旦北吉，日中☐吉，昏南吉，中夜西吉。
《日書》乙〈禹須臾行日〉簡 43（上半）	入月廿日：旦北吉，日中東吉，昏南吉，中夜西吉。
《日書》乙〈禹須臾行日〉簡 44（上半）	入月廿一日：旦北吉，日中東吉，昏南吉，中夜西吉。
《日書》乙〈禹須臾行日〉簡 45（上半）	入月廿二日：旦北吉，日中東吉，昏南吉，中夜西吉。
《日書》乙〈禹須臾行日〉簡 46（上半）	入月廿三日：旦北吉，日中東吉，昏南吉，中夜西吉。
《日書》乙〈禹須臾行日〉簡 47（上半）	入月廿四日：旦北吉，日中東吉，昏南吉，中夜西吉。
《日書》乙〈禹須臾行日〉簡 48（上半）	入月廿五日：旦北吉，日中東吉，昏南吉，中夜西吉。
《日書》乙〈禹須臾行日〉簡 49（上半）	入月廿六日：旦西吉，日中北吉，昏東吉，中夜南吉。
《日書》乙〈禹須臾行日〉簡 50（上半）	入月廿七日：旦西吉，日中北吉，昏東吉，中夜南吉。
《日書》乙〈禹須臾行日〉簡 51（上半）	入月廿八日：旦西吉，日中北吉，昏東吉，中夜南吉。
《日書》乙〈禹須臾行日〉簡 52（上半）	入月廿九日：旦西吉，日中北吉，昏東吉，中夜南吉。
《日書》乙〈禹須臾行日〉簡 53（上半）	入月卅日：旦西吉，日中北吉，昏東吉，中夜南吉。
《日書》乙〈禹須臾行日〉簡 54（上半）	☐吉，昏東吉，南吉☐
《日書》乙〈生子〉簡 142　旦生女，日出生男，夙食女，莫食男，日中女，日過中男，日則女，日下則男，日未入女，日入男，昏女，夜莫	
《日書》乙〈納音五行〉簡 186 第 4 排　昏市八商金	
《日書》乙〈納音五行〉簡 191 第 4 排　昏時九徵☐	

睡虎地秦簡	《日書》乙〈十二時〉簡 156 〔雞鳴丑，平旦〕寅，日出卯，食時辰，莫食巳，日中午，暴（日失）未，下市申，舂日酉，牛羊入戌，黃昏亥，人定〔子〕。
王家臺秦簡	〈死〉簡 667 甲子黃昏以死，失圍廄，不出先西而北□□□□入之。
周家臺秦簡	《日書》〈線圖〉黃昏 胃

◎定昏

周家臺秦簡	《日書》〈線圖〉定昏 婁

◎夕、夕日

出 處	簡 文 內 容
九店 56 號楚簡	簡 60 朝閟（閉）夕啓。朝逃（盜）得，畫不得，夕不得。
	簡 61 朝閟（閉）夕啓。
	簡 62 朝閟（閉）夕啓。朝逃（盜）得，畫得夕不得。
	簡 63 〔朝閟（閉）夕〕啓。〔朝逃（盜）得，夕不得〕。
	簡 64 朝啓夕閟（閉）。朝〔逃（盜）不〕得，畫得，夕得。
	簡 65 朝閟（閉）夕啓。朝逃（盜）得，夕不得。
	簡 66 朝逃（盜）得，夕不得。
	簡 67 〔朝〕啓夕閟（閉）。朝逃（盜）不得，畫得，夕得。
	簡 68 〔朝〕閟（閉）夕啓。朝逃（盜）〔得〕☑
	簡 69 朝啓〔夕〕閟（閉）。
	簡 70 朝☑□
	簡 71 朝閟（閉）夕啓。朝逃（盜）得，畫得，夕不得。
望山楚簡	簡 184 ☑□夕□☑
	簡乙四 5 肙=（八月）己未亥=（之夕），以君之疠（病）之☑
	簡甲三 134 庚午亥=（之夕）內齋。☑
	簡甲三 108 庚午亥=（之夕）內齋。☑
	簡甲三 163 肙=（八月）辛巳亥=（之夕）歸一璧於☑（簡甲三 163）
	簡甲三 126、零 95 ☑戊申亥=（之夕）以迡（起），己〔酉禱〕之☑
江陵磚瓦廠楚簡	簡 2～簡 3 夏层之月庚子之夕，觊（盜）殺僕之覬（兄）李舂，僕未智（知）其人。含（今）僕惹（察）人李□敢告於視日，夏层之月庚子之夕，觊（盜）殺僕之覬（兄）李舂，僕未智（知）其人。

江陵秦家嘴楚簡	簡 1　甲申之夕，賽禱宮地主一，賽禱行一白犬，司命☑酉（酒）食祚之。乙酉之日，苛慶占之吉，速瘥。
上博楚竹書	四〈柬大王泊旱〉簡 9　閏未啓，王呂（以）告榎（相）屢（徙）與中余：「含（今）夕不教（穀）夢若此，何。」
	五〈姑成家父〉簡 1～2　且夕綢（治）之，思（使）又（有）君臣之節
	六〈用曰〉簡 15　宦于朝（朝）夕，而考（巧）於左右
清華簡	〈金縢〉簡 13～14　是夕，天反風，禾斯迡（起），凡大木斎=（之所）𧗊（拔），二公命邦人㿳（盡）遑（復）笁（筑）之。哉（歲）大又（有）年，𥝢（秋）則大敊（穫）。
放馬灘秦簡	《日書》甲〈禹須臾所以見人日〉簡 43　子，旦，吉。安食，吉。日中，凶。日失，吉。夕日，凶。
	《日書》甲〈禹須臾所以見人日〉簡 44　丑，旦，凶。安食，吉。日中，凶。日失，可。夕日，凶。
	《日書》甲〈禹須臾所以見人日〉簡 45　寅，旦，凶。安食，吉。日中，凶。日失，凶。夕日，凶。
	《日書》甲〈禹須臾所以見人日〉簡 46　卯，旦，吉。安食，吉。日中，凶。日失，凶。夕日，凶。
	《日書》甲〈禹須臾所以見人日〉簡 47　辰，旦，凶。安食，吉。日失，凶。夕日，吉。
	《日書》甲〈禹須臾所以見人日〉簡 48　巳，旦，凶。安食，吉。日中，凶。日失，凶。夕日，可。
	《日書》甲〈禹須臾所以見人日〉簡 49　午，旦，凶。安食，凶。日中，吉。夕日，凶。
	《日書》甲〈禹須臾所以見人日〉簡 50　未，旦，吉。安食，可。日中，凶。日失，吉。夕日，凶。
	《日書》甲〈禹須臾所以見人日〉簡 51　申，旦，吉。安食，凶。日中，吉。日失，吉。夕日，凶。
	《日書》甲〈禹須臾所以見人日〉簡 52　酉，旦，吉。安食，凶。日中，吉。日失，吉。夕日，凶。
	《日書》甲〈禹須臾所以見人日〉簡 53　戌，旦，凶。安食，凶。日中，吉。日失，吉。夕日，凶。
	《日書》甲〈禹須臾所以見人日〉簡 54　子，旦，有言，喜，聽。安，不聽。晝，得美言。夕，得美言。
	《日書》甲〈禹須臾所以見人日〉簡 55　丑，旦，有言，怒。安，得美言。晝，遇惡言。夕，惡言。
	《日書》甲〈禹須臾所以見人日〉簡 57　卯，旦，有言，聽。安，許。晝，聽。夕，不聽。
	《日書》甲〈禹須臾所以見人日〉簡 58　辰，旦，有言，不聽。安，許。晝，不聽。夕，請謁，聽。

《日書》甲〈禹須臾所以見人日〉簡 59	巳，旦，不聽。安，所。晝，不聽。夕，得後言。
《日書》甲〈禹須臾所以見人日〉簡 60	午，旦，不聽。安，百事不聽。晝，許。夕，許。
《日書》甲〈禹須臾所以見人日〉簡 61	未，旦，有美言。安，後見之。晝，得惡言。夕，不聽。
《日書》甲〈禹須臾所以見人日〉簡 62	申，旦，遇惡言。安，許。晝，不悅。夕，許。
《日書》甲〈禹須臾所以見人日〉簡 63	酉，旦，得美言。安，遇惡言。晝，不悅，夕，許。
《日書》甲〈禹須臾所以見人日〉簡 64	戌，旦，不聽。安，遇惡言。晝，得言。夕，有惡。
《日書》甲〈禹須臾所以見人日〉簡 65	亥，旦，有美言，得言。安，不聽。晝、夕，有求，後見之。
《日書》乙〈禹須臾所以見人日〉簡 25	子，旦，吉。安食，吉。日中，凶。日失，吉。夕日，凶。
《日書》乙〈禹須臾所以見人日〉簡 26	丑，旦，凶。安食，吉。日中，凶。日失，可。夕日，凶。
《日書》乙〈禹須臾所以見人日〉簡 27	寅，旦，凶。安食，吉。日中，凶。日失，凶。夕日，凶。
《日書》乙〈禹須臾所以見人日〉簡 28	卯，旦，吉。安食，吉。日中，凶。日失，凶。夕日日，凶。
《日書》乙〈禹須臾所以見人日〉簡 29	辰，旦，凶。安食，吉。日失，凶。夕日，吉。
《日書》乙〈禹須臾所以見人日〉簡 30	巳，旦，凶。安食，吉。日中，凶。日失，凶。夕日，可。
《日書》乙〈禹須臾所以見人日〉簡 31	未，旦，吉。安食，可。日中，凶。日失，吉。夕日，凶。
《日書》乙〈禹須臾所以見人日〉簡 32	申，旦，吉。安食，凶。日中，吉。日失，吉。夕日，凶。
《日書》乙〈禹須臾所以見人日〉簡 33	酉，旦，吉。安食，凶。日中，吉。日失，吉。夕日，凶。
《日書》乙〈禹須臾所以見人日〉簡 34	戌，旦，凶。安食，凶。日中，吉。日失，吉。夕日，凶。
《日書》乙〈禹須臾所以見人日〉簡 35	子，旦，有言，喜，聽。安，不聽。晝，得美言。夕，得美言。
《日書》乙〈禹須臾所以見人日〉簡 36	丑，旦，有言，怒。安，得美言。晝，遇惡言。夕，惡言。
《日書》乙〈禹須臾所以見人日〉簡 37	寅，旦，有言，怒。安，說。晝，不得言。夕，聽。

	《日書》乙〈禹須臾所以見人日〉簡 38　卯，旦，有言，聽。安，說。晝，聽。夕，不聽。
	《日書》乙〈禹須臾所以見人日〉簡 39　辰，旦，有言，不聽。安，說。晝，不聽。夕，請謁，聽。
	《日書》乙〈禹須臾所以見人日〉簡 40　巳，旦，不聽。安，聽。晝，不聽。夕，得後言。
	《日書》乙〈禹須臾所以見人日〉簡 41　午，旦，□□□□百事不聽。晝，許。夕，許。
	《日書》乙〈禹須臾所以見人日〉簡 42　未，旦，有美言。安，後見之。晝，得惡言。夕，不聽。
	《日書》乙〈禹須臾所以見人日〉簡 43　申，旦，遇惡言。安，許。晝，不說。夕，許。
	《日書》乙〈禹須臾所以見人日〉簡 44　酉，旦，得美言。安，得惡言。晝，不悅，夕，許。
	《日書》乙〈禹須臾所以見人日〉簡 45　戌，旦，不聽。安，遇惡言。晝，得言。夕，有惡。
	《日書》乙〈日喜〉簡 78　甲子乙丑壬申癸酉☑：夕行九憙。
	《日書》乙〈納音五行〉簡 188 第 4 排　夕市六角水
	《日書》乙〈納音五行〉簡 185 第 5 排　過中夕時六
	《日書》乙〈音律貞卜〉簡 283　鼻者六十六旦從六十八夕從六十四鼻七十五玄七十六鼻有卅四玄卅二服陽。
睡虎地秦簡	〈倉律〉簡 55　城旦之垣及它事而勞與垣等者，旦半夕參；其守署及為它事者，參食之。
	〈倉律〉簡 59　免隸臣妾、隸臣妾垣及為它事與垣等者，食男子旦半夕參，女子參。
	《日書》甲〈歲〉簡 65 正壹　夏夷、九月、中夕，歲在南方，以東大羊（祥），南旦亡，西禹（遇）英（殃），北數反其鄉。
	《日書》甲〈歲〉簡 66 正壹　紡月、十月、屈夕，歲在西方，以南大羊（祥），西旦亡，北禹（遇）英（殃），東數反其鄉。
	《日書》甲〈歲〉簡 67 正壹　七月爨月、援夕，歲在北方，以西大羊（祥），北旦亡，東禹（遇）英（殃），南數反其鄉。
	《日書》甲〈歲〉簡 64 正貳　十月楚冬夕，日六夕七〔十〕。
	《日書》甲〈歲〉簡 65 正貳　十一月楚屈夕，日五夕十一。
	《日書》甲〈歲〉簡 66 正貳　十二月楚援夕，日六夕十。
	《日書》甲〈歲〉簡 67 正貳　正月楚刑夷，日七夕九。
	《日書》甲〈歲〉簡 64 正叁　二月楚夏屎，日八夕八。
	《日書》甲〈歲〉簡 65 正叁　三月楚紡月，日九夕七。
	《日書》甲〈歲〉簡 66 正叁　四月楚七月，日十夕六。

《日書》甲〈歲〉簡 67 正叁　五月楚八月，日十一夕五。
《日書》甲〈歲〉簡 64 正肆　六月楚九月，日十夕六。
《日書》甲〈歲〉簡 65 正肆　七月楚十月，日九夕七。
《日書》甲〈歲〉簡 66 正肆　八月楚爨月，日八夕八。
《日書》甲〈歲〉簡 67 正肆　九月楚膚（獻）馬，日七夕九。
《日書》甲〈盜者〉簡 71 背　寅，虎也。盜者壯，希（稀）須（鬚），面有黑焉，不全於身，從以上辟（臂）臑梗，大疵在辟（臂），臧（藏）於瓦器間，旦閉夕啓西方。・多〈名〉虎豻貙豹申。
《日書》甲〈盜者〉簡 72 背　卯，兔也。盜者大面，頭穎（顙），疵在鼻，臧（藏）於草中，旦閉夕啓北方。・多〈名〉兔竃陘突垣義酉。
《日書》甲〈盜者〉簡 78 背　酉，水也。盜者裔而黃色，疵在面，臧（藏）於園中草下，旦啓夕閉。夙得莫不得。・名多酉起嬰。
《日書》甲〈到室〉簡 135 正　禹須臾：戊己丙丁庚辛旦行，有二喜。甲乙壬癸丙丁日中行，有五喜。庚辛戊己壬癸餔時行，有七喜。壬癸庚辛甲乙夕行，有九喜。
《日書》乙　簡 18 貳　五〈正〉月，日七夕九。
《日書》乙　簡 19 貳　二月，日八〔夕七〕。
《日書》乙　簡 20 貳　三月，日九夕七。
《日書》乙　簡 21 貳　四月，日十夕六。
《日書》乙　簡 22 貳　五月，日十一夕五。
《日書》乙　簡 23 貳　六月，日十夕六。
《日書》乙　簡 24 貳　七月，日九夕七。
《日書》乙　簡 25 貳　八月，日八夕八。
《日書》乙　簡 26 貳　九月，日七夕九。
《日書》乙　簡 27 貳　十月，日六夕十。
《日書》乙　簡 28 貳　十一月，日五夕十一。
《日書》乙　簡 29 貳　十二月，日六夕十。
《日書》甲〈毀棄〉簡 111 正壹　八月、九月、十月毀棄南方，・爨月、膚（獻）馬、中夕毀棄西方，・屈夕、援〔夕〕、刑尿毀棄北〔方〕・夏尸、紡月毀棄東方，皆吉。
《日書》甲〈毀棄〉簡 112 正壹　援夕、刑夕作事南方，・紡月、夏夕〔尸〕、八月作事西方，・九月、十月、爨月作事北方，・膚（獻）馬、中夕、屈夕作事東方，皆吉。

《日書》甲〈吏〉　子：朝見，有告，聽簡 157 正壹。晏見，有告，不聽簡 157 正貳。晝見，有美言簡 157 正參。日虒見，令復見之簡 157 正肆。夕見，有美言。簡 157 正伍。

《日書》甲〈吏〉　丑：朝見，有奴（怒）簡 158 正壹。晏見，有美言簡 158 正貳。晝見，禺（遇）奴（怒）簡 158 正參。日虒見，有告，聽簡 158 正肆。夕見，有惡言簡 158 正伍。

《日書》甲〈吏〉　寅：朝見，有奴（怒）簡 159 正壹。晏見，說（悅）簡 159 正貳。晝見，不得，復簡 159 正參。日虒見，不言，得簡 159 正肆。夕見，有告，聽簡 159 正伍。

《日書》甲〈吏〉　卯：朝見，喜，請命，許簡 160 正壹。晏見，說（悅）簡 160 正貳。晝見，有告，聽簡 160 正參。日虒見，請命，許簡 160 正肆。夕見，有奴（怒）簡 160 正伍。

《日書》甲〈吏〉　辰：朝見，有告，聽簡 161 正壹。晏見，請命，許簡 161 正貳。晝見，請命，許簡 161 正參。日虒見，有告，不聽簡 161 正肆。夕見，請命，許簡 161 正伍。

《日書》甲〈吏〉　巳：朝見，不說（悅）簡 162 正壹。晏見，有告，聽簡 162 正貳。晝見，有告，不聽簡 162 正參。日虒見，有告，禺（遇）奴（怒）簡 162 正肆。夕見，有後言簡 162 正伍。

《日書》甲〈吏〉　午：朝見，不詒（怡）簡 163 正壹。晏見，百事不成簡 163 正貳。晝見，有告，聽簡 163 正參。日虒見，造，許簡 163 正肆。夕見，說簡 163 正伍。

《日書》甲〈吏〉　申：朝見，禺（遇）奴（怒）簡 164 正壹。晏見，得語簡 164 正貳。晝見，不說（悅）簡 164 正參。日虒見，有後言簡 164 正肆。夕見，請命，許簡 164 正伍。

《日書》甲〈吏〉　戌：朝見，有告，聽簡 165 正壹。晏見，造，許簡 165 正貳。晝見，得語簡 165 正參。日虒見，請命，許簡 165 正肆。夕見，有惡言簡 165 正伍。

《日書》甲〈吏〉　亥：朝見，有後言簡 166 正壹。晏見，不詒（怡）簡 166 正貳。晝見，令復見之簡 166 正參。日虒見，有惡言簡 166 正肆。夕見，令復見之簡 166 正伍。

《日書》乙〈十二支占卜篇〉　子，以東吉，北得，西聞言〔南〕兇（凶）。朝啟夕閉，朝兆不得，晝夕得。以入，見疾。以有疾，派〈辰〉少翏（瘳），午大翏（瘳），死生在申，黑簡 157 肉從北方來，把者黑色，外鬼父葉（世）為姓（眚），高王父譴適（謫），豕☐簡 158。

《日書》乙〈十二支占卜篇〉　丑，以東吉，西先行，北吉，南得。〔朝〕閉夕啟，朝兆得，晝夕不得。以入，得。〔以有〕疾，卯少翏（瘳），巳大翏（瘳），死生簡 159☐☐，膌肉從東方來，外鬼為姓（眚），巫亦為姓（眚）簡 160。

《日書》乙〈十二支占卜篇〉 寅，以東北吉，西先行，南得。朝閉夕啓，朝兆得，晝夕不得。以入，吉。以有疾，午少疠（瘳），申大疠（瘳），死生在簡161子，☑巫爲姓（眚）簡162。

《日書》乙〈十二支占卜篇〉 卯，以東吉，北見疾，西南得。朝閉夕啓，朝兆得，晝夕不得。以入，必有大亡。以有疾，未少疠（瘳），申大疠（瘳），死簡163生在亥，狗肉從東方來，中鬼見社爲姓（眚）簡164。

《日書》乙〈十二支占卜篇〉 辰，以東吉，北兇（凶），〔西〕先行，南得。朝啓夕閉，朝兆不得，夕晝得。・以入，吉。以有疾，酉少疠（瘳），戌大疠（瘳），死生在子簡165，乾肉從東方來，把者精（青）色，巫爲姓（眚）簡166。

《日書》乙〈十二支占卜篇〉 巳，以東吉，北得，西兇（凶），南見疾。朝閉夕啓，朝兆得，晝夕不得。以入，吉。以有疾，申少疠（瘳），亥大疠（瘳），死生在寅，赤肉從東方來，高王父譴姓（眚）簡168。

《日書》乙〈十二支占卜篇〉 午，以東先行，北得，西聞言，南兇（凶）。朝閉夕啓，朝兆得，晝夕不得。以入，吉。有疾，丑少疠（瘳），《日書》乙〈十二支占卜篇〉辰大疠（瘳），死生簡169在寅，赤肉從南方來，把者赤色，外鬼、兄葉（世）爲姓（眚）簡170。

《日書》乙〈十二支占卜篇〉 未，以東得，北兇（凶），西南吉。朝啓夕閉，朝兆不得，晝夕得。以入，吉。以有疾，子少疠（瘳），卯大疠（瘳），〔死〕生在寅，赤肉簡171從南方來，把者〔赤〕色，母葉（世）外死爲姓（眚）簡172。

《日書》乙〈十二支占卜篇〉 申，以東北得，西吉，南兇（凶）。朝閉夕啓，朝兆得，晝夕不得。以有疾，子少疠（瘳），□〔大〕疠（瘳），死生在辰簡173，鮮魚從西方來，把者白色，王父譴，牲爲姓（眚）簡174。

《日書》乙〈十二支占卜篇〉 酉，以東繭（吝），南聞言，西兇（凶）。朝啓〔夕〕閉，朝兆不得，晝夕得。以入，有□。〔有〕疾，戌少疠（瘳），子大疠（瘳），死生簡175在未，赤肉從北方來，外鬼、父葉（世）見而欲，巫爲姓（眚），室鬼欲狗（拘）簡176。

《日書》乙〈十二支占卜篇〉 戌，以東得，西見兵，冬之吉，南兇（凶）。朝啓夕閉，朝兆得，晝夕得。以入，繭（吝）。以有疾，卯少疠（瘳），辰大疠（瘳），死簡177生在酉，鮮魚從西方來，把者白色，高王父爲姓（眚），野立爲☑簡178。

《日書》乙〈十二支占卜篇〉 亥，以東南得，北吉，西禺（遇）□。〔朝〕啓夕閉，朝兆不得。以入，小亡。以有疾，巳小疠（瘳），酉大疠（瘳），死生在子簡179，黑肉從東方來，母葉（世）見之爲姓（眚）簡180。

周家臺秦簡	〈啓閉〉簡388　五丑旦閉夕啓，東北吉，南得，西毋行。
	〈啓閉〉簡393　五子旦閉夕啓，北得，東吉，南凶，西□▨
	〈死〉簡718　乙酉之旦到夕以死，先不出，出而西南，其日中，才（在）東北間一室。
	簡367　平旦晉，日出俊，食時錢，日中弎（一），餔時浚兒，夕市時發□，日入雞＝（雞，雞）。
	《日書》〈線圖〉夕食　　奎
王家臺秦簡	〈啓閉〉簡393　五子旦閉夕啓，北得，東吉，南凶，西□▨
	〈啓閉〉簡388　五丑旦閉夕啓，東北吉，南得，西毋行。
	〈死〉簡718　乙酉之旦到夕以死，先不出，出而西南，其日中，才（在）東北間一室。
里耶秦簡	J1（16）簡6背　三月戊申夕，士五（伍）巫下里聞令以來。慶。如手。
嶽麓秦簡	〈二十七年質日〉簡1　乙酉夕行。
	〈占夢書〉簡3　元（其）類，毋失四時之所宜，五分日、三分日夕，吉兇有節，善羕有故。
岳山木牘	簡43背　田□人丁亥死，夕以祠之。

◎夕時

周家臺秦簡	《日書》〈線圖〉夕時　　此（觜）觿（嶲）

◎夕食

周家臺秦簡	《日書》〈線圖〉夕食　　奎

◎人鄭（人奠、人定）

放馬灘秦簡	《日書》乙〈納音五行〉簡181第5排　人奠（定）中鳴六
睡虎地秦簡	《日書》乙〈十二時〉簡156　〔雞鳴丑，平旦〕寅，日出卯，食時辰，莫食巳，日中午，昃（日失）未，下市申，舂日酉，牛羊入戌，黃昏亥，人定〔子〕。
周家臺秦簡	《日書》〈線圖〉人鄭（定）　　東辟（壁）

◎夜莫

放馬灘秦簡	《日書》甲〈生子〉簡17　旦則女，日下則男，日入男，昏（昏）女，夜莫男，夜
	《日書》乙〈生子〉簡142　旦生女，日出生男，夙食女，莫食男，日中女，日過中男，日則女，日下則男，日未入女，日入男，昏女，夜莫

◎夜

天星觀楚簡	簡40　還以郗菅爲君貞：既肧（背）雁（膺）疾，以悗（悶），尚母（毋）以是，古（故）又（有）大咎。占之吉。夜中又（有）瀆（續），夜逃分（半）又（有）間，壬午□。
上博楚竹書	二〈民之父母〉簡8「㙅（成）王不敢（敢）康迵（夙）夜基（基）命又（宥）宻（密），亡（無）聖（聲）之綠（樂）
	五〈季庚子問於孔子〉簡10　婆（夙）興夜妹（寐）
	五〈弟子問〉簡22　婆（夙）興夜妹（寐）
清華簡	〈楚居〉簡5　思（懼）亓（其）宔（主），夜而內屍（尸），氐今日𡩋=（𡩋，𡩋）杜（必）夜。
放馬灘秦簡	《日書》甲〈生子〉簡17　旦則女，日下則男，日入男，昏（昏）女，夜莫男，夜
	《日書》乙　簡78　　正月壬臽日七夜九－
	《日書》乙　簡79　　二月癸臽日八夜八－
	《日書》乙　簡80　　三月戊臽日九夜七
	《日書》乙　簡81　　〔四月甲臽日十夜六〕－
	《日書》乙　簡82　　五月乙臽日十一夜五－
	《日書》乙　簡83　　九月己臽日七夜九－
	《日書》乙　簡84　　十月庚臽日六夜十－
	《日書》乙　簡85　　十一月辛臽日五夜十一－
	《日書》乙　簡86　　十二月己臽日六夜十－
	《日書》乙〈五音占〉　簡200上半　‖羽立壬癸子申辰，主北方，時夜失，客毆（也），色黑，所訟〔者虎〕也，司水。
	《日書》乙〈音律貞卜〉簡300　說頌悳若龍鳴□□□雖合聚登于天，一夜十□直此卦是利以合人。
	《日書》乙〈雜忌〉簡314　兵邦君必或死之，從正北水漬夜。
睡虎地秦簡	〈內史雜〉簡197　毋敢以火臧（藏）府、書府中。吏已收臧（藏），官嗇夫及吏夜更行官。
	〈爲吏之道〉　道傷（易）車利簡30肆，精而勿致簡31肆，興之必疾簡32肆，夜以椄（接）日簡33肆。觀民之詐簡34肆，罔服必固簡35肆。地脩城固簡36肆，民心乃寧簡37肆。百事既成簡38肆，民心既寧簡39肆，既毋後憂簡40肆，從政之經簡41肆。不時怒簡42肆，民將姚去簡43肆。
	《日書》甲〈詰〉　犬恒夜入人室，執丈夫，戲女子，不可簡47背壹得也，是神狗僞爲鬼簡48背壹。
	《日書》甲〈詰〉　鬼恒夜鼓人門，以歌若哭，人見之，是兇簡29背貳鬼。鳶（弋）以芻矢，則不來矣簡30背壹。

	《日書》甲〈詰〉　凡邦中之立叢，其鬼恒夜譹（呼）焉，是遽鬼執人_{簡67背貳}，以自伐〈代〉也。_{簡68背貳}。
	《日書》甲〈詰〉簡48背參　人臥而鬼夜屈其頭，以若（箬）便（鞭）毃（繫）之，則已矣。
里耶秦簡	J1（9）簡981 正　問之，船亡，審漚枲，廼甲寅夜水多，漚流（浮）包船，〔船〕毃（系）絕，亡，求未得，此以未定。
	J1（16）簡5 正　谷、尉在所縣上書嘉、谷、尉。令人日夜端行，它如律令。
	J1（16）簡6 正　谷、尉在所縣上書嘉、谷、尉。令人日夜端行，它如律令。

◎夜三分之一

周家臺秦簡	《日書》〈線圖〉夜三分之一　營＝（營室）

◎夜未半

周家臺秦簡	《日書》〈線圖〉夜未半　　危

◎夜未中

放馬灘秦簡	《日書》乙〈生子〉簡143　☐男，夜未中女，夜☐中男，夜過中女，雞鳴男。

◎夜中、中夜

放馬灘秦簡	《日書》甲〈生子〉簡19　未中女，夜中男，夜過中女，雞鳴男。
	《日書》甲〈禹須臾行日〉簡44（上半）　入月二日：旦西吉，日中北吉，昏東吉，中夜南吉。
	《日書》甲〈禹須臾行日〉簡45（上半）　入月三日：旦西吉，日中北吉，昏東吉，中夜南吉。
	《日書》甲〈禹須臾行日〉簡46（上半）　入月四日：旦西吉，日中南吉，昏北吉，中夜東吉。
	《日書》甲〈禹須臾行日〉簡47（上半）　入月五日：旦南吉，日中西吉，昏北吉，中夜東吉。
	《日書》甲〈禹須臾行日〉簡48（上半）　入月六日：旦南吉，日中西吉，昏北吉，中夜東吉。
	《日書》甲〈禹須臾行日〉簡49（上半）　入月七日：旦南吉，日中西吉，昏北吉，中夜南吉。

《日書》甲〈禹須臾行日〉簡 50（上半）吉，日中西吉，昏北吉，中夜南吉。	入月八日：旦南
《日書》甲〈禹須臾行日〉簡 51（上半）吉，日中西吉，昏北吉，中夜南吉。	入月九日：旦南
《日書》甲〈禹須臾行日〉簡 52（上半）吉，日中西吉，昏北吉，中夜南吉。	入月十日：旦南
《日書》甲〈禹須臾行日〉簡 53（上半）東吉，日中南吉，昏北吉，中夜北吉。	入月十一日：旦
《日書》甲〈禹須臾行日〉簡 54（上半）東吉，日中南吉，昏西吉，中夜北吉。	入月十二日：旦
《日書》甲〈禹須臾行日〉簡 55（上半）東吉，日中南吉，昏西吉，中夜北吉。	入月十三日：旦
《日書》甲〈禹須臾行日〉簡 56（上半）東吉，日中南吉，昏西吉，中夜北吉。	入月十四日：旦
《日書》甲〈禹須臾行日〉簡 57（上半）東吉，日中南吉，昏西吉，中夜北吉。	入月十五日：旦
《日書》甲〈禹須臾行日〉簡 58（上半）東吉，日中南吉，昏西吉，中夜北吉。	入月十六日：旦
《日書》甲〈禹須臾行日〉簡 59（上半）東吉，日中南吉，昏西吉，中夜北吉。	入月十七日：旦
《日書》甲〈禹須臾行日〉簡 60（上半）東吉，日中南吉，昏西吉，中夜北吉。	入月十八日：旦
《日書》甲〈禹須臾行日〉簡 61（上半）北吉，日中東吉，昏南吉，中夜西吉。	入月十九日：旦
《日書》甲〈禹須臾行日〉簡 62（上半）吉，日中東吉，昏南吉，中夜西吉。	入月廿日：旦北
《日書》甲〈禹須臾行日〉簡 63（上半）北吉，日中東吉，昏南吉，中夜西吉。	入月廿一日：旦
《日書》甲〈禹須臾行日〉簡 64（上半）北吉，日中東吉，昏南吉，中夜西吉。	入月廿二日：旦
《日書》甲〈禹須臾行日〉簡 65（上半）北吉，日中東吉，昏南吉，中夜西吉。	入月廿三日：旦
《日書》甲〈禹須臾行日〉簡 66（上半）北吉，日中東吉，昏南吉，中夜西吉。	入月廿四日：旦
《日書》甲〈禹須臾行日〉簡 67（上半）北吉，日中東吉，昏南吉，中夜西吉。	入月廿五日：旦
《日書》甲〈禹須臾行日〉簡 68（上半）西吉，日中北吉，昏東吉，中夜南吉。	入月廿六日：旦

《日書》甲〈禹須臾行日〉簡 69（上半） 西吉，日中北吉，昏東吉，中夜南吉。	入月廿七日：旦
《日書》甲〈禹須臾行日〉簡 70（上半） 西吉，日中北吉，昏東吉，中夜南吉。	入月廿八日：旦
《日書》甲〈禹須臾行日〉簡 71（上半） 西吉，日中北吉，昏東吉，中夜南吉。	入月廿九日：旦
《日書》甲〈禹須臾行日〉簡 72（上半） 吉，日中北吉，昏東吉，中夜南吉。	入月卅日：旦西
《日書》乙〈禹須臾行日〉簡 26（上半） 日中北吉，昏東吉，中夜南吉。	入月二日：旦西，
《日書》乙〈禹須臾行日〉簡 27（上半） 日中北吉，昏東吉，中夜南吉。	入月三日：旦西，
《日書》乙〈禹須臾行日〉簡 28（上半） 吉，日中北吉，昏東吉，中夜南吉。	入月四日：旦西
《日書》乙〈禹須臾行日〉簡 29（上半） 吉，日中西吉，昏北吉，中夜東吉。	入月五日：旦南
《日書》乙〈禹須臾行日〉簡 30（上半） 吉，日中西吉，昏北吉，中夜東吉。	□月六日：旦南
《日書》乙〈禹須臾行日〉簡 31（上半） 吉，日中西吉，昏北吉，中夜東吉。	入月八日：旦南
《日書》乙〈禹須臾行日〉簡 32（上半） 吉，日中西吉，昏北吉，中夜南吉。	入月九日：旦南
《日書》乙〈禹須臾行日〉簡 33（上半） 吉，日中西吉，昏北吉，中夜南吉。	入月十日：旦南
《日書》乙〈禹須臾行日〉簡 34（上半） 東吉，日中南吉，昏北吉，中夜北吉。	入月十一日：旦
《日書》乙〈禹須臾行日〉簡 35（上半） 東吉，日中南吉，昏西吉，中夜北吉。	入月十二日：旦
《日書》乙〈禹須臾行日〉簡 36（上半） 東吉，日中南吉，昏西吉，中夜北吉。	入月十三日：旦
《日書》乙〈禹須臾行日〉簡 37（上半） 東吉，日中南吉，昏西吉，中夜北吉。	入月十四日：旦
《日書》乙〈禹須臾行日〉簡 38（上半） 東吉，日中南吉，昏西吉，中夜北吉。	入日十五日：旦
《日書》乙〈禹須臾行日〉簡 39（上半） 中夜北吉。	☑吉，昏西吉，
《日書》乙〈禹須臾行日〉簡 40（上半） 東吉，日中南吉，昏西吉，中夜北吉。	入月十七日：旦

《日書》乙〈禹須臾行日〉簡 41（上半） 東吉，日中南吉，昏西吉，中夜北吉。	入月十八日：旦
《日書》乙〈禹須臾行日〉簡 42（上半） 北吉，日中☒吉，昏南吉，中夜西吉。	入月十九日：旦
《日書》乙〈禹須臾行日〉簡 43（上半） 吉，日中東吉，昏南吉，中夜西吉。	入月廿日：旦北
《日書》乙〈禹須臾行日〉簡 44（上半） 北吉，日中東吉，昏南吉，中夜西吉。	入月廿一日：旦
《日書》乙〈禹須臾行日〉簡 45（上半） 北吉，日中東吉，昏南吉，中夜西吉。	入月廿二日：旦
《日書》乙〈禹須臾行日〉簡 46（上半） 北吉，日中東吉，昏南吉，中夜西吉。	入月廿三日：旦
《日書》乙〈禹須臾行日〉簡 47（上半） 北吉，日中東吉，昏南吉，中夜西吉。	入月廿四日：旦
《日書》乙〈禹須臾行日〉簡 48（上半） 北吉，日中東吉，昏南吉，中夜西吉。	入月廿五日：旦
《日書》乙〈禹須臾行日〉簡 49（上半） 西吉，日中北吉，昏東吉，中夜南吉。	入月廿六日：旦
《日書》乙〈禹須臾行日〉簡 50（上半） 西吉，日中北吉，昏東吉，中夜南吉。	入月廿七日：旦
《日書》乙〈禹須臾行日〉簡 51（上半） 西吉，日中北吉，昏東吉，中夜南吉。	入月廿八日：旦
《日書》乙〈禹須臾行日〉簡 52（上半） 西吉，日中北吉，昏東吉，中夜南吉。	入月廿九日：旦
《日書》乙〈禹須臾行日〉簡 53（上半） 吉，日中北吉，昏東吉，中夜南吉。	入月卅日：旦西

◎夜過中

放馬灘秦簡	《日書》甲〈生子〉簡 18～19　夜未中女，夜中男，夜過中女，雞鳴男。
	《日書》乙〈生子〉簡 143　☒男，夜未中女，夜☒中男，夜過中女，雞鳴男。

◎昏、晨

葛陵楚簡	簡零 307　☒亡咎，己酉昏（晨）禱之☒
放馬灘秦簡	《日書》乙〈律書〉簡 173　彼日辰時，數并而三之以爲母。
	《日書》乙〈納音五行〉簡 188 第 5 排　　安（晏）食大晨八

	《日書》乙〈音律貞卜〉簡208　日入至晨投中毋（無）射：大（？）毆，段（短）顏，兌（銳）喙，長要（腰），色黃，善病腹腸要（腰）脾（髀）。
	《日書》乙〈音律貞卜〉簡211　日入至晨投中大呂：旄（牦）牛毆，免顏，大頭，長面，其行丘=毆，蒼晰色，善病頸項。
	《日書》乙〈音律貞卜〉簡214　日入至晨投中大族（簇）：豺毆，好目，短喙，其行□，善病心。
	《日書》乙〈音律貞卜〉簡217　日入至晨投中夾鐘：貁（猱），裒癕（膺），長喙而脫（銳），其行跨=，黑色，善病肩手。
	《日書》乙〈音律貞卜〉簡220　日入至晨投中姑洗：□毆，兔顏（？），□□，大耳，肩僂，行（？）嬌=毆，色蒼黑，善病顏。
	《日書》乙〈音律貞卜〉簡226　日入之晨投中蕤賓：□毆，兌（銳）顏，兌（銳）頸廣□□□□□，善病中腸。
	《日書》乙〈音律貞卜〉簡229　日入至晨投中林鐘：劻毆，廣顏兌（銳）頤，□毆，女僂，色赤墨□足。
	《日書》乙〈音律貞卜〉簡232　日入至晨投中夷則：電龜毆，□□辟=毆，免顏□鼻長靖=毆，其行□，黃皙毆，病胃腸。
	《日書》乙〈音律貞卜〉簡235　日入至晨投中南呂：赤烏毆，兌（銳）顏，兌（銳）頤，啗=毆，善□□，赤色，善病心腹。
	《日書》乙〈音律貞卜〉簡240　日入至晨投中夾鐘：□□毆，薄顏，短頸，惡〔行〕，色蒼陽黑，善病北（背）□瘇（腫）。
	《日書》乙〈音律貞卜〉簡356　不死厚而寬，主呂有遷毆。後皆有請有令。旦至晨自雞鳴，直此卦者，君子之貞。

◎朝

九店56號	簡60　朝閟（閉）夕啓。朝逃（盜）得，晝不得，夕不得。
	簡61　朝閟（閉）夕啓。
	簡62　朝閟（閉）夕啓。朝逃（盜）得，晝得夕不得。
	簡63　〔朝閟（閉）夕〕啓。〔朝逃（盜）得，夕不得〕。
	簡64　朝啓夕閟（閉）。朝〔逃（盜）不〕得，晝得，夕得。
	簡65　朝閟（閉）夕啓。朝逃（盜）得，夕不得。
	簡66　朝逃（盜）得，夕不得。
	簡67　〔朝〕啓夕閟（閉）。朝逃（盜）不得，晝得，夕得。
	簡68　〔朝〕閟（閉）夕啓。朝逃（盜）〔得〕□
	簡69　朝啓〔夕〕閟（閉）。
	簡70　朝□□
	簡71　朝閟（閉）夕啓。朝逃（盜）得，晝得，夕不得。

上博楚竹書	六〈用曰〉簡 15 「宦于翰（朝）夕，而考（巧）於左右」
放馬灘秦簡	《日書》乙〈音律貞卜〉簡 294 吏亡君子往役來歸爲喪殹。支唐＝哭靈間夫妻皆憂若朝霧霜有疾不死轉如。
睡虎地秦簡	《日書》乙〈十二支占卜篇〉簡 157 子，以東吉，北得，西聞言〔南〕兇（凶）。朝啓夕閉，朝兆不得，晝夕得。
	《日書》乙〈十二支占卜篇〉簡 159 丑，以東吉，西先行，北吉，南得。〔朝〕閉夕啓，朝兆得，晝夕不得。
	《日書》乙〈十二支占卜篇〉簡 161 寅，以東北吉，西先行，南得。朝閉夕啓，朝兆得，晝夕不得。
	《日書》乙〈十二支占卜篇〉簡 163 卯，以東吉，北見疾，西南得。朝閉夕啓，朝兆得，晝夕不得。
	《日書》乙〈十二支占卜篇〉簡 165 辰，以東吉，北兇（凶），〔西〕先行，南得。朝啓夕閉，朝兆不得，夕晝得。
	《日書》乙〈十二支占卜篇〉簡 167 巳，以東吉，北得，西兇（凶），南見疾。朝閉夕啓，朝兆得，晝夕不得。
	《日書》乙〈十二支占卜篇〉簡 169 午，以東先行，北得，西聞言，南兇（凶）。朝閉夕啓，朝兆得，晝夕不得。
	《日書》乙〈十二支占卜篇〉簡 171 未，以東得，北兇（凶），西南吉，朝啓多夕閉。朝兆不得，晝夕得。以入，吉。
	《日書》乙〈十二支占卜篇〉簡 173 申，以東北得，西吉，南兇（凶）。朝閉夕啓，朝兆得，晝夕不得。以入，吉。
	《日書》乙〈十二支占卜篇〉簡 175 酉，以東藺（吝），南聞言，西兇（凶）。朝啓〔夕〕閉，朝兆不得，晝夕得。
	《日書》乙〈十二支占卜篇〉簡 177 戌，以東得，西見兵，多之吉，南兇（凶）。朝啓夕閉，朝兆不得，晝夕得。
	《日書》乙〈十二支占卜篇〉簡 179 亥，以東南得，北吉，西禺（遇）□。〔朝〕啓夕閉，朝兆不得。

◎晝

放馬灘秦簡	《日書》甲〈禹須臾所以見人日〉簡 54 子，旦，有言，喜，聽。安，不聽。晝，得美言。夕，得美言。
	《日書》甲〈禹須臾所以見人日〉簡 55 丑，旦，有言，怒。安，得美言。晝，遇惡言。夕，惡言。
	《日書》甲〈禹須臾所以見人日〉簡 57 卯，旦，有言，聽。安，許。晝，聽。夕，不聽。
	《日書》甲〈禹須臾所以見人日〉簡 58 辰，旦，有言，不聽。安，許。晝，不聽。夕，請謁，聽。
	《日書》甲〈禹須臾所以見人日〉簡 59 巳，旦，不聽。安，所。晝，不聽。夕，得後言。

	《日書》甲〈禹須臾所以見人日〉簡 60　午，旦，不聽。安，百事不聽。晝，許。夕，許。
	《日書》甲〈禹須臾所以見人日〉簡 61　未，旦，有美言。安，後見之。晝，得惡言。夕，不聽。
	《日書》甲〈禹須臾所以見人日〉簡 62　申，旦，遇惡言。安，許。晝，不悅。夕，許。
	《日書》甲〈禹須臾所以見人日〉簡 63　酉，旦，得美言。安，遇惡言。晝，不悅，夕，許。
	《日書》甲〈禹須臾所以見人日〉簡 64　戌，旦，不聽。安，遇惡言。晝，得言。夕，有惡。
	《日書》甲〈禹須臾所以見人日〉簡 65　亥，旦，有美言，得言。安，不聽。晝、夕，有求，後見之。
	《日書》乙〈禹須臾所以見人日〉簡 35　子，旦，有言，喜，聽。安，不聽。晝，得美言。夕，得美言。
	《日書》乙〈禹須臾所以見人日〉簡 36　丑，旦，有言，怒。安，得美言。晝，遇惡言。夕，惡言。
	《日書》乙〈禹須臾所以見人日〉簡 37　寅，旦，有言，怒。安，說。晝，不得言。夕，聽。
	《日書》乙〈禹須臾所以見人日〉簡 38　卯，旦，有言，聽。安，說。晝，聽。夕，不聽。
	《日書》乙〈禹須臾所以見人日〉簡 39　辰，旦，有言，不聽。安，說。晝，不聽。夕，請謁，聽。
	《日書》乙〈禹須臾所以見人日〉簡 40　巳，旦，不聽。安，聽。晝，不聽。夕，得後言。
	《日書》乙〈禹須臾所以見人日〉簡 41　午，旦，□□□□百事不聽。晝，許。夕，許。
	《日書》乙〈禹須臾所以見人日〉簡 42　未，旦，有美言。安，後見之。晝，得惡言。夕，不聽。
	《日書》乙〈禹須臾所以見人日〉簡 43　申，旦，遇惡言。安，許。晝，不說。夕，許。
	《日書》乙〈禹須臾所以見人日〉簡 44　酉，旦，得美言。安，得惡言。晝，不悅，夕，許。
	《日書》乙〈禹須臾所以見人日〉簡 45　戌，旦，不聽。安，遇惡言。晝，得言。夕，有惡。
	《日書》乙〈禹須臾所以見人日〉簡 46　亥，旦，有求得後言。安，不聽。晝夕，有求，後□。
睡虎地秦簡	《日書》甲〈吏〉　子：朝見，有告，聽簡 157 正壹。晏見，有告，不聽簡 157 正貳。晝見，有美言簡 157 正參。日虒見，令復見之簡 157 正肆。夕見，有美言。簡 157 正伍。

《日書》甲〈吏〉　丑：朝見，有奴（怒）簡 158 正壹。晏見，有美言簡 158 正貳。晝見，禺（遇）奴（怒）簡 158 正參。日虒見，有告，聽簡 158 正肆。夕見，有惡言簡 158 正伍。
《日書》甲〈吏〉　寅：朝見，有奴（怒）簡 159 正壹。晏見，說（悅）簡 159 正貳。晝見，不得，復簡 159 正參。日虒見，不言，得簡 159 正肆。夕見，有告，聽簡 159 正伍。
《日書》甲〈吏〉　卯：朝見，喜，請命，許簡 160 正壹。晏見，說（悅）簡 160 正貳。晝見，有告，聽簡 160 正參。日虒見，請命，許簡 160 正肆。夕見，有奴（怒）簡 160 正伍。
《日書》甲〈吏〉　辰：朝見，有告，聽簡 161 正壹。晏見，請命，許簡 161 正貳。晝見，請命，許簡 161 正參。日虒見，有告，不聽簡 161 正肆。夕見，請命，許簡 161 正伍。
《日書》甲〈吏〉　巳：朝見，不說（悅）簡 162 正壹。晏見，有告，聽簡 162 正貳。晝見，有告，不聽簡 162 正參。日虒見，有告，禺（遇）奴（怒）簡 162 正肆。夕見，有後言簡 162 正伍。
《日書》甲〈吏〉　午：朝見，不訨（怡）簡 163 正壹。晏見，百事不成簡 163 正貳。晝見，有告，聽簡 163 正參。日虒見，造，許簡 163 正肆。夕見，說簡 163 正伍。
《日書》甲〈吏〉　申：朝見，禺（遇）奴（怒）簡 164 正壹。晏見，得語簡 164 正貳。晝見，不說（悅）簡 164 正參。日虒見，有後言簡 164 正肆。夕見，請命，許簡 164 正伍。
《日書》甲〈吏〉　戌：朝見，有告，聽簡 165 正壹。晏見，造，許簡 165 正貳。晝見，得語簡 165 正參。日虒見，請命，許簡 165 正肆。夕見，有惡言簡 165 正伍。
《日書》甲〈吏〉　亥：朝見，有後言簡 166 正壹。晏見，不訨（怡）簡 166 正貳。晝見，令復見之簡 166 正參。日虒見，有惡言簡 166 正肆。夕見，令復見之簡 166 正伍。
《日書》乙〈十二支占卜篇〉簡 157　子，以東吉，北得，西聞言〔南〕兇（凶）。朝啓夕閉，朝兆不得，晝夕得。
《日書》乙〈十二支占卜篇〉簡 159　丑，以東吉，西先行，北吉，南得。〔朝〕閉夕啓，朝兆得，晝夕不得。以入，得。
《日書》乙〈十二支占卜篇〉簡 161　寅，以東北吉，西先行，南得。朝閉夕啓，朝兆得，晝夕不得。以入，吉。
《日書》乙〈十二支占卜篇〉簡 163　卯，以東吉，北見疾，西南得。朝閉夕啓，朝兆得，晝夕不得。
《日書》乙〈十二支占卜篇〉簡 165　辰，以東吉，北兇（凶），〔西〕先行，南得。朝啓夕閉，朝兆不得，夕晝得。
《日書》乙〈十二支占卜篇〉簡 167　巳，以東吉，北得，西兇（凶），南見疾。朝閉夕啓，朝兆得，晝夕不得。以入，吉。

	《日書》乙〈十二支占卜篇〉簡169　午，以東先行，北得，西聞言，南兇（凶）。朝閉夕啓，朝兆得，晝夕不得。
	《日書》乙〈十二支占卜篇〉簡171　未，以東得，北兇（凶），西南吉。朝啓夕閉，朝兆不得，晝夕得。以入，吉。
	《日書》乙〈十二支占卜篇〉簡173　申，以東北得，西吉，南兇（凶）。朝閉夕啓，朝兆得，晝夕不得。
	《日書》乙〈十二支占卜篇〉簡175　酉，以東藺（吝），南聞言，西兇（凶）。朝啓〔夕〕閉，朝兆不得，晝夕得。以入，有□。
	《日書》乙〈十二支占卜篇〉簡177　戌，以東得，西見兵，冬之吉，南兇（凶）。朝啓夕閉，朝兆不得，晝夕得。
嶽麓秦簡	〈占夢書〉簡1　若晝夢亟發，不得其日，以來爲日；不得其時，以來爲時；醉飽而夢、雨、變氣不占。
	〈占夢書〉簡1　晝言而莫（暮）夢之，有□。

◎夙（殑）

上博楚竹書	二〈民之父母〉簡8　「堅（成）王不敌（敢）康迺（夙）夜詧（基）命又（宥）罍（密）」
	五〈季庚子問於孔子〉簡10　「婴（夙）墨（興）夜稴（寐）」
	五〈弟子問〉〉簡22　「婴（夙）興夜眜（寐）」
放馬灘秦簡	《日書》甲〈亡盜〉簡26　戌亡盜在南方，食者五口一于間，男子殴亡，夙不得亡莫而得。
睡虎地秦簡	《日書》甲〈盜者〉簡78背　酉，水也。盜者高而黃色，疪在面，臧（藏）於園中草下，旦啓夕閉。夙得莫不得。・名多酉起嬰。
	《秦律十八種》〈行書〉簡184　行傳書、受書，必書其起及到日月夙莫，以輒相報殹（也）。

◎昧

上博楚竹書	四〈內豊〉簡8　旹（時）杳（昧），祆（攻）、縈、行，祝於五祀
清華簡	〈保訓〉簡1～2　己丑杳（昧）〔爽〕□□□□□□□□□。〔王〕若曰：發，朕（朕）疾寁甚。

◎夙食

放馬灘秦簡	《日書》甲〈生子〉簡16　平旦生女，日出生男，夙食女，莫食男，日中女，日過中男。

	《日書》乙〈生子〉簡 142　旦生女，日出生男，夙食女，莫食男，日中女，日過中男，日則女，日下則男，日未入女，日入男，昏女，夜莫

◎日下則

放馬灘秦簡	《日書》甲〈生子〉簡 17　旦則女，日下則男，日入男，昏（昏）女，夜莫男，夜。
	《日書》乙〈生子〉簡 142　旦生女，日出生男，夙食女，莫食男，日中女，日過中男，日則女，日下則男，日未入女，日入男，昏女，夜莫。

◎彔

清華簡	〈尹至〉簡 1　隹（惟）尹自夏顥（夏）夒（徂）白（亳），彔至才（在）湯。

附錄四：文獻所見紀時內容

壹、《周易》

◎朝：1 筆

出　處	內　　　　容
坤	臣弒其君，子弒其父，非一朝一夕之故，其所由來者漸矣，由辯之不早辯也。

◎日中：2 筆

出　處	內　　　　容
繫辭下傳	日中爲市，致天下之民，聚天下之貨，交易而退，各得其所，蓋取諸噬嗑。
豐	・豐：亨。王假之，勿憂，宜日中。〔卦辭〕 ・〈彖〉曰：豐，大也。明以動，故豐。王假之，尙大也。勿憂，宜日中，宜照天下也。日中則昃，月盈則食，天地盈虛，與時消息，而況於人乎？況於鬼神乎？ ・〔象傳〕六二，豐其蔀，日中見斗，往得疑疾；有孚發若，吉。 ・九三，豐其沛，日中見沫；折其右肱，無咎。 ・九四，豐其蔀，日中見斗，遇其夷主，吉。 　〈象〉曰：「豐其蔀」，位不當也。「日中見斗」，幽不明也。「遇其夷主」，吉行也。

◎晝：2 筆

出　處	內　　　容
繫辭上傳	・剛柔者，晝夜之象也。〔第二章〕 ・範圍天地之化而不過，曲成萬物而不遺，通乎晝夜之道而知，故神無方而《易》無體。〔第四章〕
晉	・晉：康侯用錫馬蕃庶，晝日三接。〔卦辭〕 ・〈象〉曰：晉，進也。明出地上，順而麗乎大明，柔進而上行。是以康侯用錫馬蕃庶，晝日三接也。〔象傳〕

◎昃：2 筆

出　處	內　　　容
離	・九三，日昃之離，不鼓缶而歌，則大耋之嗟，凶。 ・〈象〉曰：「日昃之離」，何可久也？
豐	日中則昃，月盈則食，天地盈虛，與時消息，而況於人乎？況於鬼神乎？

◎夕：2 筆

出　處	內　　　容
乾	九三，君子終日乾乾，夕惕若，厲無咎。
坤	臣弒其君，子弒其父，非一朝一夕之故，其所由來者漸矣，由辯之不早辯也。

◎夜：2 筆

出　處	內　　　容
繫辭上傳	・晝夜之象也。六爻之動，三極之道也。是故君子所居而安者，《易》之序也。所樂而玩者，爻之辭也。〔第二章〕 ・範圍天地之化而不過，曲成萬物而不遺，通乎晝夜之道而知，故神無方而《易》無體。〔第四章〕
夬	九二，惕號，莫夜有戎，勿恤。

貳、《尚書》

◎昧爽：3 筆

出　處	內　　　容
商書・太甲（古文）	先王昧爽丕顯，坐以待旦。旁求俊彥，啓迪後人。

周書・武成（古文）	既戊午，師逾孟津，癸亥，陳于商郊，俟天休命。甲子昧爽，受率其旅若林，會于牧野。
周書・牧誓（今文）	時甲子昧爽，王朝至于商郊牧野，乃誓。

◎旦：2筆

出　處	內　　　容
商書・太甲（古文）	伊尹乃言曰：先王昧爽丕顯，坐以待旦。帝求俊彥，啓迪後人，無越厥命以自覆。
周書・冏命（古文）	王若曰：伯冏！惟予弗克于德，嗣先人宅丕后。怵惕惟厲，中夜以興，思免厥愆。昔在文、武，聰明齊聖，小大之臣，咸懷忠良。其侍御僕從，罔匪正人，以旦夕承弼厥辟，出入起居，罔有不欽，發號施令，罔有不臧，下民祗若，萬邦咸休。

◎朝：7筆

出　處	內　　　容
周書・召誥（今文）	惟二月既望，越六日乙未，王朝步自周，則至于豐。惟太保先周公相宅；越若來三月，惟丙午朏，越三日戊申，太保朝至于洛，卜宅。厥既得卜，則經營。越三日庚戌，太保乃以庶殷，攻位于洛汭；越五日甲寅，位成。若翼日乙卯，周公朝至于洛，則達觀于新邑營。
周書・無逸（古文）	自朝至于日中昃，不遑暇食，用咸和萬民。
商書・說命（古文）	朝夕納誨，以輔台德。若金，用汝作礪；若濟巨川，用汝作舟楫；若歲大旱，用汝作霖雨。
周書・武成（古文）	惟一月壬辰，旁死魄，越翼日癸巳，王朝步自周，于征伐商。
周書・畢命（古文）	惟十有二年，六月，庚午朏。越三日壬申，王朝步自宗周，至于豐。以成周之眾，命畢公保釐東郊。
周書・牧誓（今文）	時甲子昧爽，王朝至于商郊牧野，乃誓。
周書・酒誥（今文）	王若曰：「明大于妹邦。乃穆考文王，肇國在西土；厥誥毖庶邦庶士，越少正、御事，朝夕曰：『祀茲酒。』

◎晨：1筆

出　處	內　　　容
周書・牧誓（今文）	古人有言曰：「牝雞無晨。牝雞之晨，惟家之索。」

◎日中：2 筆

出　處	內　　容
周書・無逸（古文）	自朝至于日中昃，不遑暇食，用咸和萬民。
虞書・堯典（今文）	寅賓出日，平秩東作；日中、星鳥，以殷仲春。

◎晝：1 筆

出　處	內　　容
虞書・益稷（古文）	無若丹朱傲，惟慢游是好，傲虐是作，罔晝夜額額，罔水行舟，朋淫於家，用殄厥世。

◎昃：1 筆

出　處	內　　容
周書・無逸（古文）	自朝至于日中、昃，不遑暇食，用咸和萬民。

◎夙：6 筆

出　處	內　　容
虞書・皋陶謨（今文）	日宣三德，夙夜浚明有家；日嚴祗敬六德，亮采有邦。
周書・洛誥（古文）	惟公德明，光于上下，勤施于四方，旁作穆穆，迓衡不迷文武勤教。予沖子夙夜毖祀。
周書・泰誓（古文）	予小子夙夜祗懼，受命文考，類于上帝，宜于冢土，以爾有眾，底天之罰。
周書・旅獒（古文）	夙夜罔或不勤，不矜細行，終累大德；為山九仞，功虧一簣；允迪茲，生民保厥居，惟乃世王。
周書・周官（古文）	今予小子，祗勤于德，夙夜不逮。仰惟前代時若，訓迪厥官。
虞書・舜典（古文）	夙夜惟寅，直哉惟清。……命汝作納言，夙夜出納朕命，惟允。

◎夕：3 筆

出　處	內　　容
商書・說命（古文）	朝夕納誨，以輔台德。若金，用汝作礪；若濟巨川，用汝作舟楫；若歲大旱，用汝作霖雨。
周書・冏命（古文）	昔在文、武，聰明齊聖，小大之臣，咸懷忠良。其侍御僕從，罔匪正人，以旦夕承弼厥辟，出入起居，罔有不欽，發號施令，罔有不臧，下民祗若，萬邦咸休。

周書·酒誥（今文）	王若曰：「明大于妹邦。乃穆考文王，肇國在西土；厥誥毖庶邦庶士，越少正、御事，朝夕曰：『祀茲酒。』

◎宵：1筆

出　處	內　　容
虞書·堯典（古文）	厥民因；鳥獸希革。分命和仲，宅西，曰昧谷。寅餞納日，平秩西成；宵中、星虛，以殷仲秋。厥民夷；鳥獸毛毨。

◎夜：7筆

出　處	內　　容
周書·洛誥（古文）	惟公德明，光于上下，勤施于四方，旁作穆穆，迓衡不迷文武勤教。予沖子夙夜毖祀。
周書·泰誓（古文）	商罪貫盈，天命誅之，予弗順天，厥罪惟鈞。予小子夙夜祗懼，受命文考，類于上帝，宜于冢土，以爾有眾，厎天之罰。
周書·旅獒（古文）	夙夜罔或不勤，不矜細行，終累大德；爲山九仞，功虧一簣；允迪茲，生民保厥居，惟乃世王。
周書·周官（古文）	今予小子，祗勤于德，夙夜不逮。仰惟前代時若，訓迪厥官。
周書·冏命（古文）	怵惕惟厲，中夜以興，思免厥愆。
虞書·舜典（古文）	夙夜惟寅，直哉惟清。……命汝作納言，夙夜出納朕命，惟允。
虞書·益稷（古文）	無若丹朱傲，惟慢游是好，傲虐是作，罔晝夜額額，罔水行舟，朋淫於家，用殄厥世。

參、《詩經》

◎昧旦：1筆

出　處	內　　容
鄭風·女曰雞鳴	士曰：「昧旦」。

◎旦：3筆

出　處	內　　容
鄭風·女曰雞鳴	女曰：「雞鳴」，士曰：「昧旦」。
唐風·葛生	角枕粲兮，錦衾爛兮。予美亡此，誰與？獨旦！
邶風·匏有苦葉	雝雝鳴雁，旭日始旦，士如歸妻，迨冰未泮。

◎明：1次

出　處	內　　　容
小雅・小宛	宛彼鳴鳩，翰飛戾天。我心憂傷，念昔先人。明發不寐，有懷二人。
齊風・雞鳴	東方明矣，朝既昌矣。

◎朝：8筆

出　處	內　　　容
商頌・那	溫恭朝夕，執事有恪。顧予烝嘗，湯孫之將。
小雅・白駒	皎皎白駒，食我場苗。縶之維之，以永今朝。所謂伊人，於焉逍遙。
小雅・雨無正	三事大夫，莫肯夙夜；邦君諸侯，莫肯朝夕。庶曰式臧，覆出爲惡
小雅・北山	陟彼北山，言采其杞。偕偕士子，朝夕從事。王事靡盬，憂我父母。
小雅・何草不黃	匪兕匪虎，率彼曠野。哀我征夫，朝夕不暇！
鄘風・蝃蝀	朝隮于西，崇朝其雨。女子有行，遠兄弟父母。
齊風・雞鳴	雞既鳴矣，朝既盈矣。東方明矣，朝既昌矣。
陳風・株林	駕我乘馬，說于株野。乘我乘駒，朝食于株。

◎晨：1筆

出　處	內　　　容
小雅・庭燎	夜如何其？夜鄉晨。庭燎有煇。君子至止，言觀其旂。

◎蚤：1筆

出　處	內　　　容
豳風・七月	二之日鑿冰沖沖，三之日納于凌陰，四之日其蚤，獻羔祭韭。九月肅霜，

◎晝：2筆

出　處	內　　　容
大雅・蕩	既愆爾止，靡明靡晦。式號式呼，俾晝作夜。
豳風・七月	上入執宮功。晝爾于茅，宵爾索綯；亟其乘屋，其始播百穀。

◎夙：18筆

出　處	內　容
大雅・抑	肆皇天弗尚，如彼泉流，無淪胥以亡。夙興夜寐，洒掃庭內，維民之章。
大雅・烝民	既明且哲，以保其身。夙夜匪解，以事一人。
大雅・韓奕	無廢朕命，夙夜匪解，虔共爾位。朕命不易，榦不庭方，以佐戎辟。
小雅・雨無正	三事大夫，莫肯夙夜；邦君諸侯，莫肯朝夕。庶曰式臧，覆出為惡。
小雅・小宛	題彼脊令，載飛載鳴。我日斯邁，而月斯征。夙興夜寐，毋忝爾所生。
周頌・昊天有成命	昊天有成命，二后受之。成王不敢康，夙夜基命宥密。於緝熙，單厥心，肆其靖之。
周頌・我將	伊嘏文王，既右饗之。我其夙夜，畏天之威，于時保之。
周頌・振鷺	在彼無惡，在此無斁。庶幾夙夜，以永終譽。
周頌・閔予小子	念茲皇祖，陟降庭止。維予小子，夙夜敬止。於乎皇王！繼序思不忘。
魯頌・有駜	有駜有駜，駜彼乘黃。夙夜在公，在公明明。……有駜有駜，駜彼乘牡。夙夜在公，在公飲酒。……有駜有駜，駜彼乘駽。夙夜在公，在公載燕。
召南・采蘩	被之僮僮，夙夜在公。被之祁祁，薄言還歸。
召南・行露	厭浥行露。豈不夙夜，謂行多露。
召南・小星	嘒彼小星，三五在東。肅肅宵征，夙夜在公。寔命不同！
魏風・陟岵	陟彼岵兮，瞻望父兮。父曰：「嗟！予子行役，夙夜無已。上慎旃哉！猶來無止。」 陟彼屺兮，瞻望母兮。母曰：「嗟！予季行役，夙夜無寐。上慎旃哉！猶來無棄。」 陟彼岡兮，瞻望兄兮。兄曰：「嗟！予弟行役，夙夜必偕。上慎旃哉！猶來無死。」
鄘風・定之方中	靈雨既零，命彼倌人。星言夙駕，說于桑田。匪直也人，秉心塞淵，騋牝三千。
衛風・碩人	碩人敖敖，說于農郊。四牡有驕，朱幩鑣鑣，翟茀以朝。大夫夙退，無使君勞。
衛風・氓	三歲為婦，靡室勞矣。夙興夜寐，靡有朝矣。言既遂矣，至于暴矣。
齊風・東方未明	折柳樊圃，狂夫瞿瞿。不能辰夜，不夙則莫。

◎夕：9筆

出　處	內　　　容
小雅・何草不黃	匪兕匪虎，率彼曠野。哀我征夫，朝夕不暇！
小雅・頍弁	如彼雨雪，先集維霰。死喪無日，無幾相見。樂酒今夕，君子維宴。
小雅・北山	陟彼北山，言采其杞。偕偕士子，朝夕從事。王事靡盬，憂我父母。
小雅・雨無正	三事大夫，莫肯夙夜；邦君諸侯，莫肯朝夕。庶曰式臧，覆出爲惡。
小雅・白駒	皎皎白駒，食我場藿。縶之維之，以永今夕。所謂伊人，於焉嘉客。
商頌・那	溫恭朝夕，執事有恪。顧予烝嘗，湯孫之將。
齊風・載驅	載驅薄薄，簟茀朱鞹。魯道有蕩，齊子發夕。
王風・君子于役	雞棲于塒，日之夕矣，羊牛下來。……雞棲于桀，日之夕矣，羊牛下括。
唐風・綢繆	綢繆束薪，三星在天。今夕何夕？……綢繆束芻，三星在隅。今夕何夕？……綢繆束楚，三星在戶。今夕何夕？

◎宵：3筆

出　處	內　　　容
召南・小星	嘒彼小星，三五在東。肅肅宵征，夙夜在公。寔命不同！嘒彼小星，維參與昴。肅肅宵征，抱衾與裯。寔命不猶！
豳風・東山	伊威在室，蠨蛸在戶，町畽鹿場，熠燿宵行。不可畏也，伊可懷也。
豳風・七月	上入執宮功。晝爾于茅，宵爾索綯；亟其乘屋，其始播百穀。

◎夜：21筆

出　處	內　　　容
大雅・蕩	既愆爾止，靡明靡晦。式號式呼，俾晝作夜。
大雅・抑	夙興夜寐，洒掃庭內，維民之章。
大雅・烝民	既明且哲，以保其身。夙夜匪解，以事一人。
大雅・韓奕	無廢朕命，夙夜匪解，虔共爾位。朕命不易，榦不庭方，以佐戎辟。
小雅・湛露	湛湛露斯，匪陽不晞。厭厭夜飲，不醉無歸。湛湛露斯，在彼豐草。厭厭夜飲，在宗載考。

小雅・庭燎	夜如何其？夜未央。……夜如何其？夜未艾。……夜如何其？夜鄉晨。庭燎有輝。
小雅・雨無正	三事大夫，莫肯夙夜；邦君諸侯，莫肯朝夕。庶曰式臧，覆出為惡。
小雅・小宛	題彼脊令，載飛載鳴。我日斯邁，而月斯征。夙興夜寐，毋忝爾所生。
周頌・我將	伊嘏文王，既右饗之。我其夙夜，畏天之威，于時保之。
周頌・振鷺	在彼無惡，在此無斁。庶幾夙夜，以永終譽。
周頌・閔予小子	夙夜敬止。於乎皇王！繼序思不忘。
周頌・昊天有成命	成王不敢康，夙夜基命宥密。於緝熙，單厥心，肆其靖之。
魯頌・有駜	有駜有駜，駜彼乘黃。夙夜在公，在公明明。……有駜有駜，駜彼乘牡。夙夜在公，在公飲酒。……有駜有駜，駜彼乘駽。夙夜在公，在公載燕。
唐風・葛生	夏之日，冬之夜，百歲之後，歸于其居。 冬之夜，夏之日。百歲之後，歸于其室
召南・采蘩	被之僮僮，夙夜在公。被之祁祁，薄言還歸。
召南・行露	厭浥行露。豈不夙夜，謂行多露。
召南・小星	嘒彼小星，三五在東。肅肅宵征，夙夜在公。
衛風・氓	三歲為婦，靡室勞矣。夙興夜寐，靡有朝矣。言既遂矣，至于暴矣。
齊風・東方未明	折柳樊圃，狂夫瞿瞿。不能辰夜，不夙則莫。
鄭風・女曰雞鳴	子興視夜，明星有爛
魏風・陟岵	予子行役，夙夜無已。……予季行役，夙夜無寐。……予弟行役，夙夜必偕。

◎雞鳴：1筆

出　　處	內　　　容
鄭風・女曰雞鳴	女曰：「雞鳴」，士曰：「昧旦」。

肆、《周禮》

◎旦：1次

出　　處	內　　　容
春官・宗伯	雞人：掌共雞牲，辨其物。大祭祀，夜呼旦以叫百官。凡國之大賓客、會同、軍旅、喪紀，亦如之。

◎朝：4 次

出　處	內　　　容
冬官·考工記（第六）	匠人建國，水地以縣。置槷以縣，視以景。爲規，識日出之景，與日入之景。晝參諸日中之景，夜考之極星，以正朝夕。〔匠人〕
地官·司徒（第二）	日南則景短多暑，日北則景長多寒，日東則景夕多風，日西則景朝多陰。〔大司徒〕
地官·司徒（第二）	大市，日昃而市，百族爲主；朝市朝時而市，商賈爲主；夕市夕時而市，販夫販婦爲主。〔大司徒〕
秋官·司寇（第五）	凡行人之儀，不朝不夕，不正其主面，亦不背客。〔司儀〕

◎晨：1 次

出　處	內　　　容
秋官·司寇（第五）	萍氏：掌國之水禁。幾酒，謹酒。禁川游者。司寤氏：掌夜時。以星分夜，以詔夜士夜禁。禦晨行者，禁宵行者、夜遊者。

◎晝：4 筆

出　處	內　　　容
冬官·考工記（第六）	晝暴諸日，夜宿諸井，七日七夜，是謂水凍。
冬官·考工記（第六）	匠人建國，水地以縣。置槷以縣，視以景。爲規，識日出之景，與日入之景。晝參諸日中之景，夜考之極星，以正朝夕。〔匠人〕
春官·宗伯（第三）	籥章：掌土鼓、豳籥。中春，晝擊土鼓、吹〈豳〉詩，以逆暑。
夏官·司馬（第四）	晝三巡之，夜亦如之。夜三鼜以號戒。

◎昃：1 筆

出　處	內　　　容
地官·司徒（第二）	大市，日昃而市，百族爲主；朝市朝時而市，商賈爲主；夕市夕時而市，販夫販婦爲主。〔大司徒〕

◎夕：6 筆

出　處	內　　　容
冬官·考工記第六	匠人建國，水地以縣。置槷以縣，視以景。爲規，識日出之景，與日入之景。晝參諸日中之景，夜考之極星，以正朝夕。〔匠人〕

地官・司徒第二	以土圭之法測土深、正日景，以求地中。日南則景短多暑，日北則景長多寒，日東則景夕多風，日西則景朝多陰。日至之景，尺有五寸，謂之地中：天地之所合也，四時之所交也，風雨之所會也，陰陽之所和也。然則百物阜安，乃建王國焉，制其畿，方千里而封樹之。〔大司徒〕
地官・司徒第二	大大市，日昃而市，百族為主；朝市朝時而市，商賈為主；夕市夕時而市，販夫販婦為主。
秋官・司寇第五	凡行人之儀，不朝不夕，不正其主面，亦不背客。〔司儀〕
天官・冢宰第一	夕擊柝而比之。國有故，則令宿，其比亦如之。
夏官・司馬第四	道僕：掌馭象路，以朝夕、燕出入，其法儀如齊車。

◎宵：1筆

出　處	內　　　容
秋官・司寇第五	司寤氏：掌夜時。以星分夜，以詔夜士夜禁。禦晨行者，禁宵行者、夜遊者。

◎夜：12筆

出　處	內　　　容
冬官・考工記第六	（筐人）晝暴諸日，夜宿諸井，七日七夜，是謂水湅。
冬官・考工記第六	匠人建國，水地以縣。置槷以縣，視以景。為規，識日出之景，與日入之景。晝參諸日中之景，夜考之極星，以正朝夕。〔匠人〕
地官・司徒第二	（鼓人）凡軍旅，夜鼓鼜，軍動則鼓其眾，田役亦如之。救日月，則詔王鼓。大喪，則詔大僕鼓。
秋官・司寇第五	萍氏：掌國之水禁。幾酒，謹酒。禁川游者。司寤氏：掌夜時。以星分夜，以詔夜士夜禁。禦晨行者，禁宵行者、夜遊者。
秋官・司寇第五	庭氏：掌射國中之夭鳥。若不見其鳥獸，則以救日之弓與救月之矢夜射之。若神也，則以大陰之弓與枉矢射之。
天官・冢宰第一	（內饔）辨腥臊羶香之不可食者：牛夜鳴，則庮；羊泠毛而毳，羶；犬赤股而躁，臊；鳥麷色而沙鳴，貍；豕盲視而交睫，腥；馬黑脊而般臂，螻。
春官・宗伯第三	雞人：掌共雞牲，辨其物。大祭祀，夜呼旦以叫百官。凡國之大賓客、會同、軍旅、喪紀，亦如之。凡
春官・宗伯第三	鎛師：掌金奏之鼓。凡祭祀，鼓其金奏之樂；饗食、賓射，亦如之。軍大獻，則鼓其愷樂。凡軍之夜三鼜，皆鼓之；守鼜，亦如之。

春官・宗伯第三	籥章：掌土鼓、豳籥。中春，晝擊土鼓、吹〈豳〉詩，以逆暑。中秋，夜迎寒，亦如之。
夏官・司馬第四	中夏教茇舍，如振旅之陳。群吏撰車徒，讀書契，辨號名之用，帥以門名，縣鄙各以其名，家以號名，鄉以州名，野以邑名，百官各象其事，以辨軍之夜事。〔大司馬〕
夏官・司馬第四	（掌固）晝三巡之，夜亦如之。夜三鼜以號戒。若造都邑則治其固，與其守法。
夏官・司馬第四	（挈壺氏）凡喪，縣壺以代哭者。皆以水火守之，分以日夜。

伍、《儀禮》

◎旦：2筆

出　處	內　容
士虞禮第十四	死三日而殯，三月而葬，遂卒哭。將旦而祔，則薦。
少牢饋食禮第十六	宗人曰：「旦明行事」。

◎明：1次

出　處	內　容
既夕禮第十三	薦車，直東榮，北。質明，滅燭。徹者升自阼階，降自西階

◎朝：5筆

出　處	內　容
喪服禮第十一	居倚廬，寢苫枕塊，哭晝夜無時，歠粥，朝一溢米、夕一溢米，寢不說絰帶。既虞，翦屏柱楣，寢有席，食疏食，水飲，朝一哭、夕一哭而已。
士喪禮第十二	・朝夕哭，不辟子卯。 ・主人拜賓，如朝夕哭，卒徹。 ・主人要節而踊，皆如朝夕哭之儀，月半不殷奠。 ・既朝哭，主人皆往，兆南北面，免絰。 ・卜日，既朝哭，皆復外位。
既夕禮第十三	猶朝夕哭，不奠。三虞。卒哭。明日，以其班祔。
士虞禮第十四	主人及兄弟如葬服，賓執事者如弔服，皆即位于門外，如朝夕臨位。
特牲饋食禮第十五	前期三日之朝，筮尸如求日之儀，命筮曰：「孝孫某，諏此某事，適其皇祖某子，筮某之某爲尸。尚饗！」

◎蚤：2筆

出　處	內　容
士喪禮第十二	・蚤，揃如他日。鬠用組，乃笄，設明衣裳。主人入，即位。 ・設冒，橐之，幠用衾。巾、栖、鬠、蚤埋于坎。

◎日中：1筆

出　處	內　容
士虞禮第十四	虞，沐浴不櫛。陳牲于廟門外，北首西上寢右。日中而行事」。

◎晝：2筆

出　處	內　容
喪服禮第十一	居倚廬，寢苫枕塊，哭晝夜無時，歠粥，朝一溢米、夕一溢米，寢不說絰帶。
既夕禮第十三	哭晝夜無時。非喪事不言。

◎夙：5筆

出　處	內　容
士冠禮第一	・夙興，設洗，直于東榮。 ・賓對曰：「某敢不夙興？」
士昏禮第二	・夙興，婦沐浴，纚笄宵衣以俟見。 ・父送女，命之曰：「戒之敬之，夙夜毋違命！」 ・母施衿結帨，曰：「勉之敬之，夙夜無違宮事！」 ・庶母及門內，施鞶，申之以父母之命，命之曰：「敬恭聽，宗爾父母之言。夙夜無愆，視諸衿鞶！」
既夕禮第十三	既夕哭。請啓期，告于賓。夙興，設盥于祖廟門外。
士虞禮第十四	・哀子某，哀顯相，夙興夜處不寧。 ・孝子某，孝顯相，夙興夜處，小心畏忌，不惰其身，不寧。
特牲饋食禮第十五	夙興，主人服如初，立于門外東方南面，視側殺。

◎夕：5筆

出　處	內　容
喪服禮第十一	・居倚廬，寢苫枕塊，哭晝夜無時，歠粥，朝一溢米、夕一溢米，寢不說絰帶。

	·既虞，翦屏柱楣，寢有席，食疏食，水飲，朝一哭、夕一哭而已。
士喪禮第十二	·朝夕哭，不辟子卯。 ·主人拜賓，如朝夕哭，卒徹。 ·主人要節而踊，皆如朝夕哭之儀，月半不殷奠。
既夕禮第十三	·既夕哭。請啓期，告于賓。夙興，設盥于祖廟門外。 ·猶朝夕哭，不奠。三虞。卒哭。明日，以其班祔。 ·歠粥，朝一溢米、夕一溢米，不食菜果。
士虞禮第十四	主人及兄弟如葬服，賓執事者如弔服，皆即位于門外，如朝夕臨位。
特牲饋食禮第十五	厥明夕，陳鼎于門外，北面北上，有鼏。

◎宵：4筆

出　處	內　　容
燕禮第六	宵，則庶子執燭於阼階上，司宮執燭於西階上，甸人執大燭於庭，閽人為大燭於門外。
大射禮第七	宵，則庶子執燭於阼階上，司宮執燭於西階上，甸人執大燭於庭，閽人為燭於門外。
士喪禮第十二	宵，為燎于中庭。厥明，滅燎，陳衣于房，南領西上，綪。
既夕禮第十三	·宵，為燎于門內之右。 ·既襲，宵為燎于中庭。

◎夜：5筆

出　處	內　　容
士昏禮第二	·父送女，命之曰：「戒之敬之，夙夜毋違命！」 ·母施衿結帨，曰：「勉之敬之，夙夜無違宮事！」 ·庶母及門內，施鞶，申之以父母之命，命之曰：「敬恭聽，宗爾父母之言。夙夜無愆，視諸衿鞶！」
士相見禮第三	夜侍坐，問夜，膳葷，請退可也。
喪服禮第十一	哀子某，哀顯相，夙興夜處不寧。敢用潔牲剛鬣、香合、嘉薦、普淖，明齊溲酒，哀薦祫事，適爾皇祖某甫。饗！
既夕禮第十三	·哭晝夜無時，非喪事不言。
虞禮第十四	·孝子某，孝顯相，夙興夜處，小心畏忌，不惰其身，不寧。 ·哀子某，哀顯相，夙興夜處不寧。敢用潔牲剛鬣、香合、嘉薦、普淖，明齊溲酒，哀薦祫事，適爾皇祖某甫。饗！

陸、《禮記》

◎昧爽：1 筆

出　處	內　　　　　容
內則	・男女未冠笄者，雞初鳴，咸盥漱，櫛縰，拂髦總角，衿纓，皆佩容臭，昧爽而朝，問何食飲矣。 ・昧爽而朝，慈以旨甘，日出而退，各從其事，日入而夕，慈以旨甘。

◎旦：3 筆

出　處	內　　　　　容
檀弓上	夫子之病革矣，不可以變，幸而至於旦，請敬易之。
郊特牲	籩豆之實，水土之品也。不敢用褻味而貴多品，所以交於旦明之義也。
月令	・孟春之月，日在營室，昏參中，旦尾中。 ・仲春之月，日在奎，昏弧中，旦建星中。 ・季春之月，日在胃，昏七星中，旦牽牛中。 ・孟夏之月，日在畢，昏翼中，旦婺女中。 ・仲夏之月，日在東井，昏亢中，旦危中。 ・季夏之月，日在柳，昏火中，旦奎中。 ・孟秋之月，日在翼，昏建星中，旦畢中。 ・仲秋之月，日在角，昏牽牛中，旦觜觿中。 ・季秋之月，日在房，昏虛中，旦柳中。 ・孟冬之月，日在尾，昏危中，旦七星中。 ・仲冬之月，日在斗，昏東壁中，旦軫中。 ・季冬之月，日在婺女，昏婁中，旦氐中。

◎明：3 筆

出　處	內　　　　　容
禮器	有司跛倚以臨祭，其為不敬大矣。他日祭，子路與，室事交乎戶，堂事交乎階，質明而始行事，晏朝而退。
郊特牲	籩豆之實，水土之品也。不敢用褻味而貴多品，所以交於旦明之義也。
祭義	《詩》云：「明發不寐，有懷二人

◎朝：9筆

出　處	內　　　　容
檀弓上	・魯人有朝祥而莫歌者，子路笑之。 ・士備入而后朝夕踊。祥而縞，是月禫，徙月樂。君於士有賜帟。
間傳	故父母之喪，既殯食粥，朝一溢米，莫一溢米；齊衰之喪，疏食水飲，不食菜果；大功之喪，不食醯醬；小功緦麻，不飲醴酒。
曾子問	・遂朝奠。小宰升舉幣。 ・歸居于家，有殷事，則之君所，朝夕否。 ・歸殯，反于君所，有殷事則歸，朝夕否。 ・大夫內子，有殷事，亦之君所，朝夕否。
少儀	・罕見曰：「聞名」。亟見曰：「朝夕」。瞽曰：「聞名」。適有喪者曰：「比」。童子曰：「聽事」。適公卿之喪，則曰：「聽役於司徒」。
禮器	・故作大事，必順天時，爲朝夕必放於日月，爲高必因丘陵，爲下必因川澤。 ・他日祭，子路與，室事交乎戶，堂事交乎階，質明而始行事，晏朝而退。
內則	・父母在，朝夕恆食，子婦佐餕，既食恆餕，父沒母存，冢子御食，群子婦佐餕如初，旨甘柔滑，孺子餕。 ・十年出就外傅，居宿於外，學書計①，衣不帛襦褲，禮帥初，朝夕學幼儀，請肄簡諒。
三年問	・將由夫患邪淫之人與，則彼朝死而夕忘之，然而從之，則是曾鳥獸之不若也，夫焉能相與群居而不亂乎？
雜記下	・國禁哭，則止朝夕之奠。
文王世子	・世子之記曰：朝夕至於大寢之門外，問於內豎曰：「今日安否何如？」內豎曰：「今日安。」 ・朝夕之食上，世子必在，視寒煖之節。
玉藻	朝玄端，夕深衣。

◎晨：1筆

出　處	內　　　　容
曲禮上	凡爲人子之禮：冬溫而夏凊，昏定而晨省，在醜夷不爭。

◎蚤：3筆

出　處	內　　　　容
曲禮上	侍坐於君子，君子欠伸，撰杖屨，視日蚤莫，侍坐者請出矣。

少儀	侍坐於君子，君子欠伸，運笏，澤劍首，還屨，問日之蚤莫，雖請退可也。
內則	孺子蚤寢晏起，唯所欲，食無時。

◎日中：4 筆

出　處	內　　　　　容
檀弓上	殷人尚白；大事斂用日中，戎事乘翰，牲用白。
檀弓下	既反哭，主人與有司視虞牲，有司以几筵舍奠於墓左，反，日中而虞。
文王世子	文王乃喜。及日中，又至，亦如之。及莫，又至，亦如之。
玉藻	皮弁以日視朝，遂以食，日中而餕，奏而食。

◎晝：2 筆

出　處	內　　　　　容
檀弓上	·夫晝居於內，問其疾可也；夜居於外，弔之可也。 ·是故君子非有大故，不宿於外；非致齊也、非疾也，不晝夜居於內。
檀弓下	穆伯之喪，敬姜晝哭；文伯之喪，晝夜哭。

◎昏：1 筆

出　處	內　　　　　容
曲禮上	凡為人子之禮：冬溫而夏凊，昏定而晨省，在醜夷不爭。

◎夙：5 筆

出　處	內　　　　　容
內則	是日也，妻以子見於父，貴人則為衣服，由命士以下，皆漱澣，男女夙興，沐浴衣服，具視朔食，夫入門，升自阼階。
祭統	乃考文叔，興舊耆欲，作率慶士，躬恤衛國，其勤公家，夙夜不解，民咸曰：「休哉」！
中庸	《詩》曰：「在彼無惡，在此無射；庶幾夙夜，以永終譽！」
孔子閒居	孔子曰：「『夙夜其命宥密』，無聲之樂也。『威儀逮逮，不可選也』，無體之禮也。『凡民有喪，匍匐救之』，無服之喪也。」
儒行	夙興，婦沐浴以俟見；質明，贊見婦於舅姑，執笄、棗、栗、段修以見，贊醴婦，婦祭脯醢，祭醴，成婦禮也。

◎夕：13筆

出　處	內　　　容
檀弓上	‧朝奠日出，夕奠逮日。 ‧士備入而后朝夕踊。祥而縞，是月禫，徙月樂。君於士有賜帟。
曾子問	‧孔子曰：「歸居于家，有殷事，則之君所，朝夕否。」 ‧孔子曰：「歸殯，反于君所，有殷事則歸，朝夕否。大夫，室老行事；士，則子孫行事。大夫內子，有殷事，亦之君所，朝夕否。」
少儀	罕見曰：「聞名」。亟見曰：「朝夕」。瞽曰：「聞名」。
禮器	故作大事，必順天時，爲朝夕必放於日月，爲高必因丘陵，爲下必因川澤。
內則	‧昧爽而朝，慈以旨甘，日出而退，各從其事，日入而夕，慈以旨甘。 ‧父母在，朝夕恆食，子婦佐餕，既食恆餕，父沒母存，冢子御食，群子婦佐餕如初，旨甘柔滑，孺子餕。 ‧妻不在，妾御莫敢當夕。 ‧十年出就外傅，居宿於外，學書計，衣不帛襦褲，禮帥初，朝夕學幼儀，請肄簡諒。
三年間	將由夫患邪淫之人與，則彼朝死而夕忘之，然而從之，則是曾鳥獸之不若也，夫焉能相與群居而不亂乎？
雜記下	‧祥，主人之除也，於夕爲期，朝服。 ‧國禁哭，則止朝夕之奠。
文王世子	‧世子之記曰：朝夕至於大寢之門外，問於內豎曰：「今日安否何如？」 ‧朝夕之食上，世子必在，視寒煖之節。
玉藻	‧朝服以食，特牲三俎祭肺，夕深衣，祭牢肉，朔月少牢，五俎四簋，子卯稷食菜羹，夫人與君同庖。 ‧朝玄端，夕深衣。
雜記上	朝夕哭，不帷。
祭義	夫孝，置之而塞乎天地，溥之而橫乎四海，施諸後世而無朝夕，推而放諸東海而準，推而放諸西海而準，推而放諸南海而準，推而放諸北海而準。
奔喪	丈夫婦人之待之也，皆如朝夕哭，位無變也。
鄉飲酒義	降，說屨升坐，修爵無數。飲酒之節，朝不廢朝，莫不廢夕。

◎莫：6筆

出　處	內　　　容
曲禮上	侍坐於君子，君子欠伸，撰杖屨，視日蚤莫，侍坐者請出矣。

間傳	故父母之喪，既殯食粥，朝一溢米，莫一溢米；齊衰之喪，疏食水飲，不食菜果；大功之喪，不食醯醬；小功緦麻，不飲醴酒。此哀之發於飲食者也。
少儀	侍坐於君子，君子欠伸，運笏，澤劍首，還屨，問日之蚤莫，雖請退可也。
文王世子	文王乃喜。及日中，又至，亦如之。及莫，又至，亦如之。
喪大記	子、大夫、公子食粥，納財，朝一溢米，莫一溢米，食之無算；士疏食水飲，食之無算；夫人世婦諸妻皆疏食水飲，食之無算。
聘義	酒清，人渴而不敢飲也；肉乾，人飢而不敢食也；日莫人倦，齊莊正齊，而不敢解惰。

◎夜：15筆

出　處	內　容
檀弓上	·夫晝居於內，問其疾可也；夜居於外，弔之可也。是故君子非有大故，不宿於外；非致齊也、非疾也，不晝夜居於內。 ·予疇昔之夜，夢坐奠於兩楹之間。
檀弓下	穆伯之喪，敬姜晝哭；文伯之喪，晝夜哭。
曾子問	嫁女之家，三夜不息燭，思相離也。
內則	·男子入內，不嘯不指，夜行以燭，無燭則止。女子出門，必擁蔽其面，夜行以燭，無燭則止。道路：男子由右，女子由左。 ·牛夜鳴則庮，羊泠毛而毳、羶，狗赤股而躁、臊，鳥麛色而沙鳴、鬱，豕望視而交睫、腥，馬黑脊而般臂、漏，雛尾不盈握弗食，舒雁翠，鵠鴞胖，舒鳧翠，雞肝，雁腎，鴇奧，鹿胃。 ·炮：取豚若將，刲之刳之，實棗於其腹中，編萑以苴之，塗之以謹塗，炮之，塗皆乾，擘之，濯手以摩之，去其皽，為稻粉糔溲之以為酏，以付豚煎諸膏，膏必滅之，鉅鑊湯以小鼎薌脯於其中，使其湯毋滅鼎，三日三夜毋絕火，而后調之以醯醢。
祭統	獻公乃命成叔，纂乃祖服。乃考文叔，興舊耇欲，作率慶士，躬恤衛國，其勤公家，夙夜不解，民咸曰：「休哉」！
中庸	《詩》曰：「在彼無惡，在此無射；庶幾夙夜，以永終譽！」
月令	·是月也，日夜分。雷乃發聲，始電，蟄蟲咸動，啓戶始出。先雷三日，奮木鐸以令兆民曰：雷將發聲，有不戒其容止者，生子不備，必有凶災。日夜分，則同度量，鈞衡石，角斗甬，正權概。是月也，耕者少舍。乃修闔扇，寢廟畢備。毋作大事，以妨農之事（仲春）。 ·是月也，可以築城郭，建都邑，穿竇窖，修囷倉。乃命有司，趣民收斂，務畜菜，多積聚。乃勸種麥，毋或失時。其有失時，行罪無疑。是月也，日夜分，雷始收聲。蟄蟲坏戶，殺氣浸盛，陽氣日衰，水始涸。日夜分，則同度量，平權衡，正鈞石，角斗甬。（仲秋）

玉藻	君子之居恆當戶，寢恆東首。若有疾風迅雷甚雨，則必變，雖夜必興，衣服冠而坐。
雜記上	士喪有與天子同者三：其終夜燎，及乘人，專道而行。
祭法	王宮，祭日也；夜明，祭月也；幽宗，祭星也；雩宗，祭水旱也；四坎壇，祭四時也。
仲尼燕居	治國而無禮，譬猶瞽之無相與？倀倀其何之？譬如終夜有求於幽室之中，非燭何見？
孔子閒居	孔子曰：「『夙夜其命宥密』，無聲之樂也。『威儀逮逮，不可選也』，無體之禮也。『凡民有喪，匍匐救之』，無服之喪也。」
坊記	姊妹女子子已嫁而反，男子不與同席而坐。寡婦不夜哭。婦人疾，問之不問其疾。
奔喪	遂行，日行百里，不以夜行。
儒行	儒有席上之珍以待聘，夙夜強學以待問，懷忠信以待舉，力行以待取，其自立有如此者。

柒、《左傳》

◎旦：4筆

出　處	內　　　　容
成公	旦而戰，見星未已。（傳十六·五）
哀公	旦而求之，曹無之。（傳七·五）
僖公	丙子旦，日在尾，月在策，鶉火中，必是時也。（傳五·八）
昭公	·叔孫歸，曾夭御季孫以勞之，旦及日中不出。曾夭謂曾阜，曰：「旦及日中，吾知罪矣。魯以相忍為國也。忍其外，不忍其內，焉用之？」（傳一·六） ·讒鼎之銘曰：「昧旦丕顯，後世猶怠」。（傳三·三） ·旦而皆召其徒，無之。（傳四·八） ·明夷之謙，明而未融，其當旦乎，故曰「為子祀」。日之謙，當鳥，故曰『明夷于飛』。明而未融，故曰「垂其翼」。象日之動，故曰「君子于行」。當三在旦，故曰「三日不食」。（傳五·一） ·旦，召六卿。（傳二五·八） ·是夜也，趙簡子夢童子嬴而轉以歌，旦占諸史墨，曰：「吾夢如是，今而日食，何也？」（傳三一·六）

◎朝：4筆

出　處	內　　　　容
成公	對曰：「晉與魯、衛，兄弟也，來告曰：『大國朝夕釋憾於敝邑之地。』寡君不忍，使群臣請於大國，無令輿師淹於君地。能進不能退，君無所辱命。」（傳二·三）

	侯曰：「余姑翦滅此而朝食。」（傳二・三） 百官承事，朝而不夕，此公侯之所以扞城其民也。（傳十二・四） 若猶不棄，而惠徼周公之福，使寡君得事晉君，則夫二人者，魯國社稷之臣也。若朝亡之，魯必夕亡。以魯之密邇仇讎，亡而爲讎，治之何及？（傳十六・十一）
閔公	子奉冢祀、社稷之粢盛，以朝夕視君膳者也，故曰冢子。（傳二・七）
襄公	・鄅無賦於司馬，爲執事朝夕之命敝邑，敝邑褊小，闕而爲罪，寡君是以願借助焉。（傳四・五） ・楚人討貳而立子囊，必改行而疾討陳。陳近于楚，民朝夕急，能無往乎？（傳五・九） ・穆叔曰：「以齊人之朝夕釋憾於敝邑之地，是以大請。敝邑之急，朝不及夕，引領西望曰：『庶幾乎！』比執豆間，恐無及也。」（傳十六・五） ・十七年，春，宋莊朝伐陳，獲司徒卬，卑宋也。（傳十七・一） ・雖有刑，不在朝市。（傳十九・五） ・大國若安定之，其朝夕在庭，何辱命焉？（傳二二・二） ・公鉏然之，敬共朝夕，恪居官次。（傳二三・五） ・子產曰：「政如農功，日夜思之，思其始而成其終，朝夕而行之。行無越思，如農之有畔，其過鮮矣。」（傳二五・十四） ・寡人淹恤在外，二三子皆使寡人朝夕聞衛國之言，吾子獨不在寡人。（傳二六・二） ・夙興夜寐，朝夕臨政，此以知其恤民也。（傳二六・十） ・孝伯曰：「人生幾何，誰能無偷？朝不及夕，將安用樹？」（傳三一・一） ・夫人朝夕退而游焉，以議執政之善否。（傳三一・十一）
昭公	對曰：「老夫罪戾是懼，焉能恤遠？吾儕偷食，朝不謀夕，何其長也？」劉子歸，以語王曰：「諺所謂老將知而耄及之者，其趙孟之謂乎！爲晉正卿，以主諸侯，而儕於隸人，朝不謀夕，棄神、人矣。神怒、民叛，何以能久？趙孟不復年矣。神怒，不歆其祀；民叛，不即其事。祀、事不從，又何以年？」（傳一・五）天 孟視蔭，曰：「朝夕不相及，誰能待五？」（傳一・八） 再拜稽首，辭曰：「死在朝夕，無助天爲虐。」（傳二・四） 寡人願事君朝夕不倦，將奉質幣以無失時，則國家多難，是以不獲。……且小人近市，朝夕得所求，小人之利也，敢煩里旅？（傳三・三） 朝而執之，誘也；討不以師，而誘以成之，惰也。（傳五・六） 十一月癸未，公子城以晉師至。曹翰胡會晉荀吳、齊苑何忌、衛公子朝救宋。（傳二一・六） 家子曰：「朝夕立於其朝，又何饗焉，其飲酒也。」（傳二七・七） 夫物，物有其官，官修其方，朝夕思之。……若不朝夕見，誰能物之？（傳二九・四）

◎晨：5筆

出　處	內　　　　　容
宣公	晨往，寢門闢矣，盛服將朝。尚早，坐而假寐。（傳二‧三）
成公	・小臣有晨夢負公以登天，及日中，負晉侯出諸廁，遂以爲殉。（傳十‧四） ・甲午晦，楚晨壓晉軍而陳。（傳十六‧五）
定公	闔廬之弟夫概王晨請於闔廬曰：「楚瓦不仁，其臣莫有死志。先伐之，其卒必奔；而後大師繼之，必克。」（傳四‧三）
僖公	・丙之晨，龍尾伏辰；均服振振，取虢之旂。（傳五‧八） ・丙子晨，鄭文夫人芊氏、姜氏勞楚子於柯澤。（傳二二‧九）
襄公	・冬十月戊辰，尉止、司臣、侯晉、堵女父、子師僕帥賊以入，晨攻執政于西宮之朝，殺子駟、子國、子耳，劫鄭伯以如北宮。（傳十‧九） ・鄢陵之役，楚晨壓晉軍而陳。（傳二六‧十） ・癸丑晨，自墓門之瀆入，因馬師頡介于襄庫，以伐舊北門。（傳三十‧十） ・於子蟜之卒也，將葬，公孫揮與裨灶晨會事焉。（傳三十‧十）

◎早：1筆

出　處	內　　　　　容
宣公	宣子驟諫，公患之，使鉏麑賊之。晨往，寢門闢矣，盛服將朝。尚早，坐而假寐。（傳二‧三）

◎日中：7筆

出　處	內　　　　　容
宣公	・冬，十月己丑，葬我小君敬嬴。雨，不克葬。庚寅，日中而克葬。（經八‧八） ・右廣初駕，數及日中，左則受之，以至于昏。（傳十二‧二） ・右廣雞鳴而駕，日中而說；左則受之，日入而說。（傳十二‧二）
成公	小臣有晨夢負公以登天，及日中，負晉侯出諸廁，遂以爲殉。（傳十‧四）
莊公	二十九年，春，新作延廄，書不時也。凡馬，日中而出，日中而入。（傳二九‧一）
定公	日中不啓門，乃退。（傳十‧四）
哀公	乃益鞅七邑，而請享公焉，以日中爲期，家備盡往。（傳十四‧四）
襄公	曰：「日中不來，吾知死矣。」（傳二六‧八）

昭公	叔孫歸，曾夭御季孫以勞之。且及日中不出。曾夭謂曾阜，曰：「且及日中，吾知罪矣。魯以相忍爲國也。忍其外，不忍其內，爲用之？」（傳一‧六） 子大叔請毀之，曰：「無若諸侯之賓何？」子產曰：「諸侯之賓能來會吾喪，豈憚日中？無損於賓，而民不害，何故不爲？」遂弗毀，日中而葬。（傳十二‧二） 甲戌，同盟于平丘，齊服也，令諸侯日中造于除。……自日中以爭，至于昏，晉人許之。（傳十三‧三） 將爲之請，平子使豎勿內，日中不得；請。（傳二五‧六）

◎晝：4筆

出　處	內　　　　　容
莊公	辭曰：「臣卜其晝，未卜其夜，不敢。」（傳二二‧一）
哀公	・夫屯晝夜九日，如子西之素。（傳一‧一） ・眾師晝掠，邾眾保于繹。師宵掠，以邾子益來，獻于亳社，囚諸負瑕，負瑕故有繹。（傳七‧四）
襄公	・四月，欒盈帥曲沃之甲，因魏獻子，以晝入絳。（傳二三‧三） ・夫鼠，晝伏夜動，不穴於寢廟，畏人故也。
昭公	若君身，則亦出入、飲食、哀樂之事也，山川、星辰之神又何爲焉？僑聞之，君子有四時：朝以聽政，晝以訪問，夕以修令，夜以安身。（傳一‧十二）

◎昃：1筆

出　處	內　　　　　容
定公	丁巳，葬我君定公，雨，不克葬。戊午，日下昃，乃克葬。（經十五‧十二）

◎日入：2筆

出　處	內　　　　　容
宣公	右廣雞鳴而駕，日中而說；左則受之，日入而說。（傳十二‧二）
昭公	日入慝作，弗可知也。（傳二五‧六）

◎夙：3筆

出　處	內　　　　　容
文公	・夙夜匪解，以事一人。（傳三‧四） ・期思公復遂爲右司馬，子朱及文之無畏爲左司馬，命夙駕載燧。（傳十‧五）

僖公	《詩》曰：「豈不夙夜，謂行多露。」
襄公	・辭曰：「《詩》曰：『豈不夙夜？謂行多露。』又曰：『弗躬弗親，庶民弗信。』」（傳七・六） ・《詩》曰：「夙夜匪解，以事一人。」（傳二五・十五） ・夙興夜寐，朝夕臨政，此以知其恤民也。（傳二六・十）

◎昏：3筆

出　處	內　　　　容
宣公	右廣初駕，數及日中，左則受之，以至于昏。內官序當其夜，以待不・虞。（傳十二・二） ・及昏，楚師軍於邲。晉之餘師不能軍，宵濟，亦終夜有聲。（傳十二・二）
哀公	閏月，良夫與太子入，舍於孔氏之外圃。昏，二人蒙衣而乘，寺人羅御，如孔氏。（傳十五・五）
昭公	自日中以爭，至于昏，晉人許之。（傳十三・三）

◎莫（暮）：2筆

出　處	內　　　　容
成公	言之，之莫（暮）而卒。（傳十七・八）
襄公	其莫（暮），晉荀罃至于西郊，東侵舊許。（傳十一・三）

◎夕：7筆

出　處	內　　　　容
成公	・來告曰：「大國朝夕釋憾於敝邑之地」。（傳二・三） ・對曰：「其為太子也，師、保奉之，以朝于嬰齊而夕于側也。不知其他。」（傳九・九） ・百官承事，朝而不夕，此公侯之所以扞城其民也。（傳十二・四） ・若朝亡之，魯必夕亡。（傳十六・十一）
莊公	夏，六月庚申，卒。鬻拳葬諸夕室。亦自殺也，而葬於絰皇。（傳十九・一）
閔公	太子奉冢祀、社稷之粢盛，以朝夕視君膳者也，故曰冢子。（傳二・七）
哀公	・吳子聞之，一夕三遷。（傳八・二） ・子我夕，陳逆殺人，逢之，遂執以入。（傳十四・三）
僖公	・對曰：「朝不及夕，何以待君？」（傳七・一）

	・且告曰：「上天降災，使我兩君匪以玉帛相見，而以興戎。若晉君朝以入，則婢子夕以死；夕以入，則朝以死。唯君裁之！」（傳十五・四） ・若舍鄭以爲東道主，行李之往來，共其乏困，君亦無所害，且君嘗爲晉君賜矣，許君焦、瑕，朝濟而夕設版焉，君之所知也。（傳三十・三） ・不腆敝邑，爲從者之淹，居則具一日之積，行則備一夕之衛。（傳三三・一）
襄公	・鄅無賦於司馬，爲執事朝夕之命敝邑，敝邑褊小，闕而爲罪，寡君是以願借助焉。（傳四・五） ・陳近于楚，民朝夕急，能無往乎？（傳五・九） ・穆叔曰：「以齊人之朝夕釋憾於敝邑之地，是以大請。敝邑之急，朝不及夕，引領西望曰：『庶幾乎！』比執豆間，恐無及也。」（傳十六・五） ・大國若安定之，其朝夕在庭，何辱命焉？（傳二二・二） ・公鉏然之，敬共朝夕，恪居官次。（傳二三・五） ・政如農功，日夜思之，思其始而成其終，朝夕而行之。（傳二五・十四） ・寡人淹恤在外，二三子皆使寡人朝夕聞衛國之言，吾子獨不在寡人。（傳二六・二） ・平公入夕，共姬與之食。（傳二六・八） ・夙興夜寐，朝夕臨政，此以知其恤民也。（傳二六・十） ・孝伯曰：「人生幾何，誰能無偷？朝不及夕，將安用樹？」（傳三一・一） ・夫人朝夕退而游焉，以議執政之善否。（傳三一・十一）
昭公	・對曰：「老夫罪戾是懼，焉能恤遠？吾儕偷食，朝不謀夕，何其長也？」劉子歸，以語王曰：「諺所謂老將知而耄及之者，其趙孟之謂乎！爲晉正卿，以主諸侯，而儕於隸人，朝不謀夕，棄神、人矣。神怒、民叛，何以能久？趙孟不復年矣。神怒，不歆其祀；民叛，不即其事。祀、事不從，又何以年？」（傳一・五） ・趙孟視蔭，曰：「朝夕不相及，誰能待五？」（傳一・八） ・僑聞之，君子有四時：朝以聽政，晝以訪問，夕以修令，夜以安身。於是乎節宣其氣，勿使有所壅閉湫底以露其體，茲心不爽，而昏亂百度。（傳一・十二） ・再拜稽首，辭曰：「死在朝夕，無助天爲虐。」子產曰：「人誰不死？凶人不終，命也。作凶事，爲凶人。不助天，其助凶人乎！」請以印爲褚師。子產曰：「印也若才，君將任之；不才，將朝夕從女。女罪之不恤，而又何請焉？不速死，司寇將至。」（傳二・四） ・寡人願事君朝夕不倦，將奉質幣以無失時，則國家多難，是以不獲。（傳三・三）

	・且小人近市，朝夕得所求，小人之利也，敢煩里旅？（傳三・三）
	・若不有寡君，雖朝夕辱於敝邑，寡君猜焉。（傳三・七）
	・右尹子革夕，王見之，去冠、被，舍鞭。（傳十二・十一）
	・魯朝夕伐我，幾亡矣。我之不共，魯故之以。（傳十三・三）
	・及夕，子產聞其未張也，使速往，乃無所張矣。（傳十三・三）
	・親執鐸，終夕與於燎。（傳二十・四）
	・子家子曰：「朝夕立於其朝，又何饗焉，其飲酒也。」（傳二七・七）
	・或賜二小人酒，不夕食。（傳二八・四）
	・夫物，物有其官，官修其方，朝夕思之。一日失職，則死及之。失官不食。……若不朝夕見，誰能物之？（傳二九・四）

◎宵：5 筆

出　處	內　　　容
宣公	及昏，楚師軍於邲。晉之餘師不能軍，宵濟，亦終夜有聲。（傳十二・二）
成公	・王曰：「天敗楚也夫！余不可以待。」乃宵遁。（傳十六・五） ・戊午，鄭子罕宵軍之，宋、齊、衛皆失軍。（傳十六・九）
桓公	君次於郊郢，以禦四邑，我以銳師宵加於鄖。鄖有虞心而恃其城，莫有鬥志。（傳十一・二）
定公	晉趙鞅圍衛，報夷儀也。初，衛侯伐邯鄲午於寒氏，城其西北而守之，宵熸。（傳十・四）
哀公	及鐵之戰，以徒五百人宵攻鄭師，取蜂旗於子姚之幕下，獻，曰：「請報主德。」（傳二・三）

◎夜：11 筆

出　處	內　　　容
宣公	・內官序當其夜，以待不虞。不可謂無備。（傳十二・二） ・潘黨既逐魏錡，趙旃夜至於楚軍，席於軍門之外，使其徒入之。（傳十二・二） ・晉之餘師不能軍，宵濟，亦終夜有聲。（傳十二・二） ・宋人懼，使華元夜入楚師。（傳十五・二） ・夜夢之曰：「余，而所嫁婦人之父也。爾用先人之治命，余是以報。」（傳十五・五）
成公	六月丁卯夜，鄭公子班自訾求入于大宮，不能，殺子印、子羽，反軍于市。（傳十三・四）
桓公	・逐翼侯于汾隰，驂絓而止，夜獲之，及欒共叔。（傳三・一） ・夜，鄭伯使祭足勞王，且問左右。（傳五・三）

莊公	・夏，四月辛卯，夜，恆星不見。夜中，星隕如雨。（經七・二） ・夏，恆星不見，夜明也。星隕如雨，與雨偕也。（傳七・二） ・辭曰：「臣卜其晝，未卜其夜，不敢。」（傳二二・一） ・諸侯救鄭，楚師夜遁。（傳二八・三）
閔公	夜與國人出。狄入衛，遂從之，又敗諸河。（傳二・五）
定公	立，依於庭牆而哭，日夜不絕聲，勺飲不入口七日。（傳四・三）
文公	・夙夜匪解，以事一人。（傳三・四） ・訓卒，利兵，秣馬，蓐食，潛師夜起。（傳七・四） ・乃皆出戰，交綏。秦行人夜戒晉師曰：「兩君之士皆未憖也，明日請相見也。」臾駢曰：「使者目動而言肆，懼我也，將遁矣。薄諸河，必敗之。」胥甲、趙穿當軍門呼曰：「死傷未收而棄之，不惠也。不待期而薄人於險，無勇也。」乃止。秦師夜遁。復侵晉，入瑕。（傳十二・六） ・執其帑於晉，使夜逸。（傳十三・二） ・秋，七月乙卯，夜，齊商人弒舍而讓元。（傳十四・六）
哀公	・夫屯晝夜九日，如子西之素。（傳一・一） ・逮夜，至於齊，國人知之。（傳六・六） ・三月，越子伐吳，吳子禦之笠澤，夾水而陳。越子為左右句卒，使夜或左或右，鼓譟而進；吳師分以御之。（傳十七・二）
僖公	・十二月，會于淮，謀鄫，且東略也。城鄫，役人病，有夜登丘而呼曰：「齊有亂！」不果城而還。（傳十六・六） ・十二月乙亥，赴。辛巳，夜殯。（傳十七・五） ・《詩》曰：「豈不夙夜，謂行多露」。（傳二十・四） ・享畢，夜出，文芈送于軍。（傳二二・九） ・夜，縋而出。（傳三十・三）
襄公	・《詩》曰：「豈不夙夜？謂行多露」。（傳七・六） ・及鄟，子駟使賊夜弒僖公，而以瘧疾赴于諸侯。（傳七・八） ・丙寅晦，齊師夜遁。（傳十八・三） ・殖綽、工僂會夜縋納師，醢衛于軍。（傳十九・十） ・欒盈夜見胥午而告之。（傳二三・三） ・杞殖、華還載甲夜入且于之隧，宿於莒郊。（傳二三・七） ・夫鼠，晝伏夜動，不穴於寢廟，畏人故也。（傳二三・八） ・政如農功，日夜思之，思其始而成其終，朝夕而行之。行無越思，如農之有畔，其過鮮矣。（傳二五・十四） ・《詩》曰：「夙夜匪解，以事一人」。（傳二五・十五） ・伯國死，孫氏夜哭。（傳二六・二） ・夙興夜寐，朝夕臨政，此以知其恤民也。……若多鼓鈞聲，以夜軍之，楚師必遁。』（傳二六・十） ・是夜也，趙孟及子晳盟，以齊言。庚辰，子木至自陳。（傳二七・四）

	·崔明夜辟諸大墓。(傳二七·七)
	·鄭伯有耆酒爲窟室，而夜飲酒擊鐘焉。(傳三十·十)
昭公	·僑聞之，君子有四時：朝以聽政，晝以訪問，夕以修令，夜以安身。(傳一·十二)
	·乃行。國每夜駭曰：「王入矣！」乙卯夜，棄疾使周走而呼曰：「王至矣！」(傳十三·二)
	·曰：「我呼餘皇，則對。師夜從之。」(傳十七·六)
	·或獻諸子占，子占使師夜縋而登。(傳十九·七)
	·王子還夜取王以如莊宮。(傳二二·五)
	·十二月辛亥朔，日有食之。是夜也，趙簡子夢童子贏而轉以歌。(傳三一·六)

◎夜半：1 筆

出　處	內　　　　容
哀公	·大夫皆有納焉。醉而送之，夜半而遣之。(傳十六·四)

◎雞鳴：3 筆

出　處	內　　　　容
宣公	右廣雞鳴而駕，日中而說；左則受之，日入而說。(傳十二·二)
成公	子反命軍吏察夷傷，補卒乘，繕甲兵，展車馬，雞鳴而食，唯命是聽。(傳十六·五)
襄公	荀偃令曰：「雞鳴而駕，塞井夷灶，唯余馬首是瞻。」(傳十四·三)

捌、《呂氏春秋》

◎旦：5 筆

出　處	內　　　　容
士容論	數奪民時，大饑乃來，野有寢耒，或談或歌，旦則有昏，喪粟甚多。皆知其末，莫知其本，眞。
仲冬紀	明旦加要離罪焉，摯執妻子，焚之而揚其灰。要離走，往見王子慶忌於衛。
季夏紀	故成、湯之時，有穀生於庭，昏而生，比旦而大拱，其吏請卜其故。
愼行論	明旦之市而醉，其眞子恐其父之不能反也，遂逝迎之。
先識覽	齊人有欲得金者，清旦，被衣冠，往鬻金者之所，見人操金，攫而奪之。吏

◎朝：6筆

出　處	內　　　　容
孟春紀	管仲對曰：「昔者臣盡力竭智，猶未足以知之也，今病在於朝夕之中，臣奚能言？」
離俗覽	每朝與其友俱立乎衢，三日不得，卻而自歿。
愼大覽	·若假之道，則虢朝亡而虞夕從之矣。 ·故選車三百，虎賁三千，朝要甲子之期，而紂爲禽，則武王固知其無與爲敵也。
審應覽	朝，禮使者事畢，客出。
恃君覽	列精子高聽行乎齊湣王，善衣東布衣，白縞冠，顙推之履，特會朝雨祛步堂下，
季秋紀	·文王處歧事紂，冤侮雅遜，朝夕必時，上貢必適，祭祀必敬。 ·是舍之上舍，令長子御，朝暮進食。

◎晨：1筆

出　處	內　　　　容
離俗覽	會有一欲，則北至大夏，南至北戶，西至三危，東至扶木，不敢亂矣；犯白刃，冒流矢，趣水火，不敢卻也；晨寤興，務耕疾庸，枑爲煩辱，不敢休矣。

◎蚤／早：2筆

出　處	內　　　　容
士容論	所謂今之耕也營而無獲者：其蚤者先時，晚者不及時，寒暑不節，稼乃多菑，實。
愼大覽	武王與周公旦明日早要期，則弗得也。

◎日中：3筆

出　處	內　　　　容
士容論	凡草生藏日中出，豨首生而麥無葉，而從事於蓄藏，此告民究也。
愼大覽	·江河之大也，不過三日；飄風暴雨，日中不須臾。 ·殷長者對曰：「王欲知之，則請以日中爲期。」
有始覽	白民之南，建木之下，日中無影，呼而無響，蓋天地之中也。

◎畫：

出　處	內　　　容
慎大覽	晝見星而天雨血，此吾國之妖也。
季夏紀	其日有鬥蝕，有倍僑，有暈珥，有不光，有不及景，有眾日並出，有晝盲，有霄見。
有始覽	・以寒暑日月晝夜知之，以殊形殊能異宜說之。 ・冬至日行遠道，周行四極，命曰玄明。夏至日行近道，乃參於上。當樞之下無晝夜。
恃君覽	管仲曰：「臣卜其晝，未卜其夜。君可以出矣。」
不苟論	・戎王喜，迷惑大亂，飲酒，晝夜不休。 ・蓋聞孔丘、墨翟，晝日諷誦習業，夜親見文王、周公旦而問焉。
孝行覽	海上人有說其臭者，晝夜隨之而弗能去。
開春論	趙簡子晝居，喟然太息曰：「異哉！吾欲伐衛十年矣，而衛不伐。」
審分覽	孔子窮乎陳、蔡之間，藜羹不斟，七日不嘗粒，晝寢。
先識覽	・中山之俗，以晝為夜，以夜繼日，男女切倚，固無休息，康樂，歌謠好悲。 ・夫人有所宥者，固以晝為昏，以白為黑，以堯為桀，宥之為敗亦大矣。
季秋紀	齊湣王亡居於衛，晝日步足，謂公玉丹曰：「我已亡矣，而不知其故。吾所以亡者，果何故哉？我當已。」

◎夙：1 筆

出　處	內　　　容
孝行覽	武王事之，夙夜不懈，亦不忘王門之辱，立十二年，而成甲子之事。

◎暮：3 筆

出　處	內　　　容
離俗覽	甯戚欲干齊桓公，窮困無以自進，於是為商旅將任車以至齊，暮宿於郭門之外。
恃君覽	管仲觴桓公。日暮矣，桓公樂之而徵燭。
季秋紀	於是舍之上舍，令長子御，朝暮進食。

◎昏：3 筆

出　處	內　　　容
士容論	數奪民時，大饑乃來，野有寢耒，或談或歌，旦則有昏，喪粟甚多。皆知其末，莫知其本，真。

季夏紀	有穀生於庭，昏而生，比旦而大拱，其吏請卜其故。
先識覽	夫人有所宥者，固以晝爲昏，以白爲黑，以堯爲桀，宥之爲敗亦大矣。

◎夕：5筆

出　處	內　　　容
孟春紀	管仲對曰：「昔者臣盡力竭智，猶未足以知之也，今病在於朝夕之中，臣奚能言？」
愼大覽	若假之道，則虢朝亡而虞夕從之矣。
季夏紀	‧今夕熒惑其徙三舍。君延年二十一歲。……是夕熒惑果徙三舍。 ‧是正坐於夕室也，其所謂正，乃不正矣。
季秋紀	文王處歧事紂，冤侮雅遜，朝夕必時，上貢必適，祭祀必敬。
似順論	驥騖綠耳背日而西走，至乎夕則日在其前矣。

◎夜：

出　處	內　　　容
士容論	得時之麻，必芒以長，疏節而色陽，小本而莖堅，厚枲以均，後熟多榮，日夜分復生，如此者不蝗。
孟春紀	世之貴富者，其於聲色滋味也多惑者，日夜求，幸而得之則遁焉。
孟冬紀	君之不令民，父之不孝子，兄之不悌弟，皆鄉里之所釜鬲者而逐之，憚耕稼采薪之勞，不肯官人事，而祈美衣侈食之樂，智巧窮屈，無以爲之，於是乎聚群多之徒，以深山廣澤林藪，扑擊遏奪，又視名丘大墓葬之厚者，求舍便居，以微抇之，日夜不休，必得所利，相與分之。
仲春紀	是月也，日夜分。雷乃發聲，始電。蟄蟲咸動，開戶始出。先雷三日，奮鐸以令于兆民曰：「雷且發聲，有不戒其容止者，生子不備，必有凶災。」日夜分，則同度量，鈞衡石，角斗桶，正權概。 荊莊王好周遊田獵，馳騁弋射，歡樂無遺，盡傳其境內之勞與諸侯之憂於孫叔敖，孫叔敖日夜不息，不得以便生爲故，故使莊王功跡著乎竹帛，傳乎後世。
離俗覽	‧終夜坐不自快，明日召其友而告之曰：「吾少好勇，年六十而無所挫辱。今夜辱，吾將索其形，期得之則可，不得將死之。」 ‧民日夜祈用而不可得，若得爲上用，民之走之也，若決積水於千仞之谿，其誰能當之？ ‧桓公郊迎客，夜開門，辟任車，爝火甚盛，從者甚眾。甯戚飯牛居車下，望桓公而悲，擊牛角疾歌。
愼大覽	‧天雨，日夜不休，武王疾行不輟。 ‧灘水暴益，荊人弗知，循表而夜涉，溺死者千有餘人，軍驚而壞都舍。

仲冬紀	爨之三日三夜，顏色不變。
季春紀	·日夜一周，圜道也。月躔二十八宿，軫與角屬，圜道也。精行四時，一上一下各與遇，圜道也。物動則萌，萌而生，生而長，長而大，大而成，成乃衰，衰乃殺，殺乃藏，圜道也。雲氣西行云云然，冬夏不輟；水泉東流，日夜不休；上不竭，下不滿；小爲大，重爲輕；圜道也。黃帝曰：「帝無常處也，有處者乃無處也。」以言不刑蹇，圜道也。人之竅九，一有所居則八虛，八虛甚久則身斃。故唯而聽，唯止；聽而視，聽止。以言說一，一不欲留，留運爲敗，圜道也。一也齊至貴，莫知其原，莫知其端，莫知其始，莫知其終，而萬物以爲宗。聖王法之，以令其性，以定其正，以出號令。令出於主口，官職受而行之，日夜不休，宣通下究，瀸於民心，遂於四方，還周復歸，至於主所，圜道也。
仲夏紀	禹立，勤勞天下，日夜不懈，通大川，決壅塞，鑿龍門，降通漻水以導河，疏三江五湖，注之東海，以利黔首。
孟秋紀	以說則承從多群，日夜思之，事心任精，起則誦之，臥則夢之，自今單脣乾肺，費神傷魂，上稱三皇五帝之業以愉其意，下稱五伯名士之謀以信其事，早朝晏罷以告制兵者，行說語眾以明其道。
仲秋紀	是月也，日夜分。雷乃始收聲。蟄蟲俯戶。殺氣浸盛，陽氣日衰。水始涸。日夜分，則一度量，平權衡，正鈞石，齊斗甬。 陽城胥渠處廣門之官，夜款門而謁曰：「主君之臣胥渠有疾，醫教之曰：『得白騾之肝病則止，不得則死。』」
有始覽	·以寒暑日月晝夜知之，以殊形殊能異宜說之。 ·冬至日行遠道，周行四極，命曰玄明。夏至日行近道，乃參於上。當樞之下無晝夜。 ·其願見之，日夜無間，故賢王秀士之欲憂黔首者，不可不務也。
審應覽	·桓公之所以匿者不言也，今管子乃以容貌音聲，夫人乃以行步氣志，桓公雖不言，若暗夜而燭燎也。 ·三年，巫馬旗短褐衣弊裘，而往觀化於亶父，見夜漁者，得則舍之。
恃君覽	其民麋鹿禽獸，少者使長，長者畏壯，有力者賢，暴傲者尊，日夜相殘，無時休息，以盡其類。聖人深見此患也，故爲天下長慮，莫如置天子也；爲一國長慮，莫如置君也。 管仲曰：「臣卜其晝，未卜其夜。君可以出矣。」公不說，曰：「仲父年老矣，寡人與仲父爲樂將幾之？請夜之。」
不苟論	·戎王喜，迷惑大亂，飲酒，晝夜不休。 ·孔、墨、甯越，皆布衣之士也，慮於天下，以爲無若先王之術者，故日夜學之。有便於學者，無不爲也；有不便於學者，無肯爲也。蓋聞孔丘、墨翟，晝日諷誦習業，夜親見文王、周公旦而問焉。 ·尹儒學御三年而不得焉，苦痛之，夜夢受秋駕於其師。 ·莊王善之，於是疾收士，日夜不懈，遂霸天下。

孝行覽	・藿水之魚，名曰鯑，其狀若鯉而有翼，常從西海夜飛，游於東海。 ・武王事之，夙夜不懈，亦不忘王門之辱，立十二年，而成甲子之事。 ・海上人有說其臭者，晝夜隨之而弗能去。說亦有若此者。
貴直論	戎王大喜，以其故，數飲食，日夜不休。
開春論	・封人子高出，段喬使人夜解其吏之束縛也而出之。 ・巫馬期以星出，以星入，日夜不居，以身親之，而單父亦治。 ・墨子聞之，自魯往，裂裳裹足，日夜不休，十日十夜而至於郢。
審分覽	非其人而欲有功，譬之若夏至之日而欲夜之長也，射魚指天而欲發之當也，舜、禹猶若困，而況俗主乎？
先識覽	中山之俗，以晝爲夜，以夜繼日，男女切倚，固無休息，康樂，歌謠好悲。
季秋紀	鍾子期夜聞擊磬者而悲，使人召而問之曰：「子何擊磬之悲也？」
似順論	候者載弩者與見章子，章子甚喜，因練卒以夜奄荊人之所盛守，果殺唐蔑。 吳起治西河，欲諭其信於民，夜日置表於南門之外，令於邑中曰：「明日有人償南門之外表者，仕長大夫。」明日日晏矣，莫有償表者。民相謂曰：「此必不信。」有一人曰：「試往償表，不得賞而已，何傷？」往償表，來謁吳起。吳起自見而出，仕之長大夫。夜日又復立表，又令於邑中如前。
季冬記	今世之逐利者，早朝晏退，焦脣乾嗌，日夜思之，猶未之能得，今得之而務疾逃之，介子推之離俗遠矣。

◎夜半：1筆

出　處	內　　　容
恃君覽	・解衣與弟子，夜半而死，弟子遂活。

玖、《公羊傳》

◎旦：1筆

出　處	內　　　容
哀公	（經十三・十）冬，十有一月，有星孛于東方。 （傳）孛者何？彗星也。其言于東方何？見于旦也。何以書？記異也。

◎日中：1筆

出　處	內　　　容
宣公	（經八・十一）冬，十月己丑，葬我小君頃熊。雨不克葬。庚寅，日中而克葬。

◎日下昃：1筆

出　處	內　　　　容
定公	（經十五・十二）丁巳，葬我君定公，雨不克葬；戊午，日下昃，乃克葬。辛巳，葬定姒

◎夜：3筆

出　處	內　　　　容
僖公	（經二・三）虞師、晉師滅夏陽。 （傳）虞，微國也，曷爲序乎大國之上？使虞首惡也。曷爲使虞首惡？虞受賂，假滅國者道，以取亡焉。其受賂奈何？獻公朝諸大夫而問焉，曰：「寡人夜者寢而不寐，其意也何？」諸大夫有進對者曰：「寢不安與？其諸侍御有不在側者與？」
莊公	（經七・二）夏，四月，辛卯夜，恆星不見，夜中星霣如雨。 （傳）恆星者何？列星也。列星不見，則何以知？夜之中星反也。如雨者何？如雨者非雨也。非雨則曷爲謂之如雨？不修《春秋》曰：「雨星不及地尺而復。」君子修之曰：「星霣如雨。」何以書？記異也。
襄公	（經三十・六）秋，七月，叔弓如宋，葬宋共姬。 （傳）外夫人不書葬，此何以書？隱之也。何隱爾？宋災，伯姬卒焉。其稱諡何？賢也。何賢爾？宋災，伯姬存焉，有司復曰：「火至矣，請出。」伯姬曰：「不可。吾聞之也：婦人夜出，不見傅母不下堂。傅至矣，母未至也。」逮乎火而死。

十、《穀梁傳》

◎旦：1筆

出　處	內　　　　容
宣公	（經八・四）壬午，猶繹。 （傳）猶者，可以已之辭也。繹者，祭之旦日之享賓也。

◎朝：1筆

出　處	內　　　　容
桓公	（經一・四）許田者，魯朝宿之邑也。邴者，鄭伯之所受命而祭泰山之邑也。用見魯之不朝於周，而鄭之不祭泰山也。

◎早：1筆

出 處	內 容
文公	（經五・一）五年，春，王正月，王使榮叔歸含且賵。 （傳）含，一事也；賵，一事也；兼歸之，非正也。其曰且，志兼也。其不言來，不周事之用也。賵以早，而含以晚。

◎日中：1筆

出 處	內 容
宣公	（經八・九）庚寅，日中而克葬。 （傳）而，緩辭也，足乎日之辭也。

◎日入：7筆

出 處	內 容
隱公	・（經八・三）庚寅，我入邴。 （傳）入者，內弗受也。日入，惡入者也。邴者，鄭伯所受命於天子，而祭泰山之邑也。 ・（經十・七）冬，十月壬午，齊人、鄭人入郕。 （傳）入者，內弗受也。日入，惡入者也。郕，國也。
莊公	・（經七・二）夏，四月辛卯，昔，恆星不見。 （傳）恆星者，經星也。日入至於星出謂之昔。不見者，可以見也。 ・（經二四・五）八月丁丑，夫人姜氏入。 （傳）入者，內弗受也。日入，惡入者也。何用不受也？以宗廟弗受也。其以宗廟弗受，何也？娶仇人子弟，以薦舍於前，其義不可受也
僖公	（經二八・四）楚人救衛。（經二八・五）三月丙午，晉侯入曹，執曹伯，畀宋人。 （傳）入者，內弗受也。日入，惡入者也。以晉侯而斥①執曹伯，惡晉侯也。畀，與也。其曰人，何也？不以晉侯畀宋公也。
宣公	（經十一・五）丁亥，楚子入陳。 （傳）入者，內弗受也。日入，惡入者也。何用弗受也？不使夷狄為中國也。
定公	（經四・十五）庚辰，吳入楚。 （傳）日入，易無楚也。易無楚者，壞宗廟，徙陳器，撻平王之墓。

◎宵：1 筆

出　處	內　　容
襄公	（經三十・三）五月甲午，宋災，伯姬卒。 （傳）伯姬曰：「婦人之義，傅母不在，宵不下堂。」左右又曰：「夫人少辟火乎？」伯姬曰：「婦人之義，保母不在，宵不下堂。」

◎夜：3 筆

出　處	內　　容
莊公	經十有八・一）十有八年，春，王三月，日有食之。 （傳）不言日，不言朔，夜食也。何以知其夜食也？
僖公	（經十・五）晉殺其大夫里克。 （傳）麗姬欲爲亂，故謂君曰：「吾夜者夢夫人趨而來，曰：『吾苦畏。』胡不使大夫將衛士而衛冢乎？」公曰：「孰可使？」曰：「臣莫尊於世子，則世子可。」故君謂世子曰：「麗姬夢夫人趨而來曰『吾苦畏』，女其將衛士而往衛冢乎？」世子曰：「敬諾。」築宮。宮成，麗姬又曰：「吾夜者夢夫人趨而來，曰：『吾苦飢。』世子之宮已成，則何爲不使祠也？」
定公	（經四・十五）庚辰，吳入楚。 （傳）以眾不如吳，以必死不如楚，相與擊之，一夜而三敗吳人，復立。

◎夜中：1 筆

出　處	內　　容
莊公	（經七・二）夜中星隕如雨。 （傳）其隕也如雨，是夜中與？《春秋》著以傳著，疑以傳疑。中之，幾也；而曰夜中，著焉爾。何用見其中也？失變而錄其時，則夜中矣！

十一、《論語》

◎朝：3 筆

出　處	內　　容
顏淵	樊遲從遊於舞雩之下，曰：「敢問崇德、修慝、辨惑。」子曰：「善哉問！先事後得，非崇德與？攻其惡，無攻人之惡，非修慝與？一朝之忿，忘其身以及其親，非惑與？」
鄉黨	孔子於鄉黨，恂恂如也，似不能言者。其在宗廟、朝廷，便便言，唯謹爾。朝，與下大夫言，侃侃如也；與上大夫言，誾誾如也。

里仁	子曰：「朝聞道，夕死可矣。」

◎晝：2 筆

出　處	內　　　容
公冶長	宰予晝寢。子曰：「朽木不可雕也，糞土之牆不可杇也，於予與何誅？」子曰：「始吾於人也，聽其言而信其行；今吾於人也，聽其言而觀其行。於予與改是。」
子罕	子在川上曰：「逝者如斯夫！不舍晝夜。」

◎夕：1 筆

出　處	內　　　容
里仁	子曰：「朝聞道，夕死可矣。」

◎夜：3 筆

出　處	內　　　容
衛靈公	子曰：「吾嘗終日不食，終夜不寢，以思，無益，不如學也。」
子罕	子在川上曰：「逝者如斯夫！不舍晝夜。」
微子	周有八士：伯達、伯适、仲突、仲忽、叔夜、叔夏、季隨、季騧

十二、《孟子》

◎平旦：1 筆

出　處	內　　　容
告子	其日夜之所息，<u>平旦</u>之氣，其好惡與人相近也者幾希，則其旦晝之所爲，有梏亡之矣。梏之反覆，則其夜氣不足以存。

◎旦：2 筆

出　處	內　　　容
離婁下	孟子曰：「禹惡旨酒而好善言。湯執中，立賢無方。文王視民如傷，望道而未之見。武王不泄邇，不忘遠。周公思兼三王，以施四事。其有不合者，仰而思之，夜以繼日；幸而得之，坐以待旦。」
告子	人見其濯濯也，以爲未嘗有材焉，此豈山之性也哉？雖存乎人者，豈無仁義之心哉？其所以放其良心者，亦猶斧斤之於木也。旦旦而伐之，可以爲美乎？其日夜之所息，平旦之氣，其好惡與人相近也者幾希，則其旦晝之所爲，有梏亡之矣。梏之反覆，則其夜氣不足以存。

◎朝：2 筆

出　處	內　　　　容
告子下	孟子曰：「所就三，所去三。迎之致敬以有禮，言將行其言也，則就之；禮貌未衰，言弗行也，則去之。其次，雖未行其言也，迎之致敬以有禮，則就之；禮貌衰，則去之。其下，朝不食，夕不食，飢餓不能出門戶；君聞之，曰：『吾大者不能行其道，又不能從其言也，使飢餓於我土地，吾恥之。』周之，亦可受也，免死而已矣。」
公孫丑下	孟子為卿於齊，出弔於滕，王使蓋大夫王驩為輔行。王驩朝暮見，反齊、滕之路，未嘗與之言行事也。

◎蚤：1 筆

出　處	內　　　　容
離婁下	蚤起，施從良人之所之遍。

◎晝：3 筆

出　處	內　　　　容
滕文公上	《詩》云：「晝爾于茅，宵爾索綯。亟其乘屋，其始播百穀。」
離婁下	孟子曰：「源泉混混，不舍晝夜，盈科而後進，放乎四海；有本者如是，是之取爾。苟為無本，七、八月之間雨集，溝澮皆盈；其涸也，可立而待也。故聲聞過情，君子恥之。」
告子上	其日夜之所息，平旦之氣，其好惡與人相近也者幾希，則其旦晝之所為，有梏亡之矣。

◎昏：1 筆

出　處	內　　　　容
盡心上	孟子曰：「易其田疇，薄其稅斂，民可使富也。食之以時，用之以禮，財不可勝用也。民非水火不生活，昏暮叩人之門戶，求水火，無弗與者，至足矣。聖人治天下，使有菽粟如水火。菽粟如水火，而民焉有不仁者乎？」

◎暮：2 筆

出　處	內　　　　容
公孫丑下	孟子為卿於齊，出弔於滕，王使蓋大夫王驩為輔行。王驩朝暮見，反齊、滕之路，未嘗與之言行事也

| 盡心上 | 孟子曰：「易其田疇，薄其稅斂，民可使富也。食之以時，用之以禮，財不可勝用也。民非水火不生活，昏暮叩人之門戶，求水火，無弗與者，至足矣。聖人治天下，使有菽粟如水火。菽粟如水火，而民焉有不仁者乎？」 |

◎夕：1 筆

出　處	內　　容
告子下	孟子曰：「所就三，所去三。迎之致敬以有禮，言將行其言也，則就之；禮貌未衰，言弗行也，則去之。其次，雖未行其言也，迎之致敬以有禮，則就之；禮貌衰，則去之。其下，朝不食，夕不食，飢餓不能出門戶；君聞之，曰：『吾大者不能行其道，又不能從其言也，使飢餓於我土地，吾恥之。』周之，亦可受也，免死而已矣。」

◎宵：1 筆

出　處	內　　容
滕文公上	《詩》云：「晝爾于茅，宵爾索綯。亟其乘屋，其始播百穀。」

◎夜：3 筆

出　處	內　　容
離婁下	・孟子曰：「源泉混混，不舍晝夜，盈科而後進，放乎四海；有本者如是，是之取爾。苟爲無本，七、八月之間雨集，溝澮皆盈；其涸也，可立而待也。故聲聞過情，君子恥之。」 ・孟子曰：「禹惡旨酒而好善言。湯執中，立賢無方。文王視民如傷，望道而未之見。武王不泄邇，不忘遠。周公思兼三王，以施四事。其有不合者，仰而思之，夜以繼日；幸而得之，坐以待旦。」
告子上	孟子曰：「牛山之木嘗美矣。以其郊於大國也，斧斤伐之，可以爲美乎？是其日夜之所息，雨露之所潤，非無萌蘗之生焉，牛羊又從而牧之，是以若彼濯濯也。人見其濯濯也，以爲未嘗有材焉，此豈山之性也哉？雖存乎人者，豈無仁義之心哉？其所以放其良心者，亦猶斧斤之於木也。旦旦而伐之，可以爲美乎？其日夜之所息，平旦之氣，其好惡與人相近也者幾希，則其旦晝之所爲，有梏亡之矣。梏之反覆，則其夜氣不足以存。夜氣不足以存，則其違禽獸不遠矣。」

◎雞鳴：1 筆

出　處	內　　容
盡心上	孟子曰：「雞鳴而起，孳孳爲善者，舜之徒也。雞鳴而起，孳孳爲利者，跖之徒也。欲知舜與跖之分，無他，利與善之間也。」

十三、《老子》

◎朝：2 筆

出　處	內　　　　　容
第 23 章	故飄風不終朝，驟雨不終日。
第 53 章	朝甚除，田甚蕪，倉甚虛。服文綵，帶利劍，厭飲食，財貨有餘，是謂盜夸，非道也哉。

十四、《莊子》

◎旦：13 筆

出　處	內　　　　　容
齊物論	・旦暮得此，其所由以生乎！ ・「夢飲酒者，旦而哭泣；夢哭泣者，旦而田獵。方其夢也，不知其夢也。夢之中又占其夢焉，覺而後知其夢也。且有大覺而後知此其大夢也。而愚者自以爲覺，竊竊然知之。君乎，牧乎，固哉！丘也與女，皆夢也；予謂女夢，亦夢也。是其言也，其名爲弔詭。萬世之後而一遇大聖，知其解者，是旦暮遇之也。」
大宗師	・死生，命也，其有夜旦之常，天也。人之有所不得與，皆物之情也。 ・且彼有駭形而無損心，有旦宅而無情死。
山木	君之除患之術淺矣！夫豐狐文豹，棲於山林，伏於巖穴，靜也；夜行晝居，戒也；雖飢渴隱約，猶旦胥疏於江湖之上而求食焉，定也；然且不免於罔羅機辟之患。是何罪之有哉？其皮爲之災也。今魯國獨非君之皮邪？吾願君刳形去皮，洒心去欲，而遊於無人之野。南越有邑焉，名爲建德之國。
田子方	於是旦而屬之大夫曰：「昔者寡人夢見良人，黑色而髯，乘駁馬而偏朱蹄，號曰：『寓而政於臧丈人，庶幾乎民有瘳乎！』」
徐無鬼	庶人有旦暮之業則勸，百工有器械之巧則壯。
讓王	至於岐陽，武王聞之，使叔旦往見之。
列禦寇	凡人心險於山川，難於知天；天猶有春秋冬夏旦暮之期，人者厚貌深情。

◎朝：5 筆

出　處	內　　　　　容
逍遙遊	小知不及大知，小年不及大年。奚以知其然也？朝菌不知晦朔，蟪蛄不知春秋，此小年也。

齊物論	勞神明爲一而不知其同也，謂之朝三。何謂朝三？狙公賦芧，曰：「朝三而暮四。」眾狙皆怒。曰：「然則朝四而暮三。」
人間世	今吾朝受命而夕飲冰，我其內熱與！
山木	故朝夕賦斂而毫毛不挫，而況有大塗者乎！
田子方	臧丈人昧然而不應，泛然而辭，朝令而夜遁，終身無聞。

◎蚤：1筆

| 出　處 | 內　　　容 |
| 秋水 | 麗可以衝城，而不可以窒穴，言殊器也；騏驥驊騮，一日而馳千里，捕鼠不如狸狌，言殊技也；鴟鵂夜撮蚤，察毫末，晝出瞋目而不見丘山，言殊性也。 |

◎日中：3筆

出　處	內　　　容
應帝王	肩吾見狂接輿，狂接輿曰：「日中始何以語女？」
知北遊	神農隱几闔戶晝瞑，婀荷甘日中㪬戶而入曰：「老龍死矣！」
庚桑楚	民之於利甚勤，子有殺父，臣有殺君，正晝爲盜，日中穴坏。

◎晝：9筆

出　處	內　　　容
秋水	麗可以衝城，而不可以窒穴，言殊器也；騏驥驊騮，一日而馳千里，捕鼠不如狸狌，言殊技也；鴟鵂夜撮蚤，察毫末，晝出瞋目而不見丘山，言殊性也。
天道	天德而出寧，日月照而四時行，若晝夜之有經，雲行而雨施矣。
至樂	離叔曰：「子惡之乎？」滑介叔曰：「亡，予何惡！生者，假借也；假之而生生者，塵垢也。死生爲晝夜。且吾與子觀化而化及我，我又何惡焉！」
山木	夫豐狐文豹，棲於山林，伏於巖穴，靜也；夜行晝居，戒也；雖飢渴隱約，猶且胥疏於江湖之上而求食焉，定也；然且不免於罔羅機辟之患。
田子方	得其所一而同焉，則四肢百體將爲塵垢，而死生終始將爲晝夜而莫之能滑，而況得喪禍福之所介乎！
知北遊	神農隱几闔戶晝瞑，婀荷甘日中㪬戶而入曰：「老龍死矣！」
庚桑楚	民之於利甚勤，子有殺父，臣有殺君，正晝爲盜，日中穴坏。
盜跖	・不然，我將以子肝益晝餔之膳！ ・且吾聞之，古者禽獸多而人少，於是民皆巢居以避之，晝拾橡栗，暮栖木上，故命之曰有巢氏之民。

◎暮：6筆

出　處	內　　　容
齊物論	・旦暮得此，其所由以生乎！ ・「夢飲酒者，旦而哭泣；夢哭泣者，旦而田獵。方其夢也，不知其夢也。夢之中又占其夢焉，覺而後知其夢也。且有大覺而後知此其大夢也。而愚者自以爲覺，竊竊然知之。君乎，牧乎，固哉！丘也與女，皆夢也；予謂女夢，亦夢也。是其言也，其名爲弔詭。萬世之後而一遇大聖，知其解者，是旦暮遇之也。」 ・狙公賦芧，曰：「朝三而暮四。」眾狙皆怒。曰：「然則朝四而暮三。」
徐無鬼	庶人有旦暮之業則勸，百工有器械之巧則壯。
盜跖	吾聞之，古者禽獸多而人少，於是民皆巢居以避之，晝拾橡栗，暮栖木上，故命之曰有巢氏之民。
列禦寇	人心險於山川，難於知天；天猶有春秋冬夏旦暮之期，人者厚貌深情。

◎夕：2筆

出　處	內　　　容
人間世	今吾朝受命而夕飲冰，我其內熱與！
山木	奢曰：「一之閒，無敢設也。奢聞之，『既彫既琢，復歸於朴。』侗乎其無識，儻乎其怠疑；萃乎芒乎，其送往而迎來；來者勿禁，往者勿止；從其強梁，隨其曲傅，因其自窮，故朝夕賦斂而毫毛不挫，而況有大塗者乎！」

◎夜：21筆

出　處	內　　　容
秋水	・麗可以衝城，而不可以窒穴，言殊器也；騏驥驊騮，一日而馳千里，捕鼠不如狸狌，言殊技也；鴟鵂夜撮蚤，察毫末，晝出瞋目而不見丘山，言殊性也。 ・於是惠子恐，搜於國中三日三夜
齊物論	・夜相代乎前，而莫知其所萌。已乎，已乎！旦暮得此，其所由以生乎！ ・且女亦大早計，見卵而求時夜，見彈而求鴞炙。
德充符	仲尼曰：「死生存亡，窮達貧富，賢與不肖毀譽，飢渴寒暑，是事之變，命之行也；日夜相代乎前，而知不能規乎其始者也。故不足以滑和，不可入於靈府。使之和豫，通而不失於兌；使日夜無郤而與物爲春，是接而生時於心者也。是之謂才全。」「

大宗師	・死生，命也，其有夜旦之常，天也。 ・浸假而化予之左臂以爲雞，予因以求時夜；浸假而化予之右臂以爲彈，予因以求鴞炙；浸假而化予之尻以爲輪，以神爲馬，予因以乘之，豈更駕哉！
在宥	鴻蒙曰：「亂天之經，逆物之情，玄天弗成；解獸之群，而鳥皆夜鳴；災及草木，禍及止蟲。意，治人之過也！」
天道	舜曰：「天德而出寧，日月照而四時行，若晝夜之有經，雲行而雨施矣。」
至樂	・夫貴者，夜以繼日，思慮善否，其爲形也亦疏矣。 ・滑介叔曰：「亡，予何惡！生者，假借也；假之而生生者，塵垢也。死生爲晝夜。且吾與子觀化而化及我，我又何惡焉！」
山木	君之除患之術淺矣！夫豐狐文豹，棲於山林，伏於巖穴，靜也；夜行晝居，戒也；雖飢渴隱約，猶且胥疏於江湖之上而求食焉，定也；然且不免於罔羅機辟之患。
田子方	・萬物亦然，有待也而死，有待也而生。吾一受其成形，而不化以待盡，效物而動，日夜無隙，而不知其所終；薰然其成形，知命不能規乎其前，丘以是日徂。 ・夫天下也者，萬物之所一也。得其所一而同焉，則四肢百體將爲塵垢，而死生終始將爲晝夜而莫之能滑，而況得喪禍福之所介乎！ ・丈人昧然而不應，泛然而辭，朝令而夜遁，終身無聞。
庚桑楚	南榮趎贏糧，七日七夜至老子之所。
外物	物之有知者恃息，其不殷，非天之罪。天之穿之，日夜無降，人則顧塞其竇。
寓言	予有而不知其所以。予，蜩甲也，蛇蛻也，似之而非也。火與日，吾屯也；陰與夜，吾代也。
說劍	昔趙文王喜劍，劍士夾門而客三千餘人，日夜相擊於前，死傷者歲百餘人，好之不厭。如是三年，國衰，諸侯謀之。
天下	・使後世之墨者，多以裘褐爲衣，以跂蹻爲服，日夜不休，以自苦爲極，曰：「不能如此，非禹之道也，不足謂墨。」 ・雖然，其爲人太多，其自爲太少；曰：「請欲固置五升之飯足矣，先生恐不得飽，弟子雖飢，不忘天下。」日夜不休，曰：「我必得活哉！」圖傲乎救世之士哉！

◎夜半：5筆

出　處	內　　容
大宗師	然而夜半有力者負之而走，昧者不知也。
天地	厲之人夜半生其子，遽取火而視之，汲汲然唯恐其似己也。

至樂	是語卒，援髑髏，枕而臥。夜半，髑髏見夢曰：「子之談者似辯士。視子所言，皆生人之累也，死則無此矣。子欲聞死之說乎？」
徐無鬼	莊子曰：「齊人蹢子於宋者，其命閽也不以完，其求鈃鍾也以束縛，其求唐子也而未始出域，有遺類矣！夫楚人寄而蹢閽者，夜半於無人之時而與舟人鬥，未始離於岑而足以造於怨也。」
外物	宋元君夜半而夢人被髮闚阿門，曰：「予自宰路之淵，予為清江使河伯之所，漁者余且得予。」

附錄五：甲骨至秦代所見紀日時稱

出　處	內　　容
夙（夙）	甲骨：《合集》529 典賓組；《合集》9804自賓間 A；《合集》9805自賓間 A；《合集》15356 賓組；《合集》15357 賓組；《合集》15358 賓組；《合集》16131 反賓組；《合集》20346 反自肥筆；《合集》20231自歷間 A；《合集》20462自肥筆；《合集》21189自小字；《合集》21386自小字；《合集》26897 無名組；《合集》27915 無名組；《合集》28737 何組；《合集》30954 無名組；《合集》40497 賓組；《屯南》371；《屯南》1115 武乙；《懷特》121。

銅器：《集成》4131〈利簋〉西周早期；《集成》2837〈盂鼎〉西周早期；《集成》5401〈壹卣〉西周早期；《集成》9451〈麥盉〉西周早期；《集成》2614〈曆鼎〉西周早期；《集成》2553、2554〈應公鼎〉西周早期；《集成》6005〈黽尊〉西周早期或中期；《集成》6009〈效尊〉西周中期；《集成》5410〈啓卣〉西周中期；《集成》10175〈史牆盤〉西周中期；《集成》5993〈作厥尊〉西周中期；《集成》4023〈伯中父簋〉西周中期；《集成》3920〈伯百父簋〉西周中期；《集成》2791〈伯姜鼎〉西周中期；《集成》5968〈服尊〉西周中期；《集成》4343〈牧簋〉西周中期；《集成》4199、4200〈恒簋蓋〉西周中期；《集成》4288～4291〈師酉簋〉西周中期；《集成》4316〈師虎簋〉西周中期；《集成》2812〈師望鼎〉西周中期；《集成》2830〈師𣽊鼎〉西周中期；《集成》5433〈效卣〉西周中期；《集成》4219～4221、4223～4224；4222〈追簋〉、〈追簋蓋〉西周中期；《集成》2789、2824〈敔鼎〉西周中期；《集成》4322〈敔簋〉西周中期；《集成》4170～4177〈瘨簋〉西周中期；《集成》246～250〈瘨鐘〉西周中期；《集成》252〈瘨鐘〉西周中期；《新收》633、1874〈虎簋蓋〉西周中期；《新收》68、69〈霅尊〉西周中期；《集成》2816〈伯晨鼎〉西周中期；或晚期；《集成》4469〈𧆀盨〉西周晚期；《集成》4279～4282〈元年師旋簋〉西周晚期；《集成》2841〈毛公鼎〉西周晚期；《集成》4157～4158〈寬乎簋〉西周晚期；《集成》3995〈伯偈父簋〉西周晚期；《集成》4160、4161〈伯康簋〉西周晚期；《集成》4331〈訇伯歸夆簋〉西周晚 |

	期；《集成》2836〈克鼎〉西周晚期；《集成》4056～4058〈叔鄂父簋〉西周晚期《集成》4137〈叔妖簋〉西周晚期；《集成》4467、4468〈師克盨（蓋）〉西周晚期；《集成》4324、4325〈師訇簋〉西周晚期；《集成》4311、4313、4314〈師獸簋〉西周晚期；《集成》63〈逆鐘〉西周晚期《集成》187、189、192〈梁其鐘〉西周晚期；《集成》4326〈番生簋蓋〉西周晚期；《集成》4340〈蔡簋〉西周晚期；《新收》747-2〈四十三年逨鼎〉西周晚期；《新收》757-3〈逨盤〉西周晚期；《新收》1907〈師克盨〉西周晚期；《集成》267～270；262、264〈秦公鎛〉、〈秦公鐘〉春秋早期；《集成》4458〈魯伯悆盨〉春秋早期；《集成》285、272〈叔尸鎛〉、〈叔尸鐘〉春秋晚期；戰國；《集成》144〈越王者旨於賜鐘〉戰國早期；《集成》2840〈中山王𰯼鼎〉戰國中期或晚期；《集成》9735〈中山王𰯼壺〉戰國晚期。 楚簡：上博二〈民之父母〉簡8；五〈季庚子問於孔子〉簡10；五〈弟子問〉簡22。 秦簡：睡虎地〈盜者〉簡78背；《秦律十八種》〈行書〉簡184。放馬灘《日書》甲〈亡盜〉簡26。
㮤（早）； 棗（早）	楚簡：包山簡58、簡63；上博四〈曹沫之陳〉簡32。 秦簡：睡虎地《日書》甲〈秦除〉簡14正貳、〈穴盜〉簡82。周家臺《日書》〈線圖〉。
昧喪	銅器：《集成》〈小盂鼎〉2839西周早期；《集成》4240〈免簋〉西周中期；《新收》504、506、519〈邍子受鎛鐘〉春秋晚期。 楚簡：上博四〈內豊〉簡8；清華〈保訓〉簡1～2。
晨	甲骨：《合集》9477賓組；《合集》9492賓組；《合集》9493賓組；《合集》9494賓組；《合集》9495賓組；《合集》9496賓組；《合集》10474𠂤賓間A；《合集》10976正（5）、（6）賓組；《合集》14451賓組；《合集》20624𠂤肥筆；《合集》21486劣體類；《合集》22610出組；《合集》22636出組；《合集》22718出組；《合集》22988出組；《合集》22859出組；《合集》23161出組；《合集》23174出組；《合集》23150出組；《合集》23153出組；《合集》23226出組；《合集》23293出組；《合集》23419出組；《合集》23420出組；《合集》23475出組；《合集》23520出組；《合集》23556出組；《合集》25157出組；《合集》25177出組；《合集》25178出組；《合集》26855出組；《合集》40967出組；《合集》41135出組；《英國》2110出組。 銅器：《集成》2835〈多友鼎〉西周晚期。 楚簡：葛陵簡零307。 秦簡：放馬灘《日書》乙〈律書〉簡173；《日書》乙〈音律貞卜〉簡208、簡211、簡214、簡217、簡220、簡226、簡229、簡232、簡235、簡240、簡356。

大晨	秦簡：放馬灘《日書》乙〈納音五行〉簡 188 第 5 排。
枫	甲骨：《合集》319 賓組；《合集》557 賓組；《合集》1965 賓組；《合集》2543 賓組；《合集》2920 正典賓組；《合集》15354 正賓組；《合集》15469 賓組；《合集》15470 賓組；《合集》22548 出組；《合集》22721 出組；《合集》22761 出組；《合集》23002 出組；《合集》23241 正出組；《合集》23241 反出組；《合集》23732（2）出組；《合集》25373（2）出組；《合集》25374（1）出組；《合集》25386 出組；《合集》25387（2）出組；《合集》25388（2）出組；《合集》25389（2）出組；《合集》25390（2）出組；《合集》25391（1）出組；《合集》25392（2）出組；《合集》25393（3）出組；《合集》25394（5）出組；《合集》25408（1）出組；《合集》25409（1）出組；《合集》25410 出組；《合集》25411 出組；《合集》25413 出組；《合集》25414（1）出組；《合集》25415 出組；《合集》25416（1）出組；《合集》25417 出組；《合集》25418（1）出組；《合集》25419 出組；《合集》25420 出組；《合集》25421（1）出組；《合集》25422（1）出組；《合集》25423 出組；《合集》25424 出組；《合集》25443（3）出組；《合集》25444 出組；《合集》25445（1）出組；《合集》25446 出組；《合集》25447 出組；《合集》25448（1）出組；《合集》25449（1）出組；《合集》25450 出組；《合集》25451 出組；《合集》25452 出組；《合集》25453（1）出組；《合集》25454 出組；《合集》25474 出組；《合集》25503（3）出組；《合集》25506（1）出組；《合集》25521（3）出組；《合集》25375（4）出組；《合集》25376 出組；《合集》25377（4）出組；《合集》25378（1）出組；《合集》25379 出組；《合集》25380 出組；《合集》25381 出組；《合集》25383（3）出組；《合集》25384（2）出組；《合集》25385（3）出組；《合集》25395（2）出組；《合集》25396（1）出組；《合集》25397（1）出組；《合集》25398（2）出組；《合集》25399（3）出組；《合集》25400 出組；《合集》25401 出組；《合集》25402（1）出組；《合集》25403（1）出組；《合集》25404（1）出組；《合集》25405（2）出組；《合集》25406（1）出組；《合集》25407 出組；《合集》25425 出組；《合集》25426（1）出組；《合集》25427 出組；《合集》25428（2）出組；《合集》25429 出組；《合集》25430（1）出組；《合集》25431 出組；《合集》25432 出組；《合集》25433（1）出組；《合集》25434（1）出組；《合集》25435 出組；《合集》25436 出組；《合集》25437 出組；《合集》25438 出組；《合集》25439 出組；《合集》25440 出組；《合集》25441（1）出組；《合集》25442（1）出組；《合集》25460 出組；《合集》25483 出組；《合集》25488（1）出組；《合集》25516（1）出組；《合集》25672（3）出組；《合集》25680（4）出組；《合集》25985 出組；《合集》25897（1）出組；《合集》25898 出組；《合集》26136（1）出組；《合集》26116 出組；《合集》26147（1）出組；《合集》26148（3）出組；《合集》26899（11）何組；

<table>
<tr><td colspan="2">《合集》27042 反（5）何組；《合集》27051（2）無名組；《合集》27042 正（17）何組；《合集》27052（2）無名組；《合集》27064 何組；《合集》27382（1）何組；《合集》27340 歷無名間組；《合集》27436 何組；《合集》27543（1）何組；《合集》27522（3）無名組；《合集》27766（2）何組；《合集》27771 何組；《合集》27772（2）何組；《合集》27773 何組；《合集》27779 何組；《合集》27780（1）何組；《合集》27914（2）無名組；《合集》27951 無名組；《合集》27950（1）何組；《合集》28348（1）無名組；《合集》28544（4）無名組；《合集》28564 無名組；《合集》28572 無名組；《合集》28565 無名組；《合集》28628 無名組；《合集》28924（2）無名組；《合集》29250 無名組；《合集》29829（2）無名組；《合集》30113＋30094 無名組；《合集》30528 何組；《合集》30529 何組；《合集》30735 無名組；《合集》30745（1）無名組；《合集》30746 無名組；《合集》30747（2）無名組；《合集》30748 何組；《合集》30750 何組；《合集》30751（3）何組；《合集》30933（1）歷無名間組；《合集》31278 何組；《合集》31909（2）無名組；《合集》32182 無名組；《合集》32202（5）𠂤歷間 B 組；《合集》32453（11）歷無名間組；《合集》32992 反（3）歷組；《合集》33174（2）歷組；《合集》41163（1）出組；《合集》41164 出組；《合集》41165（3）出組；《合集》41166 出組；《合集》41167 出組；《屯南》203 康丁期；《屯南》2383（5）康丁期；《屯南》4049（3）武乙期；《屯南》4058 康丁－武乙期；《屯南》4351（1）康丁期；《屯南》4419（1）康丁期；《英國》2094（1）；《英國》2095；《英國》2096（1）；《英國》2097；《英國》2098（1）；《東京》1055；《東京》1214（1）；《懷特》1028；《懷特》1029；《懷特》1031；《懷特》1567；《天理》320（3）；《蘇德》30。</td></tr>
<tr><td>人定</td><td>秦簡：睡虎地十二時制《日書》乙〈十二時〉簡 156。秦簡：放馬灘《日書》乙〈納音五行〉簡 181 第 5 排寫作「人奠」
秦簡：周家臺廿八時制《日書》〈線圖〉寫作「人鄭」</td></tr>
<tr><td>下市</td><td>秦簡：睡虎地十二時制乙種〈十二時〉簡 156。</td></tr>
<tr><td>下舖</td><td>秦簡：周家臺廿八時制《日書》〈線圖〉。</td></tr>
<tr><td>夕</td><td>甲骨：《北京》611 第五期；《北京》791 反第一期；《北京》876 第五期；《北京》964 第一期；《北京》965 第一期；《北京》966 第一期；《北京》967 第一期；《北京》968 第一期；《北京》969 第一期；《北京》970 第一期；《北京》971 第一期；《北京》972 第一期；《北京》973 第一期；《北京》974 第一期；《北京》975 第一期；《北京》976 第一期；《北京》978 第一期；《北京》1172 第二期；《北京》1173 第二期；《北京》1174 第二期；《北京》1175 第二期；《北京》1176 第二期；《北京》1177 第二期；《北京》1178 第二期；《北京》1179 第二期；《北京》1180 第二期；《北京》1181 第二期；《北京》1182 第二期；《北京》1183 第二期；《北京》1186</td></tr>
</table>

第二期；《北京》1234 第三期；《北京》1235 第三期；《北京》1236
第三期；《北京》1237 第三期；《北京》1238 第三期；《北京》1239
第三期；《北京》1240 第三期；《北京》1241 第三期；《北京》1242
第三期；《北京》1243 第三期；《北京》1253 第五期；《北京》1254
第五期；《北京》1255 第五期；《北京》1256 第五期；《北京》1257
第五期；《北京》1258 第五期；《北京》1259 第五期；《北京》1260
第五期；《北京》1261 第五期；《北京》1262 第五期；《北京》1263
第五期；《北京》1264 第五期；《北京》1265 第五期；《北京》1266
第五期；《北京》1267 第五期；《北京》1269 第五期；《北京》1270
第五期；《北京》1271 第五期；《北京》1272 第五期；《北京》1273
第五期；《北京》1274 第五期；《北京》1275 第五期；《北京》1276
第五期；《北京》1277 第五期；《北京》1278 第五期；《北京》1279
第五期；《北京》1280 第五期；《北京》1282 第五期；《北京》1283
第五期；《北京》1285 第五期；《北京》1287 第五期；《北京》1288
第五期；《北京》1289 第五期；《北京》1290 第五期；《北京》1291
第五期；《北京》1292 第五期；《北京》1293 第五期；《北京》1294
第五期；《北京》1295 第五期；《北京》1296 第五期；《北京》1297
第五期；《北京》1298 第五期；《北京》1302 第五期；《北京》1303
第五期；《北京》1304 第五期；《北京》1306 第五期；《北京》1310
第五期；《北京》1437 第一期；《北京》1438 第一期；《北京》1439
反第一期；《北京》1440 正第一期；《北京》1441 第一期；《北京》
1442 第一期；《北京》1443 第一期；《北京》1444 第一期；《北京》
1445 第一期；；《北京》1446 第一期；《北京》1447 第一期；《北
京》1448 第一期；《北京》1449 第一期；《北京》1450 第一期；《北
京》1451 第一期；《北京》1452 第一期；《北京》1476 正第一期；
《北京》1591 第二期；《北京》1592 第二期；《北京》1593 第二
期；《北京》1596 第二期；《北京》1597 第二期；《北京》1601
第二期；《北京》1606 第三期；《北京》1607 第三期；《北京》1771
第一期；《北京》1779 第一期；《北京》1780 第一期；《北京》1781
第一期；《北京》1782 第一期；《北京》1786 第一期；《北京》1793
第一期；《北京》1794 第一期；《北京》2499 第一期；《北京》2572
第一期；《北京》2815 第二期；《北京》2816 第二期；《北京》2914
第五期……等。

銅器：《集成》2614〈曆鼎〉西周早期；《集成》6015〈麥尊〉西
周早期；《集成》2655〈先獸鼎〉西周早期；《集成》6005〈罿尊〉
西周早期或中期；《集成》4220、4221、4223、4224〈追簋〉西
周中期；《新收》633〈虎簋蓋〉西周中期；《集成》4343〈牧簋〉
西周中期；《集成》4170～4177〈癲簋〉西周中期；《集成》4222
〈追簋蓋〉西周中期；《集成》2830〈師訊鼎〉西周中期；《集成》
246、247、248；249、252、250〈癲鐘〉西周中期；《集成》4191
〈穆公簋蓋〉西周中期；《集成》5968〈服尊〉西周中期；《集成》
4199、《集成》4200〈恒簋蓋〉西周中期；《新收》1874〈虎簋蓋〉
西周中期；《新收》68〈霄尊〉西周中期；《集成》3920〈伯百父

	簋〉西周中期；《集成》4219〈追簋〉西周中期；《新收》69〈霥卣〉西周中期；《集成》3964〈仲殷父簋〉西周晚期；《集成》4340〈蔡簋〉西周晚期；《集成》3965〈仲殷父簋〉西周晚期；《新收》757〈逨盤〉西周晚期；《新收》747～756〈四十三年逨鼎〉西周晚期；《集成》3966〈仲殷父簋〉西周晚期；《集成》4465〈膳夫克盨〉西周晚期；《新收》772、773、774〈逨鐘〉西周晚期；《集成》187、189、192〈梁其鐘〉西周晚期；《集成》3967、3968〈仲殷父簋〉西周晚期；《集成》4467〈師克盨〉西周晚期；《集成》4468〈師克盨蓋〉西周晚期；《集成》3969、3970〈仲殷父簋〉西周晚期；《集成》4469〈䚄盨〉西周晚期；《集成》4279、4280、4281〈元年師旋簋〉西周晚期；《新收》1556、1557〈乍冊封鬲〉西周晚期；《集成》2841〈毛公鼎〉西周晚期；《集成》4282〈元年師旋簋〉西周晚期；《集成》4089〈事族簋〉西周晚期；《集成》4331〈𦱵伯歸夆簋〉西周晚期；《集成》262、264〈秦公鐘〉春秋早期；《集成》267～270〈秦公鎛〉春秋早期；《集成》2840〈中山王䚓鼎〉戰國中期或晚期；《集成》9735〈中山王䚓壺〉戰國晚期。 楚簡：九店簡60～簡71；望山簡184；葛陵簡乙四5、簡甲三134、簡甲三108、簡甲三163、簡甲三126；江陵磚瓦廠簡2～簡3；江陵秦家嘴簡1；上博四〈柬大王泊旱〉簡9、五〈姑成家父〉簡1～2、六〈用曰〉簡15；清華〈金縢〉簡13～14。 秦簡：嶽麓〈二十七年質日〉簡1；〈占夢書〉簡3。里耶J1（16）簡6背。周家臺〈啓閉〉簡393；〈死〉簡718；簡367；《日書》〈線圖〉。王家臺〈啓閉〉簡393；〈啓閉〉簡388；〈死〉簡718。睡虎地〈倉律〉簡55；〈倉律〉簡59；《日書》甲〈歲〉簡65正壹～簡67正壹；《日書》甲〈歲〉簡64正貳～簡67正貳；《日書》甲〈歲〉簡64正叁～簡67正叁；《日書》甲〈歲〉簡64正肆～簡67正肆；《日書》甲〈盜者〉簡71背～簡72背；《日書》甲〈盜者〉簡78背；《日書》甲〈到室〉簡135正；《日書》乙簡18貳～簡29貳；《日書》甲〈毀棄〉簡111正壹；《日書》甲〈毀棄〉簡112正壹；《日書》甲〈吏〉簡157～簡166；《日書》乙〈十二支占卜篇〉簡157～簡168、簡169～簡180；〈啓閉〉簡388。岳山木牘簡43背 帛書：〈乙篇〉簡8。
夕日	秦簡：放馬灘《日書》甲〈禹須臾所以見人日〉簡43～簡55、簡57～簡65；《日書》乙〈禹須臾所以見人日〉簡25～簡45；《日書》乙〈日喜〉簡78；《日書》乙〈音律貞卜〉簡283。
夕市	秦簡：周家臺《日書》〈線圖〉。
夕食	秦簡：周家臺廿八時制《日書》〈線圖〉。
夕時	秦簡：放馬灘《日書》乙〈納音五行〉簡185第5排。周家臺廿八時制《日書》〈線圖〉。

大采	甲骨：《合集》3223 典賓組；《合集》11726 典賓組；《合集》12424 典賓組；《合集》12425 典賓組；《合集》12810 典賓組；《合集》12812 典賓組；《合集》12813 典賓組；《合集》12814 正典賓組；《合集》13377 賓組；《合集》20960𠂤小字；《合集》20993𠂤小字；《合集》21021𠂤小字；《合集》21493𠂤小字；《合集》21962 圓體類。
小采	甲骨：《合集》20397屮類；《合集》20800𠂤小字；《合集》20966𠂤小字；《合集》21013𠂤小字；《合集》21016𠂤小字。
大食	甲骨：《合集》13450 賓組；《合集》21021𠂤小字；《合集》20961𠂤小字；《合集》28618 無名組；《合集》29783 無名組；《合集》29786 何組；《合集》40341 賓組；《英國》1101 賓組。
小食	甲骨：《合集》21021𠂤小字。
中日	甲骨：《合集》11775𠂤小字；《合集》13216 反（1）典賓組；《合集》13343 賓組；《合集》13613 典賓組；《合集》20908𠂤小字；《合集》21021𠂤小字；《合集》21026𠂤小字；《合集》21302𠂤小字；《合集》28569 何組；《合集》28548 無名組；《合集》29787 無名組；《合集》29791 無名組；《合集》29793 無名組；《合集》29910 無名組；《合集》30197 無名組；《合集》30198 無名組；《合集》40518 典賓組；《屯南》42 康丁期；《屯南》624 康丁期；《屯南》2729 康丁期。
𣉘兮、𣉘	甲骨：《合集》29794 無名組；《合集》29795 無名組；《合集》29796 無名組；《合集》29797 無名組；《合集》29798 正無名組；《合集》29799 無名組；《合集》29801 無名組；《合集》30198 無名組；《屯南》624 康丁期；《屯南》2729 康丁期；《東京》1177；《東京》1258。
日入	秦簡：放馬灘十六時制。放馬灘廿四時制。周家臺廿八時制。周家臺《日書》〈線圖〉；簡 367；《日書》乙〈生子〉簡 142。放馬灘《日書》乙〈星度〉簡 174；《日書》乙〈生子〉簡 142；《日書》甲〈生子〉簡 17；《日書》乙〈納音五行〉簡 186 第 5 排、《日書》乙〈納音五行〉簡 189 第 4 排；《日書》乙〈五音占〉簡 199（上半）；《日書》乙〈音律貞卜〉簡 207、簡 208、簡 210、簡 213、簡 216、簡 217、簡 219、簡 220、簡 222、簡 225、簡 226、簡 228、簡 229、簡 231、簡 232、簡 234、簡 235、簡 237、簡 239、簡 240。睡虎地《日書》甲〈詰〉簡 54 背貳。
日下則	秦簡：放馬灘十六時制《日書》甲〈生子〉簡 17、《日書》乙〈生子〉簡 142。
日夕時	秦簡：周家臺簡 245。
日出	秦簡：睡虎地十二時制《日書》乙〈十二時〉簡 156。放馬灘《日書》甲〈生子〉簡 16；《日書》乙〈生子〉簡 142；日書》乙〈納音五行〉簡 180 第 4 排；《日書》乙〈納音五行〉簡 183 第 5 排。周家臺簡 329～330；簡 367。王家臺《日書》〈病〉簡 49；《日書》〈疾〉簡 373；《日書》〈疾〉簡 401。

日出時	秦簡：周家臺廿八時制《日書》〈線圖〉。
日失時	秦簡：周家臺《日書》〈線圖〉。
日失	秦簡：放馬灘廿四時制。周家臺廿八時制《日書》〈線圖〉，放馬灘〈禹須臾所以見人日〉簡 43（下半）～簡 53（下半）；《日書》乙〈禹須臾所以見人日〉簡 25（下半）～簡 34（下半）；《日書》乙〈行〉簡 79；《日書》乙〈納音五行〉簡 183 第 5 排。 秦簡：睡虎地十二時制乙〈十二時〉簡 156 寫作「臬」。
日未中	秦簡：周家臺廿八時制《日書》〈線圖〉。放馬灘《日書》甲〈生子〉簡 19。
日中	秦簡：放馬灘《日書》甲〈生子〉簡 16；《日書》甲〈禹須臾行日〉簡 43（上半）～簡 72（上半）；《日書》乙〈禹須臾行日〉簡 26（上半）～簡 53（上半）；《日書》甲〈禹須臾所以見人日〉簡 43（下半）～簡 53（下半）；《日書》乙〈生子〉簡 142；《日書》乙〈五音占〉簡 198（上半）；《日書》乙〈音律貞卜〉簡 206、簡 207、簡 209、簡 210、簡 212、簡 213、簡 215、簡 216、簡 218、簡 219、簡 221、簡 222、簡 224、簡 225、簡 227、簡 228、簡 230、簡 233、簡 234、簡 236～簡 239、簡 286、簡 297；《日書》乙〈問病〉簡 359；《日書》乙〈禹須臾所以見人日〉簡 25（下半）～簡 34（下半）；《日書》乙〈行〉簡 80、《日書》乙〈五音占〉簡 198（上半）；《日書》乙〈納音五行〉簡 184 第 4 排、簡 186 第 5 排。睡虎地《日書》甲〈到室〉簡 135 正；《日書》甲〈到室〉簡 136 正；《日書》乙〈十二時〉簡 156；《日書》甲〈詰〉簡 56 背貳；《日書》甲〈盜者〉簡 93 背壹；《日書》甲〈禹須臾〉簡 98 背壹。王家臺〈死〉簡 706；〈死〉簡 718。周家臺簡 367、《日書》〈線圖〉。里耶 J1（8）簡 157 背。
日夜	秦簡：里耶 J1（16）簡 5 正；J1（16）簡 6 正。
日則	秦簡：放馬灘十六時制《日書》乙〈生子〉簡 142。
日過中	秦簡：放馬灘十六時制《日書》甲〈生子〉簡 16；《日書》乙〈生子〉簡 142。周家臺廿八時制《日書》〈線圖〉。
日夒〔入〕	秦簡：周家臺廿八時制《日書》〈線圖〉。
牛羊入	秦簡：睡虎地十二時制《日書》乙〈十二時〉簡 156。
市日	秦簡：睡虎地秦簡甲〈禹須臾〉簡 99 背壹、放馬灘《日書》乙〈納音五行〉簡 184 第 5 排。
末市	秦簡：睡虎地秦簡甲〈禹須臾〉簡 97 背壹
旦	甲骨：《合集》1074 正（1）典賓；《合集》21025 𠂤小字；《合集》21403（2）𠂤小字；《合集》26897 無名組；《合集》27308 無名組；《合集》27309 無名組；《合集》27446（1）何組；《合集》27453（3）無名組；《合集》28566 無名組；《合集》28568 無名組；《合集》28514 何組；《合集》28522 無名組；《合集》29272（2）無名組；《合集》29372 無名組；《合集》29373 無名組；《合集》29585（2）何組；《合集》29780 無名組；《合集》29781（2）無名組；

《合集》29782 無名組；《合集》29773 何組；《合集》29774 何組；《合集》29775 無名組；《合集》29776 無名組；《合集》29777（1）無名組；《合集》29778（1）無名組；《合集》29779（1）無名組；《合集》30195 無名組；《合集》31116 無名組；《合集》32718（1）無名組；《合集》34071（1）歷組；《合集》34601（2）歷組；《合集》40513 賓組；《合集》41308（1）歷組；《屯南》42（2）康丁期；《屯南》60 康丁期；《屯南》384 康丁期；《屯南》624 康丁期；《屯南》662（1）康丁期；《屯南》2838（4）康丁期；《屯南》4078 康丁期；《英國》1182 賓組；《英國》2336（1）歷組。

銅器：《集成》2783〈七年趞曹鼎〉西周中期；《集成》4251、4252〈大師虘簋〉西周中期；《集成》9898〈吳方彝蓋〉西周中期；《集成》10170〈走馬休盤〉西周中期；《集成》4196〈師毛父簋〉西周中期；《集成》4277〈師俞簋蓋〉西周中期；《集成》2817〈師晨鼎〉西周中期；《集成》4272〈望簋〉西周中期；《集成》4287〈伊簋〉西周晚期；《集成》2821～2823、4303～4310〈此鼎〉、〈此簋〉西周晚期；《集成》2836〈克鼎〉西周晚期；《集成》4321〈訇簋〉西周晚期；《集成》4312〈師穎簋〉西周晚期；《集成》4294、4295〈揚簋〉西周晚期；《集成》9731、9732〈頌壺、頌壺蓋〉西周晚期；《集成》2827～2829〈頌鼎〉西周晚期；《集成》4332～4335、4337、4339〈頌簋〉西周晚期；《集成》4336、4338〈頌簋蓋〉西周晚期；《集成》2819、10172〈裘鼎〉、〈裘盤〉西周晚期；《集成》4340〈蔡簋〉西周晚期；《集成》4285〈諫簋〉西周晚期；《新收》745-1〈四十二年逨鼎〉西周晚期；《新收》747-1〈四十三年逨鼎〉西周晚期；《新收》880〈晉侯穌鐘〉西周晚期；《新收》1962〈頌壺〉西周晚期。

楚簡：上博五〈姑成家父〉簡 1～2、五〈三德〉簡 1。

秦簡：里耶 J1（8）簡 157 背；J1（9）簡 981 背；J1（16）簡 6 背。放馬灘《日書》甲〈生子〉簡 16～簡 17、《日書》甲〈禹須臾行日〉簡 43～72、《日書》乙〈禹須臾行日〉簡 26～53；《日書》甲〈禹須臾所以見人日〉簡 43～55、簡 57～65；《日書》乙〈禹須臾所以見人日〉簡 25～46；〈日書〉乙〈日喜〉簡 82；《日書》乙〈生子〉簡 142；《日書》乙〈星度〉簡 174；《日書》乙〈納音五行〉簡 179 第 4 排；《日書》乙〈五音占〉簡 197（上半）；《日書》乙〈音律貞卜〉簡 206、209、212、215、218、221、224、227、230、233、236、238、283、286、297《日書》乙〈問病〉簡 356、359。王家臺《日書》〈啟閉〉簡 347；簡 388；簡 395；簡 396；簡 718。睡虎地〈倉律〉簡 55、59；《日書》乙〈入官〉（下）簡 233 壹；〈穴盜〉簡 73～74；〈稷辰〉簡 43 正；《日書》甲〈歲〉簡 64～67；《日書》甲〈盜者〉簡 71 背～72 背、簡 78 背；《日書》甲〈到室〉簡 135 正～137 正；《日書》甲〈詰〉簡 53 背參－56 背參；《日書》甲〈禹須臾〉簡 101 背；乙種〈十二時〉簡 156。周家臺簡 243～244、簡 367。

夒（才）旦	秦簡：周家臺廿八時制《日書》〈線圖〉。
平旦	秦簡：睡虎地十二時制。放馬灘十六時制。放馬灘廿四時制。周家臺廿八時制：周家臺。
明	甲骨：《合集》102 賓組；《合集》721 正賓組；《合集》2223 典賓組；《合集》6037 典賓組；《合集》6037 反典賓組；《合集》11506 反典賓組；《合集》11497 正典賓組；《合集》11498 正典賓組；《合集》11499 正典賓組，賓一；《合集》13450 賓組；《合集》15475 典賓組；《合集》16131 反賓組；《合集》20190𠂤小字；《合集》20717𠂤小字；《合集》20995𠂤小字；《合集》21016𠂤小字；《合集》40341 賓組；《屯南》3259 康丁－武乙；《英國》1101 賓組。 銅器：《集成》2839〈小盂鼎〉。 楚簡：上博五〈三德〉簡 1。
夙夕	銅器：《集成》2837〈盂鼎〉西周早期；《集成》5401〈壴卣〉西周早期；《集成》9451〈麥盉〉西周早期；《集成》2614〈曆鼎〉西周早期；《集成》2553、2554〈應公鼎〉西周早期；《集成》39203920〈伯百父簋〉西周中期；《集成》5968〈服尊〉西周中期；《集成》4343〈牧簋〉西周中期；《集成》4199、4200〈恒簋蓋〉西周中期；《集成》2830〈師𣄣鼎〉西周中期；《集成》4219～4221、4223～4224；4222〈追簋〉、〈追簋蓋〉西周中期；《集成》4170～4177〈癲簋〉西周中期；《集成》246～250〈癲鐘〉西周中期；《集成》252〈癲鐘〉西周中期；《新收》633、1874〈虎簋蓋〉西周中期；《新收》68、69〈雋尊〉西周中期；《集成》4469〈蠚盨〉西周晚期；《集成》4279～4282〈元年師旋簋〉西周晚期；《集成》2841〈毛公鼎〉西周晚期。
夙夜	銅器：《集成》2824〈敤鼎〉西周中期；《集成》4322〈敤簋〉西周中期；《集成》2812〈師望鼎〉西周中期；《集成》4023〈伯中父簋〉西周中期；《集成》4316〈師虎簋〉西周中期；《集成》5433〈效卣〉西周中期；《集成》5993〈作厥尊〉西周中期；《集成》10175〈史牆盤〉西周中期；《新收》701〈就瓶〉西周中期；《新收》1600〈師酉鼎〉西周中期；《集成》63〈逆鐘〉西周晚期；《集成》2836〈克鼎〉西周晚期；《集成》3995〈伯偈父簋〉西周晚期；《集成》4058〈叔鄂父簋〉西周晚期；《集成》4158〈竈乎簋〉西周晚期；《集成》4160、4161〈伯康簋〉西周晚期；《集成》4313～4314〈師袁簋〉西周晚期；《集成》4324、4325〈師㝨簋〉西周晚期；《集成》4326〈番生簋蓋〉西周晚期；《集成》285、272〈叔尸鎛〉、〈叔尸鐘〉春秋晚期；《集成》2840〈中山王𗊬鼎〉戰國中期或晚期；《集成》9735〈中山王𗊬壺〉戰國晚期。
夙食	秦簡：放馬灘《日書》甲〈生子〉簡 16、《日書》乙〈生子〉簡 142。
夙莫（暮）	銅器：《集成》144〈越王者旨於賜鐘〉戰國早期。

安食	秦簡：放馬灘廿四時制。放馬灘《日書》甲〈禹須臾所以見人日〉簡 43～簡 53；《日書》乙〈禹須臾所以見人日〉簡 25（下半）～簡 34（下半）；《日書》乙〈納音五行〉簡 188 第 5排。
西中	秦簡：放馬灘《日書》乙〈星度〉簡 174。
住	甲骨：《合集》27522 無名組。
廷食	秦簡：放馬灘廿四時制。周家臺廿八時制《日書》〈線圖〉。
夜	《集成》6009〈效尊〉西周早期；《集成》5410〈啓卣〉西周早期；《集成》5433〈效卣〉西周中期；《新收》701〈就甗〉西周中期；《集成》2789、2824〈致鼎〉西周中期；《集成》5993〈作厥尊〉西周中期；《新收》1600〈師酉鼎〉西周中期；《集成》2791〈伯姜鼎〉西周中期；《新收》1606〈冉簋〉西周中期；《集成》2812〈師望鼎〉西周中期；《集成》4316〈師虎簋〉西周中期；《新收》1875〈老簋〉西周中期；《集成》4322〈致簋〉西周中期；《集成》10175〈史牆盤〉西周中期；《集成》4288、～4291〈師酉簋〉西周中期；《集成》4023〈伯中父簋〉西周中期；《集成》2816〈伯晨鼎〉西周中期或晚期；《集成》4057〈叔鄂父簋〉西周晚期；《集成》4311〈師獸簋〉西周晚期；《集成》4056、4058〈叔鄂父簋〉西周晚期；《集成》4313、4314〈師袁簋〉西周晚期；《集成》4137〈叔妖簋〉西周晚期；《集成》4157、4158〈竈乎簋〉西周晚期；《集成》4317〈訇簋〉西周晚期；《集成》4160〈伯康簋〉西周晚期；《集成》63〈逆鐘〉西周晚期；《集成》2836〈克鼎〉西周晚期；《集成》4161〈伯康簋〉西周晚期；《集成》4324、4325〈師㝨簋〉西周晚期；《集成》3995〈伯偈父簋〉西周晚期；《集成》4326〈番生簋蓋〉西周晚期；《集成》272〈叔尸鐘〉春秋晚期；《集成》285〈叔尸鎛〉春秋晚期；《集成》10583〈燕侯載器〉戰國（無法分期）《集成》2840〈中山王嚳鼎〉戰國中期或晚期；《集成》9734〈妤盉壺〉戰國晚期；《集成》9735〈中山王嚳壺〉戰國晚期。
日夜	銅器：《集成》9734〈妤盉壺〉戰國晚期。
夜三分之一	秦簡：周家臺廿八時制《日書》〈線圖〉。
夜中	楚簡：天星觀簡 40。 秦簡：放馬灘十六時制《日書》甲〈生子〉簡 19。
中夜	秦簡：放馬灘《日書》甲〈禹須臾行日〉簡 44（上半）～簡 72（上半）；《日書》乙〈禹須臾行日〉簡 26（上半）簡 53（上半）。
夜迤中	楚簡：天星觀簡 40。
夜半	秦簡：放馬灘《日書》乙〈納音五行〉簡 182 第 5 排、《日書》乙〈音律貞卜〉簡 277。周家臺廿八時制《日書》〈線圖〉。嶽麓〈占夢書〉簡 5。
夜未中	秦簡：放馬灘十六時制《日書》乙〈生子〉簡 143。

夜未半	秦簡：周家臺廿八時制《日書》〈線圖〉。
夜莫	秦簡：放馬灘十六時制《日書》甲〈生子〉簡 17；《日書》乙〈生子〉簡 142。
過中	秦簡：放馬灘《日書》乙〈納音五行〉簡 185 第五排
夜過中	秦簡：放馬灘十六時制《日書》甲〈生子〉簡 18～19；《日書》乙〈生子〉簡 143。
夜過半	秦簡：周家臺廿八時制《日書》〈線圖〉。
妹	甲骨：《合集》36489 黃類；《合集》36909 無名黃間組；《合集》37840 黃類；《合集》38137 黃類；《合集》38194 黃類；《合集》38197 黃類；《合集》38202 黃類；《合集》38203 黃類；《合集》38204 黃類；《合集》38205 黃類；《合集》38206 黃類；《合集》38213 黃類；《合集》38214 黃類；《合集》38215 黃類；《合集》38304 正黃類；《合集》38305 黃類；《合集》38191 黃類；《合集》38192 黃類；《合集》38220 黃類；《合集》41865 黃類；《英國》2592；《北京》1624 第五期。
定昏	秦簡：周家臺廿八時制《日書》〈線圖〉。
昏	甲骨：《合集》29092 何組；《合集》29272 無名組；《合集》29328 何組；《合集》29781 無名組；《合集》29794 無名組；《合集》29795 無名組；《合集》29801 無名組；《合集》29803 何組；《合集》29907 無名組；《合集》30838 無名組。 楚簡：葛陵簡甲三 109、簡甲三 119、簡甲三 116、簡乙二 13、三 20、簡乙四 36。 秦簡：放馬灘十六時制（昏）。放馬灘《日書》甲〈生子〉簡 17；《日書》甲〈禹須臾行日〉簡 43（上半）～簡 72（上半）；《日書》乙〈禹須臾行日〉簡 26（上半）～簡 54（上半）；《日書》乙〈生子〉簡 142；《日書》乙〈納音五行〉簡 186 第 4 排；《日書》乙〈納音五行〉簡 191 第 4 排。睡虎地《日書》乙〈十二時〉簡 156。王家臺〈死〉簡 667。周家臺《日書》〈線圖〉。
昏市	秦簡：放馬灘《日書》乙〈納音五行〉簡 186 第 4 排。
昏時	秦簡：放馬灘《日書》乙〈納音五行〉簡 191 第 4 排。
東中	秦簡：放馬灘《日書》乙〈星度〉簡 174。
戾	甲骨：《合集》4415 正典賓；《合集》10405 反典賓組；《合集》10406 反典賓組；《合集》11728 反典賓組；《合集》11729 賓組；《合集》12809 典賓組；《合集》13312 賓組；《合集》13442 正典賓組；《合集》14932 賓組；《合集》19326 典賓組；《合集》20260 典賓組；《合集》20421𠂤小字；《合集》20470𠂤小字；《合集》20967𠂤小字；《合集》20968𠂤小字；《合集》21021𠂤小字；《合集》20957𠂤小字；《合集》20962𠂤小字；《合集》20965𠂤小字；《合集》20966𠂤

	小字；《合集》21013白小字；《合集》29792 無名組；《合集》29793 無名組；《合集》29801 無名組；《合集》29910 無名組；《合集》30835 無名組；《合集》33918 歷組；《屯南》42 康丁期。 秦簡：睡虎地《日書》乙〈入官〉（下）簡 233 壹。
闌戻	甲骨：《合集》20260 典賓組；《合集》20962白小字。
前鳴	秦簡：放馬灘《日書》乙〈納音五行〉簡 190 第 4 排。
中鳴	秦簡：放馬灘《日書》乙〈納音五行〉簡 181 第 5 排。
後鳴	秦簡：放馬灘《日書》乙〈納音五行〉簡 190 第 4 排；《日書》乙〈納音五行〉簡 182 第 5 排。
食日、食	甲骨：《屯南》42 康丁期；《屯南》624 康丁期；《合集》11506 反典賓組。
食時	秦簡：睡虎地十二時制。放馬灘《日書》乙〈納音五行〉簡 184 第 5 排。周家臺廿八時制。里耶 J1（8）簡 157 背。周家臺簡 367；《日書》〈線圖〉。睡虎地《日書》乙〈入官〉（下）簡 233 壹；乙〈十二時〉簡 156。
宵	帛書：〈乙篇〉簡 8。
晏食	秦簡：周家臺廿八時制《日書》乙〈納音五行〉簡 188 第 5 排。放馬灘《日書》甲〈禹須臾所以見人日〉簡 43～簡 53；《日書》乙〈禹須臾所以見人日〉簡 25（下半）～簡 25（下半）。
蚤食	楚簡：包山簡 58、簡 63；上博四〈曹沫之陳〉簡 32。 秦簡：放馬灘廿四時制。周家臺廿八時制。放馬灘《日書》乙〈納音五行〉簡 181 第 4 排。睡虎地《日書》甲〈秦除〉簡 14 正貳；〈穴盜〉簡 82。周家臺《日書》〈線圖〉。
晝	秦簡：嶽麓〈占夢書〉簡 1。放馬灘《日書》甲〈禹須臾所以見人日〉簡 54～簡 55、簡 57～簡 65；《日書》乙〈禹須臾所以見人日〉簡 35～簡 46。睡虎地《日書》甲〈吏〉簡 157～簡 166；《日書》乙〈十二支占卜篇〉簡 157、簡 159、簡 161、簡 163、簡 165、簡 167、簡 169、簡 171、簡 173、簡 175、簡 177。 帛書：〈乙篇〉簡 8。
晝夜	銅器：《集成》4317〈𪉖簋〉西周晚期。
春日	秦簡：睡虎地十二時制《日書》乙〈十二時〉簡 156。
莫（暮）	甲骨：《合集》23206 出組；《合集》23207 出組；《合集》23208 出組；《合集》23209 出組；《合集》23210 出組；《合集》23211 出組；《合集》23212 出組；《合集》23326 出組；《合集》23360 出組；《合集》24311 出組；《合集》24348 出組；《合集》25225 出組；《合集》25226 出組；《合集》26934 何組；《合集》26949 無名組；《合集》26996 無名組；《合集》27020 無名組；《合集》27032 何組；《合集》27273 無名組；《合集》27274 無名組；

	《合集》27275 無名組；《合集》27276 何組；《合集》27302 何組；《合集》27396 無名《合集》27401 無名組；《合集》27456 正何組；《合集》27459 何組；《合集》27530 歷無名間組；《合集》27769 何組；《合集》28630 無名組；《合集》28822 何組；《合集》29250 無名組；《合集》29673 何組；《合集》29788 無名組；《合集》29804 無名組；《合集》29807 無名組；《合集》30488 無名組；《合集》30729 無名組；《合集》30730 何組；《合集》30731 何組；《合集》30751 何組；《合集》30845 無名組；《合集》30972 無名組；《合集》30786 無名組；《合集》30836 何組；《合集》30837 無名組；《合集》31940 何組；《合集》32485 歷草組；《合集》33743 歷組；《合集》40975 出組；《合集》41409 無名組；《屯南》20 康丁期；《屯南》628 康丁期；《屯南》1443 康丁期；《屯南》2196 康丁―武乙期；《屯南》2666 康丁期；《屯南》3835 康丁期；《英國》1953 組；《英國》2364 組；《懷特》1016。
	銅器：《集成》144〈越王者旨於賜鐘〉戰國早期。
	秦簡：嶽麓〈占夢書〉簡1。王家臺〈啓閉〉簡395。睡虎地《日書》乙〈入官〉（下）簡233 壹；《日書》甲〈盜者〉簡78 背；《日書》甲〈秦除〉簡14 正貳；《日書》乙〈十二時〉簡156；〈秦律十八種・行書〉簡184；〈穴盜〉簡82；《日書》甲〈禹須臾〉簡97 背壹。放馬灘《日書》甲〈亡盜〉簡26；《日書》乙〈納音五行〉簡182 第4排；《日書》乙〈納音五行〉簡187 第4排。
	楚簡：包山簡58、簡63。
莫食	秦簡：睡虎地十二時制。放馬灘十六時制。放馬灘《日書》乙〈納音五行〉簡182 第4排；《日書》甲〈生子〉簡16；《日書》乙〈行〉簡81；《日書》乙〈生子〉簡142；《日書》乙〈納音五行〉簡190 第4排。周家臺。睡虎地《日書》甲〈禹須臾〉簡100 背壹；乙種〈十二時〉簡156。
朝	甲骨：《合集》18718 賓組；《合集》23148 出組；《合集》27397 無名組；《合集》29092 無名組；《合集》32727 歷組；《合集》33130 歷組；《合集》40140 賓組；《合集》41662 無名組。
	銅器：《集成》9901〈矢令方彝〉西周早期；《集成》2655〈先獸鼎〉西周早期；《集成》4030、4031〈史臨簋〉西周早期；《集成》2837〈盂鼎〉西周早期；《集成》4131〈利簋〉西周早期；《集成》6016〈矢令尊〉西周早期；西周晚期；《集成》4089〈事族簋〉西周晚期；《集成》3964～3970〈仲殷父簋〉西周晚期；《集成》4465〈膳夫克盨〉西周晚期。
	楚簡：九店56 號簡60～簡71、上博六〈用曰〉簡15。
	秦簡：周家臺。睡虎地《日書》乙〈十二支占卜篇〉簡157、簡159、簡161、簡163、簡165、簡167、簡169、簡171、簡173、簡175、簡177、簡179。放馬灘《日書》乙〈音律貞卜〉簡294。
	帛書：〈乙篇〉簡8。

朝夕	銅器：《集成》2655〈先獸鼎〉西周早期；《集成》2837〈盂鼎〉西周早期；《集成》4030～4031〈利簋〉西周早期；海外回流青銅器觀摩討論會〈獄鼎〉；《集成》3964～3970〈仲殷父簋〉西周晚期；《集成》4089〈事族簋〉西周晚期；《集成》4465〈膳夫克盨〉西周晚期。
黃昏（昏）	秦簡：睡虎地十二時制《日書》乙〈十二時〉簡156。周家臺廿八時制《日書》〈線圖〉。王家臺〈死〉簡667。
督	甲骨：《合集》30365無名組；《合集》30599何組；《合集》30767何組；《合集》30893無名組；《合集》30894無名組；《合集》31215無名組。
寐	甲骨：《合集》20966自小字；《合集》20964自小字。
餔時	秦簡：周家臺廿八時制。周家臺簡367；《日書》〈線圖〉。睡虎地《日書》甲〈到室〉簡135正。
雞未鳴	秦簡：周家臺廿八時制。
雞後鳴	秦簡：周家臺廿八時制《日書》〈線圖〉。 秦簡：放馬灘《日書》乙〈納音五行〉簡182第5排、《日書》乙〈納音五行〉簡190第4排寫作「後鳴」。
雞鳴	秦簡：睡虎地十二時制。放馬灘十六時制《日書》甲〈生子〉簡19；《日書》乙〈生子〉簡143；《日書》乙〈生子〉簡356。嶽麓〈占夢書〉簡5。王家臺《日書》〈病〉簡49；《日書》〈病〉簡399；《日書》〈病〉簡360。睡虎地〈編年記〉簡45壹；乙種〈十二時〉簡156。

附　表

附表一：陳夢家擬定「殷代時稱」

假定時辰	6（卯）	8（辰）	10（巳）		12（午）	14（未）	16（申）		18（酉）	24（亥）
武丁卜辭	旦、明、日明	大采大食	盍日	×	中日	昃	小食	×	小采	夕
武丁以後卜辭	妹旦	朝大食	×	×	中日	昃	×	郭兮郭，兮	莫、昏、落日	夕
文獻材料	妹爽、旦、旦明	朝、大采、蚤食	×	隅中	日中正中	昃小還	下昃、大還、鋪時	夕	黃昏、定昏、少采、日入	夜

附表二：常玉芝擬定「殷商時稱」

組別	時稱								
無名組		旦、朝	食日、大食	中日、日中、昏、昃	昃	郭兮、郭	昏、莫（暮）	枳	佳	夙
自組		明、大采、大采日	大食	中日	昃	小食	小采、小采日			
賓組	羡、朦	明、大采、大采日	大食日、食日	中日、日中	昃、昃日		枳			
出組	羡	朝		昏			暮	枳		
何組		朝	大食	中日			昏、莫	枳		
歷組							莫	夙		

附表三：周家臺秦簡廿八星宿與干支對應表 [註1]：

	正月	二月	三月	四月	五月	六月	七月	八月	九月	十月	十一月	十二月
平旦	申	巳	寅	亥	戌	未	辰	丑	酉	午	卯	子
日出	己	己	己	己	辛	丁	乙	癸	庚	丙	甲	壬
日出時	戊	戊	戊	戊	酉	午	卯	子	申	巳	寅	亥
蚤食	未	辰	丑	戌	庚	丙	甲	壬	己	己	己	己
食時	丁	乙	癸	辛	申	巳	寅	亥	戊	戊	戊	戊
晏時	午	卯	子	酉	己	己	己	己	未	辰	丑	戌
延食	丙	甲	壬	庚	戊	戊	戊	戊	丁	乙	癸	辛
日未中	巳	寅	亥	申	未	辰	丑	戌	午	卯	子	酉
日中	己	己	己	己	丁	乙	癸	辛	丙	甲	壬	庚
日適中	戊	戊	戊	戊	午	卯	子	酉	巳	寅	亥	申
日昳	辰	丑	戌	未	丙	甲	壬	庚	己	己	己	己
餔時	乙	癸	辛	丁	巳	寅	亥	申	戊	戊	戊	戊
下餔	卯	子	酉	午	己	己	己	己	辰	丑	戌	未
夕時	甲	壬	庚	丙	戊	戊	戊	戊	乙	癸	辛	丁
日毚入	寅	亥	申	巳	辰	丑	戌	未	卯	子	酉	午
日入	己	己	己	己	乙	癸	辛	丁	甲	壬	庚	丙
黃昏	戊	戊	戊	戊	卯	子	酉	午	寅	亥	申	巳
定昏	丑	戌	未	辰	甲	壬	癸	丙	己	己	己	己
夕食	癸	辛	丁	乙	寅	亥	申	巳	戊	戊	戊	戊
人定	子	酉	午	卯	己	己	己	己	丑	戌	未	辰
夜三分之一	壬	庚	丙	甲	戊	戊	戊	戊	癸	辛	丁	乙
夜未半	亥	申	巳	寅	丑	戌	未	辰	子	酉	午	卯
夜半	己	己	己	己	癸	辛	丁	乙	壬	庚	丙	甲
夜過半	戊	戊	戊	戊	子	酉	午	卯	亥	申	巳	寅
雞未鳴	戊	未	辰	丑	壬	庚	丙	甲	己	己	己	己
前鳴	辛	丁	乙	癸	亥	申	巳	寅	戊	戊	戊	戊
雞後鳴	酉	午	卯	子	己	己	己	己	戌	未	辰	丑
毚旦	庚	丙	甲	壬	戊	戊	戊	戊	辛	丁	乙	癸

[註1] 上表源自黃儒宣：《《日書》圖像研究》（臺北：臺灣大學中國文學研究所博士論文，2009年），頁51。

附表四：放馬灘秦簡與出土竹簡、文獻之對應

各種文獻所見十二禽、三十六禽系統對照表

地支	放□甲	睡虎地	孔家坡	□書重要異文	傳統十二生肖	放簡三十六畜	五行大義	六朝銅式	摩訶止觀	太白陰經	演禽通纂	五行大義異說
子	鼠	鼠	鼠		鼠	鼠	燕	燕	燕	燕	燕	
						□濡	鼠	鼠	鼠	鼠	鼠	
						?	伏翼	蝮	伏翼	伏翼	蝠	
丑	牛	牛	牛		牛	牛	牛	牛	牛	牛	牛	
						牛	蟹	蟹	蟹	蟹	獬	
						旄牛	鱉	鱉	鱉	鱉	黿	
寅	虎	虎	虎		虎	虎	貍	貍	貍	貍	虎	生木
						豹	豹	豹	豹	豹	貍	虎
						豺	虎	虎	虎	虎	豹	貍
卯	兔	兔	鬼－兔		兔	兔	猬	猬	狐	蛟	兔	狐
						雞?	兔	兔	兔	兔	狐	
						□	貉	貉	貉	貉	貉	鶴
辰	虫		蟲	蟲	龍	龍	龍	龍	龍	龍	龍	
						蛇	蛟	鯨	蛟	虾	蛟	
						□	魚	魚	魚	魚	鯨	
巳	雞	蟲	虫	蟲/虫	蛇	雉	鱔	蟬	蟬	狦	蚓	赤土
						□	蚯蚓	蚓	鯉	蚓	鱔	蛇
						?	蛇	蛇	蛇	蛇	蛇	蟬、龜
午	馬	鹿	鹿	鹿	馬	馬	鹿	鹿	鹿	鹿	鹿	馬
						驢	馬	馬	馬	雁	馬	鹿
						□	獐	獐	獐	獐	獐	
未	羊	馬	馬	馬	羊	羊	羊	羊	羊	羊	羊	
						勛?	鷹	鷹	鷹	鷟	鷹	
						勛	雁	雁	雁	□	豜	老木
申	石	環	玉石	環/玉石	猴	玉龜	狙	狙	狖	狖	猱	玉
						黽龜	猿	猨	猨	猿	猿	
						龜龜	猴	猴	猴	猴	猴	死石
酉	雞	水	水	水	雞	雞	雉	雉	雉	犬	雉	雞

						雞？	雞	雞	雞	雞	雞	
						赤烏	烏	烏	烏	烏	烏	鳶、死石、死土
戊	犬	老羊	老火	老羊/老火	狗	犬	狗	狗	狗	豕	狗	
						狼	狼	狼	狼	狼	狼	
						大？	豻	豻	豻	豻	豻	死金、死火
亥	豕	豕	豕		豬	□	豕	象	豕	熊	熊	生木、犰
						虎？	玃	豚	貐	罴	貐	豕、
						谿	豬	豬	豬	豬	豬	蛬蝓、杙木

（源自：程少軒、蔣文〈略談放馬灘簡所見三十六禽（稿）〉，
　網址：http://www.gwz.fudan.edu.cn/SrcShow.asp？Src_ID=974）

附　圖

附圖一：《合集》20962

20962

附圖二：《合集》20957

20957

附圖三：《合集》34174

34174

附圖四：《合集》23148

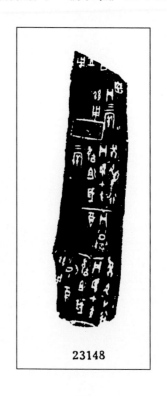

23148

附圖五：《合集》32727

附圖六：《合集》24917

附圖七：《合集》27446

附圖八：《合集》 29092

附圖九：《合集》30837　　　　附圖十：《合集》26750

附圖十一：《合集》29713

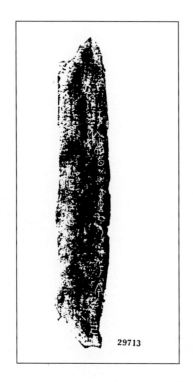

附圖十二：《合集》22942、《屯南》2392

附圖十三：《合集》18553「㽁」及《合集》30956、《合集》31824「㿟」

附圖十四：《屯南》2505、《屯南》2506、《屯南》2682「售」

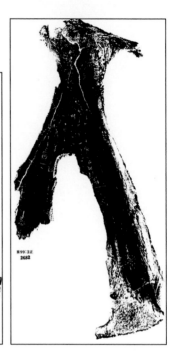

附圖十五：〈羚簋〉（蓋）　　　　　　　〈羚簋〉（器）

附圖十六：〈獄鼎〉　　　　　附圖十七：〈獄盤〉、〈獄簋〉

附圖十八：〈獄盂〉　　　　　附圖十九：〈伯獄簋〉

附圖廿：《集成》4191

4191

穆公𣪘蓋

附圖廿一：《集成》5410

5410·1

啓卣

附圖廿二：《集成》4317

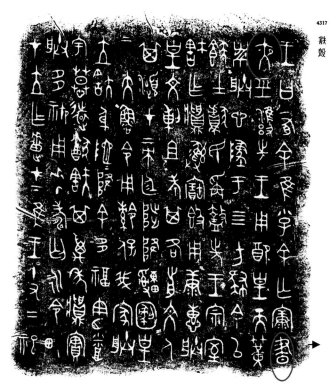

附圖廿三：〈䣄子受鎛鐘〉描本（源自《淅川和尚嶺與徐家嶺楚墓》，頁 82）。

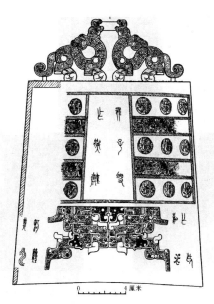

图七七　和尚岭二号墓䣄子受鎛钟（M2：51）

附圖廿四：〈邁子受鎛鐘〉文字原拓（源自《淅川和尚嶺與徐家嶺楚墓》，頁 66）。

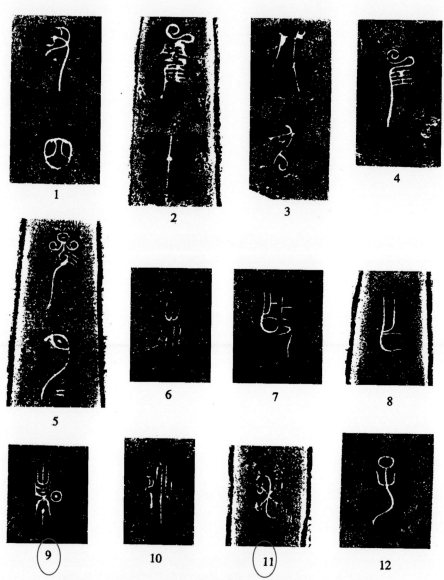

图六二　和尚岭二号墓邁子受钮钟正、背面铭文拓本（原大）
1. M2:40 正面左鼓　2. M2:40 正面钲部　3. M2:40 正面右鼓　4. M2:40 背面左鼓
5. M2:40 背面钲部　6. M2:40 背面右鼓　7. M2:39 正面左鼓　8. M2:39 正面钲部
9. M2:39 正面右鼓　10. M2:39 背面左鼓　11. M2:39 背面钲部　12. M2:39 背面右鼓

附圖廿五：《集成》5417

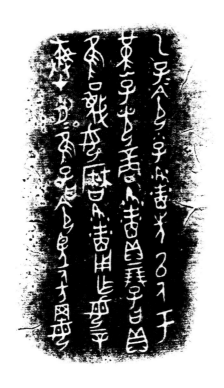

5417·1

小子　卣

附圖廿六：《集成》5417

285·1

附圖廿七：《集成》262

附圖廿八：《集成》267

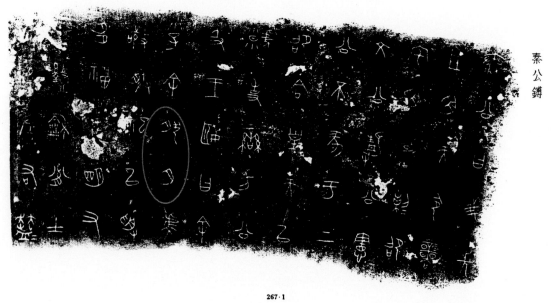

附圖廿九：《集成》270

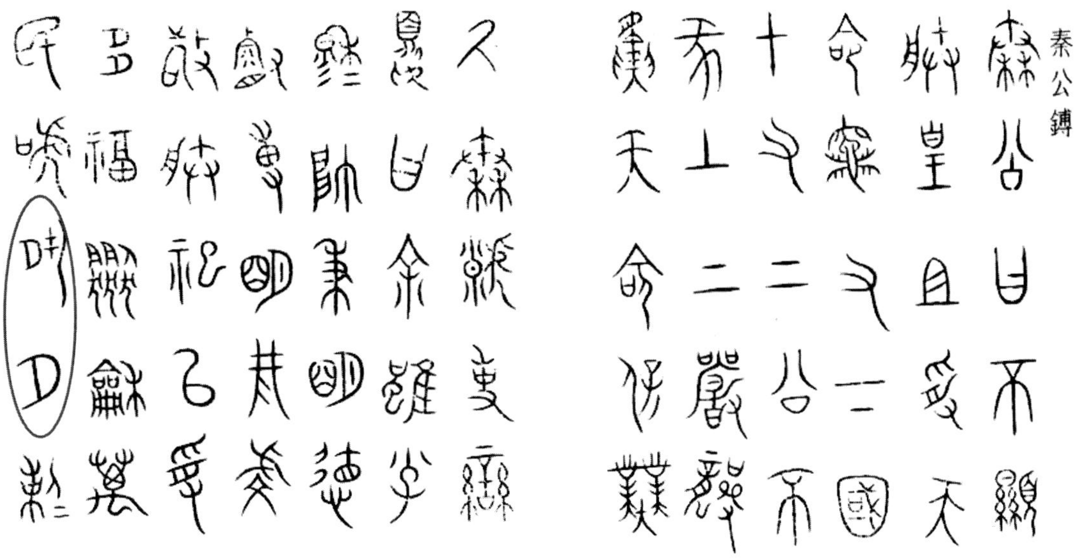

270 1

附圖卅：《集成》2840

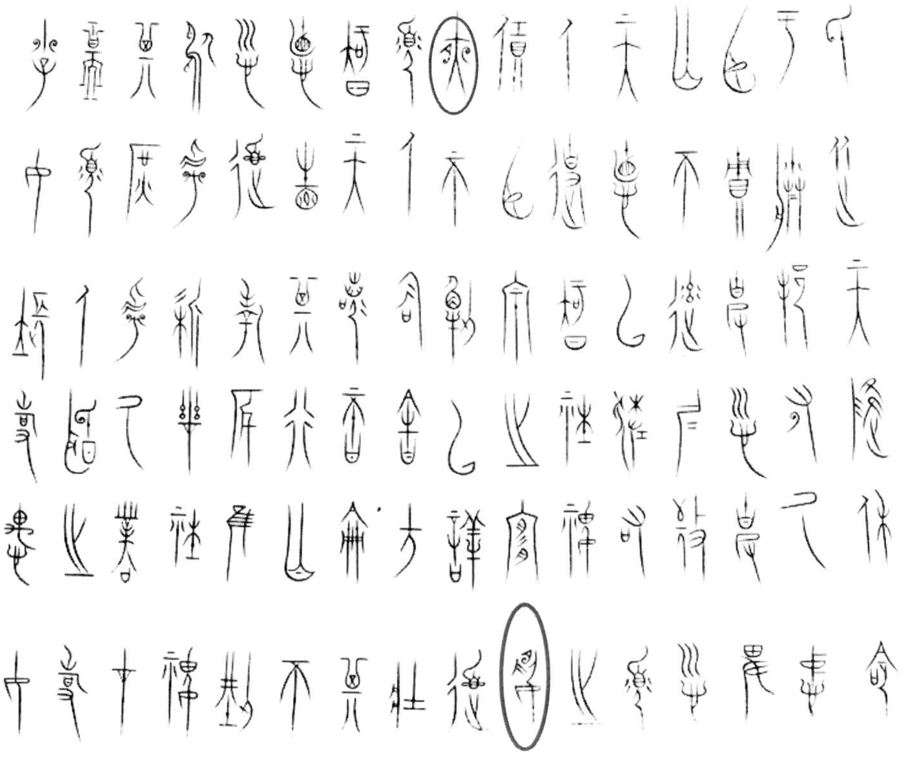

2840 B

附圖卅一：《集成》9734 拓本、描本

9734·1A

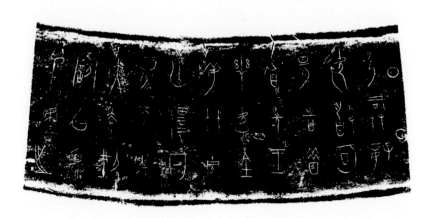

舒盞壺

9734·1B

舒盞壺

附圖卅二：《集成》10583

10583

匽侯載器

附圖卅三：岳山木牘《日書》

1. M36：43　　　　　　2. M36：44

◎岳山木牘《日書》內容〔註1〕

水良日，癸未、酉、庚申，其忌，癸巳、乙巳、甲戌。

土良日，癸巳、乙巳、甲戌，其忌，癸酉、庚申。

木良日，庚寅、辛卯、壬辰，其忌，丁未、癸酉、癸亥。

火良日，甲巳（子）、丁酉、癸亥，其忌，庚寅、辛卯、壬辰。

玉良日，甲午、甲寅，其忌，甲申、乙巳、乙卯。

金（錢）良日，甲申、乙卯，其忌，戊寅、戊午、甲午。

人良日，乙丑、己丑、亥、庚辰、壬辰，其忌，丁未、戊戌、壬午。

牛良日，甲午、庚午、戊午、甲寅、丙寅，其忌，壬辰、戊戌、癸亥、未、己丑、乙卯。

馬良日，己亥、巳、酉、庚辰、壬辰、己未、己丑、戊戌、庚申，其忌，戊午、庚午、甲寅、丁未、丙寅。

羊良日，辛巳、未、庚寅、癸未、庚辰，其忌，乙巳、丙午、丁未、□。

犬良日，丁丑、未、丙辰、己巳、亥，其忌，辛巳、未。

豬良日，壬辰、戌、癸未，其忌，丁未、丑、丙辰、申。

雞良日，丙辰、乙巳、丙午，其忌，庚寅。

凡七畜，以壬、卯祠之必有得也，入神行歲局祠之，吉。（以上是編號 43 正面）

丙辰、丁未，不可□□，不隱人民。

丙寅開財□□，不可□及殺之。

丙午，不可剎羊，不隱貨。

辛□，不可剎雞，不利田邑。

壬辰、壬戌，不可剎犬，不隱妻子。

八月六日市□七日市日剎□□。

三月市日剎四月市日有剎，已有剎一番。

巫咸乙巳死，勿擬祠巫，龍丙申、丁酉、己丑、己亥、戊戌。

田□人丁亥死，夕以祠之。

〔註1〕釋文依湖北省江陵縣文物局、荊州地區博物館：〈江陵岳山秦漢墓〉，《考古學報》第 4 期（2000 年），頁 549～550。

祠大父良日，己亥、癸亥、辛丑。

祠門良日，甲申、辰、乙丑、亥、酉、丁酉，忌，丙。

祠灶良日，乙丑、酉、未、己丑、酉、癸丑、甲辰、巳（子）、辛、壬。

衣良日，丙辰、寅、辰、辛未、乙酉、甲辰、乙巳、己巳、辛巳，可以裳衣，吉。

凡衣忌戊申、己未、壬申、戌、丁亥，勿以裳衣，毋以八日九日丙、辛、癸丑、寅、卯材（裁）衣。

五服忌甲申🦷、丙申開、戊申帶、庚申裳，壬申屨。（以上爲編號43反面）

□以辛亥、卯、壬午問病□以宰人，必宰之以賀人，必賀之□。

寅、卯不可問病者，問之必病。

辛卯生子不弟一，凡丙申六旬之凶日也。

□宦毋以庚午到室。壬戌、癸亥不可以之遠□及來歸入室，必見大咎。

□丙、丁入之以□入之，吉。

□毋用正日四日七日用之弗複。（以上爲編號44正面）

□棨寅、棨辰、麋戌、□日、（亥）、槍、申苔、卯□。（以上爲編號44反面）

附圖卅四：嶽麓秦簡〈占夢書〉「雞鳴」（全簡、局部）

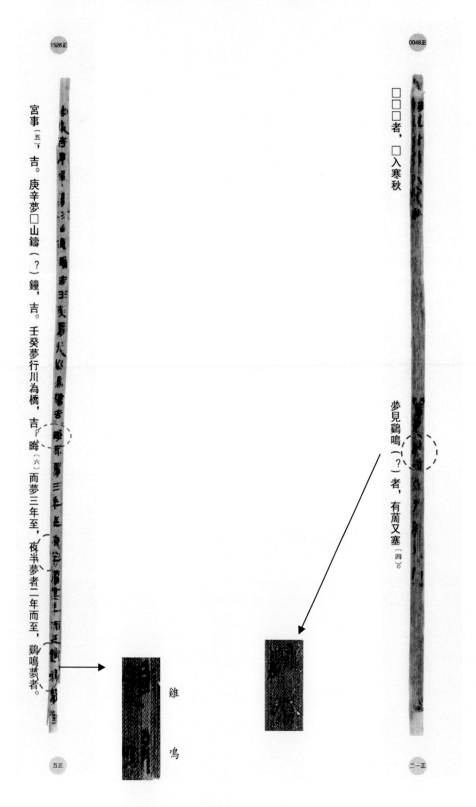

□□□者，□入寒秋

夢見雞鳴（？）者，有茻又塞〔四〕。

宮事〔五下〕吉。庚辛夢□山鑄（？）鐘，吉。壬癸夢行川為橋，吉。晦〔六〕而夢三年至，夜半夢者二年而至，雞鳴夢者。

雞鳴